Eloisa James

Diplômée de Harvard, d'Oxford et de Yale, spécialiste de Shakespeare, elle est aujourd'hui professeur à l'Université de New York. Également auteur d'une vingtaine de romances Régence traduites dans le monde entier, elle est ce que l'on appelle une « femme de lettres ». Son dynamisme fascine les médias comme ses lecteurs, et elle se plaît à introduire des références à l'œuvre de Shakespeare au sein de ses romans.

D0827347

Au douzième coup de minuit

Du même auteur
aux Éditions J'ai lu

LES SŒURS ESSEX

1 – Le destin des quatre sœurs
N° 8315

2 – Embrasse-moi, Annabelle
N° 8452

3 – Le duc apprivoisé
N° 8675

4 – Le plaisir apprivoisé
N° 8786

LES PLAISIRS

1 – Passion d'une nuit d'été
N° 6211

2 – Le frisson de minuit
N° 6452

3 – Plaisirs interdits
N° 6535

ELOISA
JAMES

IL ÉTAIT UNE FOIS – 1

Au douzième coup
de minuit

Traduit de l'anglais (États-Unis)
par Cécile Desthuilliers

AVENTURES & PASSIONS

Vous souhaitez être informé en avant-première
de nos programmes, nos coups de cœur ou encore
de l'actualité de notre site *J'ai lu pour elle* ?

Abonnez-vous à notre *Newsletter* en vous connectant
sur **www.jailu.com**

Retrouvez-nous également sur Facebook
pour avoir des informations exclusives :
www.facebook/pages/aventures-et-passions
et sur le profil *J'ai lu pour elle.*

Titre original
A KISS AT MIDNIGHT

Éditeur original
Avon Books, an imprint of HarperCollins Publishers, New York

© Eloisa James, 2010

Pour la traduction française
© Éditions J'ai lu, 2012

Ce livre est dédié à la mémoire de ma mère, Carol Bly. Elle ne nourrissait pas une passion pour le genre romanesque – du moins l'affirmait-elle – mais elle nous a lu et relu des contes de fées, à ma sœur et à moi, nous faisant rêver avec des histoires de princes sur leur blanc destrier et de princesses aux cheveux d'or (qui, à l'occasion, leur servaient d'échelles). Elle m'a offert mes premiers exemplaires de *Anne... la maison aux pignons verts*, *Les Quatre Filles du docteur March* et *Orgueil et Préjugés*. En un mot, maman, tout est ta faute !

Remerciements

Mes romans sont comme des petits enfants, ils ont besoin d'une solide équipe pédagogique pour s'épanouir. Je remercie du fond du cœur mon équipe pédagogique personnelle : mon éditrice Carrie Feron, mon agent littéraire Kim Witherspoon, les designers de mon site Wax Creative et, les derniers mais non les moindres, les fidèles Kim Castillo, Franzeca Drouin et Anne Connell. À chacun et chacune d'entre vous, j'exprime toute ma gratitude !

Prologue

Il était une fois, il n'y a pas si longtemps…

Cette histoire commence avec un carrosse qui n'avait jamais été une citrouille, même s'il disparaissait à minuit, une marraine qui avait oublié ses responsabilités, même si elle n'avait pas de baguette magique, et quelques-uns des fameux rats qui, en secret, auraient sans doute adoré porter livrée.

Et, bien entendu, il y avait aussi une jeune fille, même si elle ne savait pas danser et n'avait aucune envie d'épouser un prince.

Oui, tout a débuté avec les *rats*.

C'était un véritable fléau, tout le monde le disait. Mme Swallow, la gouvernante, s'en plaignait sans cesse.

— Ces affreuses bestioles viennent dévorer les chaussures dès qu'on a le dos tourné, dit-elle un jour au majordome, un brave homme du nom de Cherryderry.

— Je suis bien d'accord, renchérit celui-ci d'une voix tendue tout à fait inhabituelle chez lui. Je ne peux pas les supporter, avec leurs petits museaux pointus, leur façon de couiner en pleine nuit et…

— Et leur voracité ! l'interrompit Mme Swallow. Ils mangent sur la table, presque dans les assiettes !

— Dans les assiettes, absolument, déclara M. Cherryderry. Je l'ai vu, de mes yeux vu, madame Swallow ! De la main de Mme Daltry elle-même !

On aurait pu entendre le petit cri indigné de Mme Swallow jusqu'au salon... si les *rats* n'y faisaient pas déjà tant de bruit qu'il était impossible de distinguer le moindre son dans cette pièce.

1

Yarrow House, résidence de Mme Mariana Daltry,
de Victoria sa fille et de miss Katherine Daltry

Miss Katherine Daltry, que presque tout le monde appelait Kate, sauta de son cheval, folle de rage.

Il serait juste de préciser qu'elle était souvent d'une humeur massacrante. Avant le décès de son père, sept ans auparavant, il lui était parfois arrivé de trouver sa belle-mère agaçante. Pourtant, depuis que la nouvelle Mme Daltry dirigeait la propriété, Kate avait *réellement* appris ce qu'est la colère.

La colère de voir les fermiers du domaine familial être contraints de payer le double d'un loyer normal, ou de quitter la maison où ils avaient toujours vécu. La colère de voir les récoltes faner sur pied et les haies envahir les champs parce que Mariana refusait de dépenser un penny pour l'entretien du domaine. La colère de voir sa belle-mère et sa belle-sœur dilapider la fortune de feu son père en robes, chapeaux et autres fanfreluches, en telles quantités qu'il n'y avait pas assez de jours dans l'année pour les porter toutes.

La colère de subir les regards apitoyés des connaissances qu'elle ne croisait plus dans les dîners. D'avoir été reléguée dans une sinistre mansarde dont le mobilier défraîchi était à l'image de la nouvelle position de Kate dans la maisonnée. La honte de ne pas trouver le courage de quitter cet endroit une fois pour toutes. Et tout cela était encore avivé par l'humiliation, le désespoir... et la certitude que son père devait se retourner dans sa tombe.

Kate gravit les marches d'un pas vif, prête pour le combat.

— Bonjour, Cherryderry, dit-elle, un peu surprise de voir le cher vieux majordome ouvrir lui-même la porte. Vous jouez les valets de pied, à présent ?

— *Elle-Même* les a expédiés à Londres pour chercher un médecin. Deux médecins, plus exactement.

— Elle est encore malade ?

Kate ôta ses gants de cuir avec précaution car la doublure commençait à se découdre au niveau du poignet. Autrefois, elle se serait demandé si sa belle-mère – que tout le personnel appelait « Elle-Même » – feignait d'être malade. Maintenant, elle n'en doutait pas un seul instant. Voilà des années qu'elle était régulièrement réveillée au beau milieu de la nuit par des glapissements à propos d'attaques qui se révélaient n'être que des indigestions.

— Cette fois, ce n'est pas Elle-Même, précisa Cherryderry. Je suppose que c'est pour miss Victoria.

— Oh, la morsure ?

Il hocha la tête.

— Rosalie nous a dit ce matin que cela lui faisait pendre la lèvre. Et elle est toute gonflée.

Malgré sa mauvaise humeur, Kate ressentit un élan de pitié. La pauvre Victoria n'avait pas grand-chose pour elle, à part son joli minois et ses robes élégantes. Kate aurait été désolée de la voir défigurée à vie.

— Il faut que je voie Elle-Même à propos de la femme du vicaire, dit-elle en tendant son manteau au majordome. Ou plutôt, de la veuve du vicaire. J'ai installé la famille dans un autre cottage.

— Triste affaire, fit le majordome. Un vicaire ne devrait pas prendre femme.

14

— Il laisse quatre orphelins, lui rappela Kate. Et je ne parle pas de la lettre d'expulsion que ma belle-mère leur a envoyée hier.

Cherryderry fronça les sourcils.

— Au fait ! Elle-Même nous a annoncé que vous dînerez avec la famille, ce soir.

Kate, qui se dirigeait déjà vers l'escalier, pila net.

— Pardon ?

— Vous êtes invitée à sa table. Il y aura également lord Dimsdale.

— Vous plaisantez ?

Le majordome secoua la tête.

— Pas du tout. En outre, elle a précisé que les *rats* de miss Victoria devaient s'en aller, mais pour une raison que j'ignore, elle les a fait installer dans votre chambre.

Kate ferma les paupières quelques instants. Une journée qui commençait aussi mal ne pouvait aller qu'en empirant. Elle détestait les petits chiens de Victoria, que tout le monde, de manière plus ou moins affectueuse, surnommait « les rats ». Elle détestait Algernon Bennet, lord Dimsdale, le fiancé de sa belle-sœur. Et elle détestait par-dessus tout la perspective d'un dîner en famille.

En général, elle s'arrangeait pour oublier qu'elle avait autrefois été la maîtresse de maison. Malade, sa mère était restée alitée de longues années avant sa mort. Très jeune, Kate avait été admise à table dans la salle à manger et avait décidé des menus avec la gouvernante, Mme Swallow. Elle avait toujours cru qu'un jour, elle ferait ses débuts dans le monde, se marierait et élèverait ses enfants dans cette maison.

Jusqu'au jour où son père était mort, où elle avait été reléguée dans une chambre de bonne et traitée comme une moins-que-rien. Et voilà qu'on la convoquait à la table familiale pour y endurer les sourires méprisants de lord Dimsdale, vêtue d'une robe depuis longtemps passée de mode ! Que se passait-il ?

Animée d'un mauvais pressentiment, elle gravit les marches quatre à quatre. Sa belle-mère était assise devant sa coiffeuse, occupée à examiner son teint. La lumière du jour éclairait ses cheveux platine d'un éclat agressif, presque métallique. Elle portait une robe dont le bustier de dentelle mauve était resserré sous la poitrine par un ruban noué. Une robe charmante... pour une toute jeune fille.

Mariana, qui n'avait jamais accepté l'idée que ses trente ans étaient désormais loin derrière elle, continuait de s'habiller comme lorsqu'elle avait vingt printemps. Il fallait au moins lui reconnaître ce mérite : la belle-mère de Kate était dotée d'une bravoure à toute épreuve et d'un superbe dédain envers les conventions au sujet des femmes mûres.

Mais aucune femme de quarante ans n'en paraîtra jamais vingt, et aucune robe, fût-elle la plus exquise, n'est un élixir de jeunesse.

— Te voilà de retour ? lança Mariana d'un ton acide. Je suppose que tu as fini de traîner avec ta clique ?

Kate parcourut du regard le boudoir de sa belle-mère. Là-bas, sous la pile de vêtements... Elle était pratiquement certaine qu'il y avait un tabouret. Dans toute la pièce, s'entassaient des cotonnades légères et des soies froissées, jetées au hasard sur les dossiers des fauteuils – du moins le supposait-on car on ne voyait même plus les sièges. Le boudoir n'était plus qu'un paysage aux nuances poudrées, jalonné ici ou là de monticules vaporeux.

— Que fais-tu ? demanda Mariana tandis que Kate prenait la pile de robes entre ses bras.

— Je m'assieds, répondit celle-ci en laissant tomber les robes sur le parquet.

Mariana bondit dans un cri étranglé.

— Fais donc attention à mes robes, espèce de souillon ! Celles du dessus n'ont été livrées que l'autre jour. Ce sont de vraies petites merveilles ! S'il y a le moindre faux pli, je te les ferai repasser, même si tu dois y passer toute la nuit.

— Je ne repasse plus, répliqua Kate sans émotion. Auriez-vous oublié la robe blanche que j'ai brûlée il y a trois ans ?

— Ah ! Ma robe persane ! gémit sa belle-mère en se tordant les mains, telle lady Macbeth. Je l'ai rangée ici.

D'un doigt fuselé, elle désigna un coin de la pièce où s'entassaient des vêtements presque jusqu'au plafond.

— Il faudra que je la fasse réparer un de ces jours, ajouta-t-elle avant de se rasseoir.

Kate éloigna prudemment la pile de robes de son pied.

— Je suis venue vous parler des Crabtree, commença-t-elle.

— Parfait, répondit sa belle-mère en allumant un petit cigare. J'espère que tu as réussi à mettre cette femme à la porte. Tu sais que ce fichu chargé d'affaires vient la semaine prochaine mettre son grain de sel dans la gestion du domaine. S'il voit cet affreux cottage tout délabré, je n'ai pas fini d'en entendre parler. Le trimestre dernier, j'ai bien cru que j'allais mourir d'ennui en supportant ses discours.

— C'est votre responsabilité d'entretenir les maisons, rétorqua Kate en se levant pour ouvrir une fenêtre.

Mariana agita son cigare d'un geste méprisant.

— C'est ridicule. Ces gens vivent sur mes terres sans aucune contrepartie ou presque. Le moins qu'ils puissent faire, c'est de garder leurs bicoques en bon état. Cette bonne femme Crabtree vit dans une véritable porcherie. Quand j'y suis passée l'autre jour, j'ai été positivement horrifiée.

Sans répondre, Kate s'adossa à son siège en laissant ostensiblement son regard errer sur la pièce… ou, plutôt, sur la porcherie. Il lui fallut quelques instants pour s'apercevoir que Mariana n'avait pas dû comprendre son insulte muette. Celle-ci avait ouvert une petite boîte et commencé à se peindre les lèvres d'un fard aux sombres nuances cuivrées.

— Depuis la mort de son mari, plaida Kate, Mme Crabtree est épuisée et effrayée. Sa maison n'est pas une porcherie, elle est simplement en désordre. Vous ne pouvez pas l'expulser ; elle n'a nulle part où aller.

— Ne dis pas n'importe quoi, rétorqua Mariana en s'approchant du miroir pour examiner ses lèvres. Je parie qu'elle s'est déjà dégoté un plan de secours. Je veux dire, un autre homme. Voilà plus d'un an que Crabtree s'est tué. Elle a eu tout le temps de lui trouver un remplaçant.

Tenter de raisonner Mariana, songea Kate, n'était peut-être pas une bonne idée. Elle ne savait pas ce qu'il en sortirait, mais elle n'était pas certaine d'apprécier le résultat.

— C'est assez cruel, déclara-t-elle en essayant de se composer une voix ferme et autoritaire.

— Il faut qu'ils décampent, elle et sa marmaille, répliqua Mariana. Je déteste les paresseux. J'étais allée tout exprès jusque chez elle, le lendemain du jour où son mari a sauté du pont. Pour lui transmettre mes condoléances.

En général, Mariana évitait les gens qui travaillaient sur le domaine ou dans le village, mais en de rares occasions, il lui prenait la fantaisie de jouer les grandes dames. Alors, elle enfilait une tenue extravagante, soigneusement choisie pour offenser les petites gens de la campagne, descendait de son carrosse, et lisait dans les regards atterrés de ses fermiers la preuve de leur nature indolente et stupide. Pour finir, elle rentrait en ordonnant à Kate de mettre à la porte « cette bande de fainéants ».

Par chance, elle oubliait son caprice quelques jours plus tard.

— Cette femme était vautrée sur un canapé, entourée d'une véritable horde de gosses, en train de pleurer comme une Madeleine. Elle devrait s'engager dans une troupe de théâtre, ajouta Mariana après quelques instants de réflexion. Elle n'est pas si vilaine que cela.

— Elle...

— Je ne supporte pas les parasites, l'interrompit Mariana. Crois-tu que je suis restée prostrée en pleurnichant quand j'ai perdu mon premier mari, le colonel ? M'as-tu vue verser une larme à la mort de ton père, même si nous n'avons vécu que quelques mois de merveilleux bonheur conjugal ?

Kate n'avait pas vu une larme, effectivement.

— Mme Crabtree n'a peut-être pas votre fermeté d'âme, répondit-elle, mais elle a quatre enfants en bas âge. Nous avons une responsabilité envers elle et...

— Je suis lasse de cette histoire, la coupa Mariana. En outre, j'ai besoin de te parler de quelque chose d'important. Ce soir, lord Dimsdale vient dîner ici. Tu seras des nôtres.

Mariana exhala un petit nuage de fumée. Kate grimaça.

— Cherryderry m'a dit cela. Pourquoi ?

Sa belle-mère et elle avaient depuis longtemps renoncé aux conversations polies. Elles n'avaient que mépris l'une pour l'autre, aussi Kate se demandait pour quelle raison sa présence était soudain indispensable.

— Tu vas rencontrer la famille de lord Dimsdale dans quelques jours, expliqua Mariana avant de tirer une nouvelle bouffée de son petit cigare. Dieu merci, tu es plus mince que Victoria. Nous pourrons te rafistoler rapidement une robe. Cela aurait été plus difficile dans l'autre sens.

— Enfin, de quoi parlez-vous ? Lord Dimsdale n'a pas la moindre envie de partager un repas en ma compagnie ni de me présenter à sa famille, et c'est réciproque.

Avant que Mariana ait eu le temps de répondre, la porte fut ouverte à la volée.

— La crème ne marche pas ! gémit Victoria en se ruant vers sa mère.

Sans un regard pour Kate, la jeune fille tomba à genoux devant Mariana et enfouit son visage dans le giron maternel.

Aussitôt, Mariana posa son cigare pour refermer ses bras autour de Victoria.

— Chut, mon bébé, roucoula-t-elle. Je vous donne ma parole que la crème va faire de l'effet. Nous devons juste être un peu patientes. Maman vous promet que tout va rentrer dans l'ordre. Vous allez retrouver votre joli visage. Et par précaution, j'ai envoyé chercher les meilleurs docteurs de Londres.

Kate tendit l'oreille, intriguée.

— Quelle crème lui avez-vous donnée ?

Mariana lui lança un regard impatient.

— Tu ne connais pas. C'est une préparation à base de perles pilées, entre autres ingrédients. Elle fait des miracles pour toutes sortes d'imperfections du visage. Moi-même, je m'en sers tous les jours.

— Regarde mes lèvres, Kate ! gémit Victoria en redressant la tête. Je suis défigurée à vie !

Ses yeux brillaient de larmes. Une vilaine boursouflure violacée autour de la plaie semblait indiquer que celle-ci s'était infectée, et la bouche de Victoria s'étirait nettement vers le côté.

Kate se leva pour l'examiner de plus près.

— Le Dr Busby l'a-t-il vue ?

— Il est venu hier, mais ce n'est qu'un vieux fou, déclara Mariana. Comment pourrait-il comprendre combien tout ceci est important ? Il n'avait pas un seul onguent, pas une seule potion à nous proposer. Rien !

Kate fit pivoter la tête de Victoria vers la lumière.

— Je crois que la plaie est infectée, dit-elle. Êtes-vous certaine que cette crème soit bien hygiénique ?

— Douterais-tu de mon jugement ? gronda Mariana en se levant.

20

— Parfaitement. Si Victoria reste défigurée parce que vous lui avez donné je ne sais quelle poudre de perlimpinpin qu'un escroc vous a vendue à Londres, vous devrez en assumer la responsabilité.

— Insolente petite peste ! siffla Mariana en se dirigeant vers elle.

Victoria s'interposa.

— Attendez, maman. Kate, penses-tu vraiment qu'il y a un problème avec cette crème ? J'ai de terribles élancements à la lèvre.

Victoria était une très jolie fille, avec un teint parfait et d'immenses yeux humides, comme si elle venait de pleurer ou était sur le point de le faire... ce qui était assez logique puisqu'elle sanglotait effectivement à longueur de journée. À présent, deux grosses larmes roulaient sur ses joues.

— Je crois que la blessure s'est infectée, insista Kate, soucieuse. Ta lèvre a vite cicatrisé mais...

Elle appuya doucement sur la plaie. Victoria poussa un cri de douleur.

— Il va falloir percer l'abcès, reprit Kate.

— Jamais ! rugit Mariana.

— Il n'est pas question que l'on me taillade le visage, protesta Victoria, qui tremblait à présent de tous ses membres.

— Tu as envie d'être défigurée ? demanda Kate en s'exhortant à la patience.

Victoria battit des cils d'un air perdu.

— Personne ne fera rien tant que les médecins de Londres ne seront pas arrivés, décréta Mariana en se rasseyant.

Elle accueillait avec un furieux enthousiasme tout ce qui venait de Londres. Sans doute parce qu'elle avait passé son enfance dans une campagne reculée, songeait Kate, mais comme Mariana ne disait jamais un mot sur son passé, il était difficile de le savoir.

— Eh bien, espérons qu'ils ne vont pas tarder, conclut Kate.

Une infection à la lèvre pouvait-elle déclencher une septicémie ? Sans doute pas...

— Au fait, pourquoi voulez-vous que j'assiste au dîner, Mariana ?

— À cause de ma lèvre, bien sûr, gémit Victoria en reniflant sans élégance.

— À cause de ta lèvre, répéta Kate sans comprendre.

— Ta sœur doit rendre une visite très importante à un parent de lord Dimsdale dans quelques jours, expliqua Mariana. Si tu n'étais pas aussi occupée à traîner sur le domaine et à écouter les jérémiades de bonnes femmes idiotes, tu le saurais. Il s'agit d'un prince. Un prince !

Kate s'assit de nouveau sur son tabouret en laissant son regard passer de Mariana à Victoria. La première était aussi dure et brillante qu'un sou neuf. Par contraste, les traits de la seconde semblaient flous et indistincts. La coiffure de la mère offrait cette perfection un peu figée qu'arborent ces femmes dont la bonne a passé des heures à lisser leurs cheveux au fer. La chevelure de la fille, d'un délicat blond vénitien aux nuances cuivrées, encadrait son visage d'une adorable cascade de boucles soyeuses.

— Je ne vois pas en quoi je suis concernée par cette visite qu'il suffit de reporter, dit Kate. Même si je comprends que tu sois déçue, Victoria, et j'en suis désolée.

Ce qui était la vérité. Kate n'avait que mépris pour sa belle-mère, mais elle n'avait jamais haï sa belle-sœur. D'abord, parce que Victoria était d'une nature trop douce pour être détestée. Ensuite, parce que c'était ainsi : Kate ne pouvait s'empêcher d'éprouver de l'affection pour elle. Certes, Kate était régulièrement maltraitée par Mariana, mais l'amour que celle-ci prodiguait à sa fille lui semblait encore plus épouvantable, d'une certaine façon.

— Eh bien, dit Victoria en s'asseyant sur une pile de vêtements de la taille d'un siège, il faut que tu sois moi. J'ai mis du temps à comprendre, mais maman a pensé à tout. Et je suis certaine que mon cher Algie comprendra.

— Je ne peux pas « être toi », même si j'ignore ce que tu veux dire par là, protesta Kate.

— Oh, mais si, intervint Mariana, qui était en train d'allumer un second cigare avec le mégot encore rouge du premier. Et tu vas le faire.

— Il n'en est pas question. Et d'ailleurs, je ne comprends pas un traître mot à tout ceci. *Être Victoria...* Où ? Quand ? Avec qui ?

— Avec le prince de lord Dimsdale, bien entendu, répondit Mariana en la regardant à travers un nuage de fumée bleue. N'as-tu donc rien écouté ?

— Vous voulez que je fasse semblant d'être Victoria ? Devant un prince ? Quel prince ?

— Moi non plus, au début, je n'ai pas compris, déclara Victoria en faisant courir son doigt sur sa lèvre tuméfiée. Vois-tu, pour m'épouser, Algie doit avoir le consentement de l'un de ses parents.

— Le fameux prince, précisa Mariana.

— D'après ce que m'a dit Algie, il vient de je ne sais quelle minuscule principauté et il est le seul représentant de sa famille maternelle résidant en Angleterre. Et sa mère ne lui donnera pas son héritage sans la bénédiction du prince. C'est la dernière volonté de son père, et elle est terrible, poursuivit Victoria. Si Algie se marie avant l'âge de trente ans sans l'accord de sa mère, il sera privé d'une partie de son héritage. Et il n'a même pas vingt ans !

Papa Dimsdale était un homme intelligent, songea Kate. D'après ce qu'elle en avait vu, Dimsdale Junior possédait autant de dispositions pour la gestion d'un domaine que les *rats* pour la musique chorale. Au demeurant, tout cela ne la concernait absolument pas.

— Les médecins vont t'ausculter demain matin, dit-elle à Victoria, et tu pourras aller voir ce prince.

— Elle ne peut pas y aller *comme ça* ! glapit Mariana.

C'était la première fois que Kate l'entendait parler de sa propre fille avec un tel dégoût.

Victoria tourna vivement la tête vers sa mère, mais ne répondit pas.

— Bien sûr que si ! répliqua Kate. Tout ceci est parfaitement ridicule. Personne ne croira jamais que je suis Victoria. Et que se passera-t-il quand le prince interrompra la cérémonie du mariage en déclarant que la future épouse n'est pas la fiancée qu'on lui avait présentée ?

— Cela n'arrivera pas, pour la bonne raison que Victoria se mariera tout de suite après la visite, par licence paroissiale, expliqua Mariana. C'est la première fois que Dimsdale est invité au château du prince, il ne peut pas refuser. Son Altesse donne un bal à l'occasion de ses propres fiançailles ; tu y assisteras en te faisant passer pour Victoria.

— Pourquoi ne pas reporter votre visite et aller le voir après le bal ?

— Parce qu'il faut que je me marie ! s'exclama Victoria.

Le cœur de Kate se serra.

— Il *faut* que tu te maries ? répéta-t-elle.

Victoria hocha la tête. Kate se tourna vers sa belle-mère, qui haussa les épaules d'un air fataliste.

— Elle est compromise. Elle en est à trois mois.

— Pour l'amour du Ciel ! s'écria Kate. Tu connais à peine Dimsdale, Victoria !

— Je l'aime, assura celle-ci avec sincérité. Si maman ne m'y avait pas obligée, je n'aurais même pas fait mes débuts dans le monde après que je l'ai rencontré, ce dimanche de mars, à l'abbaye de Westminster.

— En mars, releva Kate. Tu l'as connu en mars et nous ne sommes qu'en juin. Dis-moi que ton Algie chéri t'a demandée en mariage il y a, disons, trois mois, quand vous êtes tombés amoureux l'un de l'autre, et que tu as gardé le secret tout ce temps ?

Victoria rit nerveusement.

— Tu sais très bien quand il m'a demandé ma main, Kate ! Je te l'ai dit tout de suite après l'avoir dit à maman. C'était il y a deux semaines.

Mariana fit une grimace qu'aucune crème miracle aux perles broyées n'aurait pu embellir.

— Dimsdale s'est montré un peu tardif dans ses attentions.

— *Tardif* ? ironisa Kate. En la matière, je le trouve plutôt remarquablement rapide.

Mariana lui décocha un regard glacial.

— Lord Dimsdale a demandé la main de Victoria comme un vrai *gentleman* dès qu'il a été mis au courant de la situation.

— À votre place, je l'aurais étranglé, grommela Kate.

— Vraiment ? rétorqua Mariana d'un air méprisant. Tu n'as donc aucune jugeote. Le vicomte possède, outre son titre, une jolie petite fortune. Enfin, dès qu'il aura hérité. Il est fou de ta sœur et bien décidé à l'épouser.

— Quelle chance, commenta Kate.

Elle regarda Victoria, qui tapotait sa lèvre d'une main délicate, et ajouta :

— Je vous avais dit d'engager un chaperon, Mariana. Elle aurait pu prétendre à une bien meilleure union.

Sans répondre, Mariana se tourna de nouveau vers son miroir. En vérité, Victoria n'était peut-être pas faite pour le mariage. Elle était trop douce. Et elle pleurait trop.

Même si elle était extrêmement jolie… et manifestement très fertile. La fertilité était une qualité majeure pour une femme. Il suffisait de voir combien le père de Kate avait désespéré d'avoir un jour un héritier mâle !

L'incapacité de son épouse à lui donner un fils expliquait sans doute pourquoi il avait convolé avec Mariana à peine quinze jours après le décès de lady Daltry. C'est dire à quel point il était impatient de fonder une nouvelle famille !

Sans doute avait-il cru Mariana aussi fertile que la fille de celle-ci se révélait à présent. Il était mort avant d'avoir la réponse.

— Donc, vous me demandez de rendre visite au prince en me faisant passer pour Victoria, résuma Kate.

— Je ne te le demande pas, rectifia Mariana, je te l'ordonne.

— Oh, maman ! supplia Victoria. S'il vous plaît. Kate. S'il te plaît. Je veux épouser Algie. Et il faut absolument que je... Enfin, tout ceci m'échappe un peu, mais...

Elle lissa sa robe d'un geste nerveux.

— Personne ne doit savoir, pour le bébé. D'ailleurs, Algie n'est même pas au courant.

Bien entendu, Victoria n'avait pas tout de suite compris qu'elle portait un enfant. Kate aurait été surprise qu'elle ait la moindre notion au sujet de l'acte de conception, et encore plus de ses conséquences.

— Vous me le *demandez*, insista Kate en ignorant Victoria. Car même si vous pouvez me faire monter de force dans l'attelage de lord Dimsdale, vous n'avez aucun moyen de contrôler ce que je dirai lorsque je rencontrerai ce prince.

Mariana roula des yeux furieux.

— En outre, poursuivit Kate, n'oubliez pas que Victoria a fait une entrée fracassante dans le monde, il y a tout juste quelques mois. Il y aura sûrement à ce bal des gens qui l'auront déjà croisée, ou même seulement vue de loin.

— C'est précisément pour cela que je t'ai choisie pour la remplacer, plutôt que la première fille croisée dans la rue, répondit Mariana avec la courtoisie qui la caractérisait.

— Tu auras mes petits chiens avec toi, dit Victoria. Ce sont eux qui m'ont rendue célèbre, alors tout le monde pensera que tu es moi.

Puis, comme si une idée en avait entraîné une autre, elle se mit à larmoyer de nouveau.

— Maman a dit que je devais m'en séparer, ajouta-t-elle.

— Il paraît qu'ils sont dans ma chambre ? demanda Kate.

— Ils sont à toi, maintenant, répliqua Mariana. Enfin, jusqu'à la visite. Ensuite, nous les…

Elle s'interrompit en lançant un regard à sa fille.

— … Nous les donnerons à des orphelins méritants.

— Ils vont les adorer ! s'écria Victoria, les yeux brouillés de larmes, sans penser que lesdits orphelins n'apprécieraient peut-être pas de se faire mordre par leurs animaux de compagnie.

— Qui sera mon chaperon ? s'enquit Kate, oubliant pour l'instant la question des *rats* de Victoria.

— Si j'en juge à tes habitudes de vagabonde, rétorqua Mariana sans dissimuler son mépris, tu n'en as pas besoin.

— Dommage que Victoria ne m'accompagne pas, répliqua Kate. Avec moi, Dimsdale ne l'aurait pas traitée comme une vulgaire catin.

— Oh, je présume que tu as conservé ta vertu, riposta Mariana. Grand bien te fasse. Inutile de te formaliser que lord Dimsdale ait fait peu de cas de cette convention ridicule. Il est fou amoureux de Victoria.

— Tout à fait, renchérit celle-ci en reniflant. Et moi aussi, je l'aime.

Une autre larme roula sur sa joue.

Kate poussa un soupir impatient.

— En admettant que je me fasse passer pour Victoria, je créerai un scandale si je voyage seule avec

Dimsdale dans un attelage, et c'est Victoria qui sera impliquée, pas moi. Ensuite, personne ne s'étonnera que l'héritier arrive un peu trop rapidement après le mariage.

Il y eut un instant de silence.

— Très bien, concéda Mariana. J'aurais bien accompagné « Victoria » moi-même, bien entendu, mais je ne peux pas laisser ma pauvre petite dans un état pareil. Tu emmèneras Rosalie.

— Une simple bonne ? Vous n'avez pas d'autre chaperon à m'offrir ?

— Où est le problème ? s'étonna Mariana. Elle n'aura qu'à s'asseoir entre vous, au cas où tu perdrais la raison et te jetterais au cou de Dimsdale. Et tu auras la bonne des *rats*, évidemment.

— Les chiens de Victoria ont leur propre bonne ?

— Mary, expliqua Victoria. Celle qui nettoie les âtres. Elle donne aussi un bain à mes chéris tous les jours et elle les brosse. Les animaux, conclut-elle d'un ton sérieux, c'est une responsabilité.

— Pas question d'emmener Mary avec moi, protesta Kate. Que ferait Mme Swallow sans elle ?

Mariana se contenta de hausser les épaules.

— Cela ne marchera pas, reprit Kate en tentant de faire appel au bon sens de sa belle-mère. Nous ne nous ressemblons même pas.

— Bien sûr que si ! s'impatienta Mariana.

— À mon avis, pas tellement, dit Victoria. Je... Eh bien, je suis moi, et Kate... voyons...

Elle se tut, à bout d'arguments.

— Ce que Victoria essaie de dire, c'est qu'elle est très jolie et moi pas, fit Kate, dont le cœur était soudain comme une petite pierre dans sa poitrine. De toute façon, nous ne sommes sœurs que par le remariage de mon père. Nous ne nous ressemblons pas plus que n'importe quelles jeunes filles anglaises prises au hasard.

— Vous avez la même couleur de cheveux, répliqua Mariana en tirant sur son petit cigare.

— En êtes-vous certaine ? demanda Victoria d'un ton dubitatif.

Mariana avait peut-être raison sur ce point, mais la ressemblance s'arrêtait là. La chevelure de Victoria, qui encadrait son visage de charmantes boucles, comme le voulait la dernière mode, était fixée par un bandeau. Kate, pour sa part, brossait rapidement les siens chaque matin, les enroulait et les fixait de quelques épingles. Elle n'avait pas le temps de se pomponner avec soin. En vérité, elle n'avait pas le temps de se pomponner du tout.

— Vous perdez la tête, dit-elle à sa belle-mère. Vous ne pouvez pas me faire passer pour votre fille.

À présent, Victoria semblait douter, elle aussi.

— J'ai peur qu'elle n'ait raison, maman. Je n'ai pas réfléchi.

Kate connaissait assez Mariana pour savoir que la lueur qui brillait dans ses yeux était de la rage, mais pour une fois, elle n'en comprenait pas la raison.

— Kate est plus grande que moi, enchaîna Victoria en comptant sur ses doigts. Ses cheveux sont plus blonds, plus longs, et nous n'avons pas du tout la même apparence. Même si elle portait mes vêtements...

— C'est ta sœur, l'interrompit Mariana entre ses dents serrées.

— Par alliance, précisa Kate avec patience. Le fait que vous ayez épousé mon père ne fait pas d'elle une sœur de sang, et votre premier mari...

— C'est ta *sœur*, répéta Mariana d'une voix métallique.

2

Pomeroy Castle, Lancashire

— Ton Altesse.

Ladite altesse, Gabriel Albrecht-Frederick William von Aschenberg de Warl-Marburg-Baalsfeld, leva les yeux. Berwick, son majordome, se tenait devant lui, un plateau d'argent dans les mains.

— Cet *unguentarium* est en mille morceaux, Wick. Dépêchons. Qu'as-tu à me dire ?

— *Unguentarium*, répéta Berwick d'un air navré. Cela fait penser à un article que l'on pourrait acheter dans les boutiques de Paris. Le Paris dévergondé, précisa-t-il.

— Épargne-moi tes piques, dit Gabriel. Cette urne appartient aux morts, pas aux vivants. Elle contenait six petits os destinés à jouer aux osselets et elle a été découverte dans la tombe d'un enfant.

Wick se pencha pour observer les tessons d'argile étalés sur le bureau.

— Où sont les osselets ? demanda-t-il.

— Biggitstiff les a jetés. En fait, il a aussi jeté cette petite urne. L'enfant était pauvre. Big ne pille que les tombes royales. J'essaie de trouver comment le couvercle, que je ne possède pas, était attaché. Je suppose que des rivets de bronze étaient fixés à ces pièces.

Il désigna deux éclats de terre cuite.

— Et ces rivets ont été ressoudés au moins une fois avant que l'*unguentarium* soit placé dans la tombe. Tu vois ?

Wick parcourut les tessons du regard.

— Tout ceci aurait besoin d'une bonne réparation. Pourquoi perds-tu ton temps ?

— Les parents de cet enfant n'avaient rien d'autre que ces osselets à lui donner pour son voyage dans l'au-delà, expliqua Gabriel en saisissant une loupe. Pour quelle raison ce cadeau n'aurait-il pas droit au même respect que l'or que Biggitstiff recherche avec tant d'avidité ?

— Un message vient d'arriver de la délégation de la princesse Tatiana, déclara Wick, acceptant sans doute le décret de Gabriel concernant les osselets. Elle a fait étape en Belgique et sera ici à la date prévue. Nous avons deux cents réponses d'invités qui seront présents à votre bal de fiançailles, parmi lesquels ton neveu, Algernon Bennet, lord Dimsdale. Le vicomte sera là avant le bal, si j'ai bien compris.

— Avec la Toison d'or ?

Gabriel se souvenait vaguement de ce lointain parent, un garçon à la silhouette empâtée, qui s'était récemment fiancé avec l'une des plus riches héritières du royaume d'Angleterre.

— Il sera accompagné de *sa fiancée*, corrigea Wick en consultant ses notes. Miss Victoria Daltry.

— J'ai du mal à croire que Dimsdale ait décroché le gros lot. Elle doit être couverte de taches de rousseur. Ou bien elle louche… murmura Gabriel tout en alignant avec soin les fragments d'argile.

Wick secoua la tête.

— Lors de ses débuts dans le monde, miss Daltry a été saluée comme l'une des plus jolies jeunes filles à marier de la saison.

Ils n'étaient en Angleterre que depuis quelques mois, mais Wick possédait déjà sur le bout des doigts le Gotha et ses cancans les plus intéressants.

— Elle est notoirement amoureuse de son fiancé, ajouta-t-il.

— Elle ne m'a pas encore rencontré, répliqua Gabriel, amusé. Je devrais peut-être l'enlever avant l'arrivée de ma propre fiancée. Une Toison d'or anglaise contre une russe. Mon anglais est bien meilleur que mon russe.

Sans un mot, le majordome le parcourut du regard. Gabriel savait très bien ce qu'il voyait. Des mèches noires implantées en V sur son front et rejetées en arrière, des sourcils qui se rejoignaient en pointe au-dessus de ses yeux et qui lui donnaient l'air effrayant auprès de certaines femmes, l'ombre d'une barbe qui semblait ne jamais vouloir disparaître. Il y avait, dans son expression, quelque chose qui effarouchait les plus douces, celles qui jouaient à enrouler ses mèches autour de leurs doigts après l'amour.

— Tu pourrais essayer, répondit Wick, mais je suppose que tu auras déjà fort à faire pour séduire ta propre promise.

Ce n'était pas sa meilleure plaisanterie, mais elle était bien envoyée, songea Gabriel.

— À t'entendre, la pauvre Tatiana pourrait bien s'enfuir dès qu'elle me verra.

Gabriel le savait, la lueur féroce qui brillait dans ses yeux inquiétait les jeunes femmes habituées aux gentils garçons. Pourtant, il n'avait pas encore croisé celle qui ne manifesterait pas le moindre signe d'excitation devant le prince qu'il était.

Au demeurant, c'était bien la première fois qu'il allait devoir séduire une épouse plutôt qu'une amante… Il réprima un juron et se tourna de nouveau vers l'urne brisée.

— Peut-être dois-je me réjouir que ma fiancée n'ait pas plus de choix que moi-même en l'occurrence, marmonna-t-il.

Wick s'inclina et s'en alla sans bruit, comme à son habitude.

3

Yarrow House

Un silence abasourdi tomba sur les trois femmes, semblable à celui qui suit un tir de fusil de chasse dans les bois.

Victoria ne dit rien. Il suffit à Kate d'un seul regard en direction de ses yeux vides pour deviner qu'elle n'avait pas compris les paroles de sa mère.

— Victoria est ma sœur, répéta lentement Kate.

— Parfaitement, alors tu ferais mieux de l'aider à se marier avant que sa réputation soit brisée. Elle est ta sœur.

Kate poussa un soupir. Elle avait dû mal entendre. Mariana avait seulement voulu dire que...

— Ta demi-sœur, précisa alors celle-ci d'un ton pincé.

— Ma... Alors elle...

Kate se tourna vers Victoria.

— Quel âge as-tu ?

— Tu le sais très bien, répondit celle-ci d'un air étonné, tout en palpant sa lèvre gonflée. J'ai exactement cinq ans de moins que toi.

— Tu as dix-huit ans, reprit Kate, le cœur battant la chamade.

— Et toi, vingt-trois bien sonnés, fit remarquer Mariana d'une voix fielleuse. Ou peut-être déjà vingt-quatre ?

— Alors votre mari... le colonel...

Mariana haussa les épaules d'un geste ironique.

Kate fut soudain saisie d'un vertige. Il lui semblait que toute sa vie se déroulait devant elle, avec toutes les questions qu'elle n'avait jamais formulées. Le choc de voir son père déclarer, deux semaines tout juste après l'enterrement de sa mère, qu'il allait se remarier avant la fin de son deuil, par licence spéciale.

Elle songea à sa mère, qu'elle avait toujours vue alitée. À son père, qui s'était toujours contenté d'envoyer de loin une parole de compassion ou un baiser à son épouse, sans jamais s'asseoir à son côté.

Parce qu'il était pressé de s'échapper pour rejoindre sa maîtresse. Mariana.

— Il y a quelque chose que je n'ai pas compris ? s'enquit Victoria en battant des cils. On dirait que tu vas pleurer, Kate...

Celle-ci carra les épaules. Depuis la mort de son père, elle n'avait pas versé une larme.

— Bien sûr que non, rétorqua-t-elle d'un ton sec.

Il y eut un nouveau silence dans la pièce.

— Eh bien, je vous écoute ? reprit-elle à l'intention de sa belle-mère. Je suis impatiente d'entendre les détails.

— Cela ne te concerne pas, se défendit Mariana.

Puis, se tournant vers sa fille, elle enchaîna :

— Écoutez, ma chérie... Vous vous souvenez que nous recevions parfois la visite de notre cher Victor avant de venir vivre dans cette maison ?

Victor ! Comment Kate n'avait-elle jamais fait le lien entre le prénom de son père et celui de sa belle-sœur ?

— Oui, acquiesça Victoria. En effet.

— Ta mère était sa maîtresse, expliqua Kate sans détour. Et je suppose qu'il vous a rendu visite pendant au moins onze ans avant le décès de ma mère.

Puis, s'adressant à Mariana, elle demanda :

— Le colonel a-t-il seulement jamais existé ? Victoria serait-elle une enfant illégitime ?

— Peu importe, répondit Mariana d'un ton détaché. J'ai de quoi assurer son avenir.

Cela, Kate ne le savait que trop. Son cher et naïf papa avait tout laissé à sa seconde épouse, qui pouvait maintenant doter sa fille comme une princesse. Sans se préoccuper un instant de la gestion du domaine. Désormais, tout appartenait à Victoria.

Laquelle était non seulement enceinte, mais illégitime. Car il était plus que probable que son prétendu père, le fameux colonel, n'ait pas existé.

Mariana se leva pour aller écraser son cigare dans un cendrier débordant de mégots à moitié consumés.

— Je m'étonne que vous ne vous jetiez pas dans les bras l'une de l'autre dans l'enthousiasme de cette bonne nouvelle, dit-elle. En tout cas, mettons les choses au point. Tu vas te rendre à Pomeroy Castle, Kate, parce que ta sœur est enceinte et qu'elle a besoin de l'accord du prince. Tu t'habilleras comme elle et tu amèneras ces maudites bestioles avec toi. Tu as intérêt à te montrer convaincante.

Mariana semblait soudain tendue et plus fatiguée que d'habitude.

— À condition que vous laissiez les Crabtree dans leur cottage, lança Kate.

Sa belle-mère haussa les épaules. Elle se moquait éperdument du sort des Crabtree, comprit Kate.

— J'ai fait convoquer le coiffeur de Victoria, reprit Mariana. Il sera là demain matin pour tailler ton affreuse crinière. Il y aura aussi trois couturières. Il va falloir faire reprendre une vingtaine de robes à tes mesures.

— Tu devras rester trois ou quatre jours au château, expliqua Victoria.

En voyant celle-ci se lever, Kate remarqua pour la première fois sa démarche un peu alourdie. Oui, elle était bel et bien enceinte…

— Je suis désolée, soupira Victoria en s'approchant de Kate.

— Vous n'avez aucune raison de l'être ! s'impatienta Mariana.

— Oh, mais si, insista Victoria. Je suis désolée que notre père ait été... eh bien, l'homme qu'il a été. Je ne regrette pas qu'il ait épousé maman, mais... je suis triste pour tout ceci. Pour ce que tu dois penser de lui aujourd'hui.

En vérité, Kate *refusait* de penser à lui. Voilà sept ans qu'elle luttait pour le chasser de sa mémoire. C'était trop douloureux de se souvenir de son rire, de sa façon de se tenir devant l'âtre pour raconter des anecdotes amusantes à ses retours de Londres, tandis que le reflet des flammes dansait dans son verre de cognac...

Maintenant, elle avait une raison supplémentaire pour ne pas penser à lui.

Elle rendit poliment son sourire à Victoria, puis se tourna vers Mariana.

— Cela ne me dit toujours pas pourquoi je dois être présente au dîner de ce soir.

— Lord Dimsdale doute que Victoria et toi vous ressembliez assez pour duper des personnes qui l'auraient déjà croisée.

— Il a raison. Rien que mes cheveux...

— Là n'est pas la question, l'interrompit sa belle-mère. Dès que tu porteras une robe correcte, tu verras la ressemblance. Victoria est connue pour sa beauté, ses petits chiens et ses pantoufles de verre. Tant que tu ne parles pas à tort et à travers, tu tromperas ton monde.

— Qu'est-ce qu'une pantoufle de verre ? s'étonna Kate.

— Oh, c'est sublime ! roucoula Victoria en battant des mains. C'est moi qui ai lancé la mode cette saison. Maintenant, tout le monde en porte !

— Vous avez la même pointure, précisa Mariana avec pragmatisme. Elles t'iront.

Kate baissa brièvement les yeux vers sa vieille robe de cotonnade grise.

— Qu'auriez-vous fait si mon père avait vécu ? demanda-t-elle. Si j'avais fait mes débuts dans le monde, comme c'était prévu ? Personne n'aurait pu me confondre avec Victoria.

— À quoi bon s'en soucier ? répliqua Mariana en haussant les épaules.

— Pourquoi pas ? insista Kate. On nous aurait forcément reconnues.

— Eh bien, j'aurais gardé Victoria à la maison en attendant que tu te dégottes un fiancé, rétorqua Mariana avec impatience.

— Et si cela n'avait pas été le cas ? Si je n'en avais pas trouvé ? Si mon père...

Un sourire incrédule étira les lèvres fardées de Mariana.

— Tu ne t'es donc jamais regardée dans la glace ? demanda-t-elle. Crois-moi, ma petite, tu n'aurais eu aucun mal à mettre le grappin sur un mari.

Kate ouvrit des yeux ronds. Bien sûr, elle s'était vue dans un miroir. Elle y avait vu le reflet de son visage aux traits réguliers... mais pas les grands yeux humides de Victoria, ni ses boucles soyeuses, ni son sourire enfantin. Pour la bonne raison qu'elle ne possédait aucun de ces atouts.

— Tu n'es qu'une sotte, marmonna Mariana en tendant la main vers son étui à cigares, avant de se raviser. Et moi, je fume beaucoup trop. C'est de ta faute. Pour l'amour du Ciel, présente-toi ce soir à table avec une robe décente. Tiens, va donc tout de suite voir la bonne de Victoria. Avec ces haillons sur le dos, tu n'es même pas assez présentable pour récurer les cheminées.

— Et moi ? gémit Victoria. Je ne veux pas qu'Algie me voie avec la lèvre toute gonflée !

— Je demanderai à Cherryderry de ne placer qu'une seule bougie sur la table, répondit Mariana. Dimsdale ne verra même pas si un de tes *rats* vient danser dans son assiette.

Et voilà comment notre histoire en revient aux fameux rats avec lesquels elle avait commencé.

4

Kate savait qu'elle pouvait compter sur le soutien des domestiques. Ces gens avaient été habitués à servir de véritables ladies et gentlemen, et non des parvenus. Ils avaient très bien compris que Mariana n'était noble ni de sang, ni de cœur. En ce qui la concernait, elle avait toujours pensé que sa belle-mère était une fille d'artisan qui avait épousé un colonel. Pas un instant elle n'avait songé que Mariana était...

Ce qu'elle était.

Une femme sans honneur. La maîtresse de son père. Une courtisane.

Pas étonnant que la pauvre Victoria se retrouve enceinte si jeune ! Sa mère n'était nullement qualifiée pour la chaperonner. Au demeurant, Kate elle-même ignorait comment se comporter en société. Elle n'avait que seize ans à l'époque du décès de sa mère et du remariage précipité de son père. Certes, elle savait utiliser ses couverts comme le voulaient les convenances, mais les subtilités de la vie mondaine lui étaient totalement étrangères.

Elle avait pris des cours de danse pendant une année, mais cela lui semblait remonter à une autre vie. N'y avait-il pas une certaine étiquette à respecter lorsqu'on s'adressait à un prince ? Fallait-il quitter la pièce à reculons, comme devant un souverain ?

Elle trouva Rosalie, la bonne de Victoria, dans le dressing-room de celle-ci. Autrefois, cette pièce était une chambre d'amis. Jusqu'au jour où Victoria avait amassé une telle collection de robes qu'il avait fallu les stocker ici.

Kate regarda autour d'elle, curieuse. Plusieurs armoires en bois de rose étaient alignées, toutes pleines à craquer de robes neuves. Des flots de dentelle et d'étoffes brodées débordaient des tiroirs mal fermés. L'air embaumait l'eau de rose et l'amidon.

— Cherryderry m'a informée du dîner de ce soir et de l'arrivée des couturières demain, déclara Rosalie à son arrivée. J'ai fait une sélection parmi les robes de miss Victoria.

Cela n'avait pas dû être une mince affaire, puisque Victoria possédait presque autant de tenues que sa mère, quoique nettement mieux rangées.

— Pour ce soir, je suggère celle-ci à mademoiselle. Il suffira de quelques points pour l'adapter.

Tout en parlant, Rosalie tendit à bout de bras une robe de soie rose pâle. Le décolleté était raisonnable, mais le corset semblait très près du corps, avant de s'évaser sous les hanches en vastes plis bouillonnés qui révélaient un fond de jupe rose sombre.

Kate l'effleura d'un geste timide. Son père était mort avant qu'on ait pu faire venir une modiste afin de lui constituer une garde-robe pour ses débuts dans le monde. Kate était passée directement du noir du deuil aux ternes cotonnades, témoins de son nouveau statut dans la maisonnée.

— Couleur de rosette, commenta Rosalie avec une légèreté un peu forcée. Elle devrait mettre en valeur la chevelure de mademoiselle. Inutile d'ajouter un corset, mademoiselle est très mince.

Rosalie voulut l'aider à déboutonner sa robe, mais Kate eut un mouvement de recul.

— Je voulais seulement aider Mad...

— Merci, Rosalie, mais voilà des années que je m'habille toute seule. Vous m'aiderez à passer cette robe, si besoin. En attendant, je vais enlever celle-ci moi-même.

Joignant aussitôt le geste à la parole, elle se dévêtit et ne garda que sa camisole. Elle possédait bien un corset, mais il était terriblement inconfortable, surtout pour elle qui montait à cheval tous les jours.

Sans un mot, Rosalie regarda la camisole, usée jusqu'à la trame, la façon dont Kate l'avait reprisée, sans grand talent – et sa longueur, largement insuffisante.

— M. Daltry... commença-t-elle.

— Doit se retourner dans sa tombe, je sais, l'interrompit Kate. Finissons-en, Rosalie.

La bonne entreprit de retirer les épingles à cheveux du chignon de Kate tout en émettant de petits claquements de langue contrariés.

— Jamais je n'aurais cru que mademoiselle avait une telle chevelure ! s'exclama-t-elle une fois qu'elle eut fini de dénouer les interminables mèches.

— Je n'ai pas envie de les avoir dans le visage, expliqua Kate. Cela me gêne pour travailler.

— Mademoiselle ne devrait pas travailler ! s'écria Rosalie. Tout ceci est injuste. Et cette camisole... Un vrai haillon ! Si j'avais pu deviner...

Jetant la brosse à cheveux sur une commode, elle ouvrit un tiroir, révélant des piles de camisoles d'une blancheur éclatante.

Rosalie en prit une en déclarant :

— Miss Victoria ne s'en apercevra même pas. Elle n'est pas comme sa mère. Elle n'aime que les camisoles de soie, ajouta la bonne en aidant Kate à se débarrasser de la sienne. Pour ma part, je trouve que le coton est moins salissant, mais si l'on n'est pas vêtue comme une dame, on n'est pas une dame, rien n'y fera !

La camisole drapa Kate d'un nuage translucide et soyeux. Elle était bordée d'une exquise dentelle.

Si son père avait vécu et si elle avait fait son entrée dans le monde, Kate aurait porté de telles merveilles chaque jour, au lieu des vilaines tenues grises ou bleues qui lui donnaient exactement l'air de ce qu'elle était : une parente pauvre.

Sa mère lui avait bien laissé une modeste dot, mais à quoi bon puisque Kate n'avait pas la moindre chance de rencontrer un mari ? Pendant des années, elle avait envisagé de partir à Londres s'engager comme gouvernante, mais cela l'aurait obligée à abandonner métayers et domestiques aux caprices de Mariana.

Alors elle était restée.

Une heure plus tard, ses cheveux étaient bouclés et disposés autour de son visage comme ceux de Victoria, son visage avait été poudré afin de lui donner le teint de porcelaine de sa sœur, et ses lèvres fardées d'un rose pâle assorti à la nuance de sa robe.

Kate s'approcha de la psyché, persuadée qu'elle allait sursauter de surprise en découvrant une beauté digne de Victoria.

Hélas ! Non seulement elle n'offrait aucune ressemblance avec sa sœur, mais seul un homme aveugle aurait pu lui trouver le moindre charme. Elle était si maigre que la robe trop large pochait tristement au niveau du décolleté.

Rosalie tira sur une manche.

— Mademoiselle a le buste plus menu que miss Victoria, marmonna-t-elle.

Si ce n'était que cela ! Un seul regard en direction de ses bras suffit à Kate pour comprendre l'ampleur du désastre. Elle passait deux ou trois heures à cheval chaque jour pour essayer de gérer le domaine comme l'avait fait l'intendant de son père, avant que sa belle-mère ne le mette à la porte. Ses bras étaient musclés et dorés par le soleil – un problème auquel les jeunes ladies n'étaient, en général, pas confrontées.

Sans compter ses pommettes trop saillantes et ses sourcils trop nettement dessinés...

— Je ne ressemble pas à Victoria, dit-elle, un peu déçue.

Elle avait espéré que, par la magie d'une robe élégante, elle deviendrait une femme aussi belle que sa sœur, un diamant célébré par la bonne société.

Elle ressemblait plus à un galet de torrent qu'à un diamant.

— Ce n'est pas le style qui convient à mademoiselle, admit Rosalie. Le rose n'était pas une bonne idée. Il faudrait peut-être des couleurs plus vives.

— Vous savez pourquoi je dois ressembler à Victoria, n'est-ce pas ? demanda Kate, consciente que Cherryderry se trouvait dans la chambre voisine, probablement occupé à écouter derrière la porte.

Rosalie pinça les lèvres d'un air vertueux.

— Rien que je doive ignorer, mademoiselle.

— Je vais accompagner lord Dimsdale à Pomeroy Castle et me faire passer pour Victoria.

Rosalie croisa son regard dans la psyché.

— Je n'y arriverai jamais, enchaîna Kate d'un ton fataliste. Elle est bien trop belle.

— Mademoiselle aussi ! protesta Rosalie avec véhémence. Mademoiselle a seulement un autre genre de beauté.

— Ma bouche est trop grande. Et pourquoi suis-je aussi maigre ?

— Parce que, depuis le décès de notre maître, vous accomplissez seule le travail de dix hommes, s'écria Rosalie. Miss Victoria, le Seigneur la bénisse, est aussi moelleuse qu'un oreiller, mais cela n'est guère surprenant, n'est-ce pas ?

Kate loucha en direction de l'étoffe drapée sur ses seins... ou plutôt, sur la poitrine qu'elle n'avait pas.

— Ne pouvons-nous pas faire quelque chose pour ce décolleté, Rosalie ? J'ai l'air d'un garçon.

Rosalie tira sur le tissu qui bâillait.

— Mademoiselle n'a pas du tout l'air d'un garçon, si je peux me permettre. C'est la robe qui donne cette impression. Je ne peux pas faire grand-chose pour l'instant, mais j'en chercherai une plus seyante. Dieu merci, miss Victoria a plus de robes dans ses armoires qu'une modiste ne pourrait en coudre en une année.

Quelques secondes plus tard, Rosalie avait adroitement roulé deux bas dans le décolleté de Kate.

Il était étrange de constater combien, malgré une certaine similitude de traits, Victoria et elle étaient différentes. Certes, Kate avait cinq ans de plus, mais lorsqu'elle était ainsi parée et habillée, elle avait surtout l'air d'une vieille fille.

Une soudaine inquiétude la parcourut. N'ayant jamais eu la chance de se vêtir comme une dame, du moins depuis le décès de son père, Kate avait oublié que le temps passait.

Elle aurait vingt-quatre ans dans quelques semaines, mais elle avait déjà l'impression d'être une douairière.

Pourquoi n'avait-elle pas remarqué qu'elle avait perdu ses rondeurs ? Depuis quand la jeune fille d'autrefois avait-elle disparu, chassée par l'amertume et les regrets ?

— Cela ne marchera jamais, dit-elle, agacée. Je ne ressemble en rien à la débutante qui a séduit le beau monde par sa fraîcheur.

— C'est à cause de la robe, insista Rosalie. Mademoiselle n'est pas à son avantage dans celle-ci, mais je vais en trouver une qui conviendra mieux.

Kate ne put que hocher la tête. Pourtant, elle avait espéré…

Eh bien, elle ignorait ce qu'elle avait espéré, mais elle savait qu'elle avait voulu se marier et avoir un jour des enfants.

L'inquiétude commença à céder la place à la panique. Et si elle était déjà trop vieille ? Si elle ne…

Elle chassa cette idée.

Elle allait effectuer cette visite pour aider sa sœur. Et ensuite, elle partirait pour Londres et convertirait la petite dot que sa mère lui avait laissée en une licence de mariage.

Elle ne serait ni la première, ni la dernière à en faire autant.

Kate carra les épaules. Depuis la mort de son père, elle avait appris ce qu'est l'humiliation. Cacher ses mains lorsque l'on croise une connaissance pour dissimuler des doigts rougis par le labeur. Plaquer ses pieds contre les flancs de sa monture pour que personne ne voie les traces d'usure sur ses bottes d'équitation. Prétendre chaque fois que l'on a oublié à la maison un chapeau que l'on n'a jamais possédé.

Ceci n'était qu'une nouvelle sorte d'humiliation. Être déguisée en agnelle alors qu'elle avait passé l'âge depuis longtemps. Elle s'en remettrait.

5

Bien des heures plus tard, quand elle put enfin monter se réfugier dans sa chambre, Kate était recrue de fatigue. Non seulement elle s'était levée avant l'aube, avait passé trois heures à tenir les comptes du domaine et avait enfourché son cheval peu après le lever du jour, mais il y avait eu les émotions liées aux révélations de la journée. Au dîner, Mariana s'était montrée irritable, même à l'adresse du vicomte. Quant à Victoria, elle avait pleuré pendant les trois premiers services.

Et voilà que les trois affreux *rats* l'attendaient dans sa chambre, assis en demi-cercle sur le plancher.

Il n'existait pas d'accessoire de mode plus furieusement dans l'air du temps qu'un petit chien… et Victoria et Mariana, qui ne faisaient jamais les choses à moitié, avaient estimé que trois valaient mieux qu'un.

Trois minuscules bichons maltais au pelage soyeux et aux petits cris plaintifs.

Ils étaient ridiculement menus, plus petits que des chats, et leur élégance était presque un affront pour Kate. Si elle avait un jour un chien, ce serait l'une de ces braves bêtes aux oreilles tombantes qui accouraient vers elle pour la saluer lorsqu'elle faisait halte chez les métayers du domaine. Un chien qui aboyait au lieu de japper.

En la voyant entrer dans la pièce, ils se ruèrent dans sa direction pour envelopper ses chevilles d'une vague soyeuse et remuante. Sans doute souffraient-ils de leur exil forcé. Avant que l'un d'eux ne morde Victoria, ils étaient sans cesse avec elle. À moins qu'ils aient faim ? Ou, pire, qu'ils aient besoin de sortir se soulager ? Hélas ! Kate n'avait pas de sonnette dans sa chambre pour appeler un domestique.

— Je suppose qu'il faut que je vous emmène en bas, dit-elle en songeant aux escaliers et à ses jambes douloureuses.

À vrai dire, elle s'estimait chanceuse qu'ils ne se soient pas oubliés dans sa chambre. La pièce était si petite, et l'unique fenêtre si haute et minuscule, qu'il aurait fallu des mois pour l'aérer et chasser l'odeur.

Elle peina quelques minutes pour trouver comment attacher leurs laisses à leurs colliers ornés de strass, sans compter qu'ils s'étaient mis à japper et à essayer de lui lécher les mains. Kate eut toutes les peines du monde à ne pas reculer, prise de dégoût.

Elle redescendit donc les marches qui menaient au rez-de-chaussée tandis que les grattements de leurs petites pattes griffues faisaient écho à ses pas lourds de fatigue. Elle était si épuisée qu'elle ne parvenait même plus à se rappeler leurs noms. Peut-être Fairy, Flower et... Oh, elle ne savait plus.

— Que mangent-ils ? demanda-t-elle à Cherryderry quelques minutes plus tard.

Le majordome l'avait accompagnée jusqu'à une partie du potager isolée par des barrières, où les trois petits chiens pouvaient faire leurs besoins.

— J'ai envoyé Richard dans votre chambre tout à l'heure pour les nourrir.

Il considéra les animaux quelques instants avant d'ajouter :

— César n'avait pas l'intention de mordre miss Victoria. Vous n'avez rien à craindre de lui.

— César ? répéta Kate. Je croyais que leurs noms commençaient par la lettre F ?

— C'est une partie du problème, répondit prudemment le majordome. Miss Victoria ne s'est jamais décidée pour un nom ou pour un autre. Elle en change chaque semaine. D'abord, c'était Fernand, Felicity et Frederick. À présent, c'est Coco, César et Chester. Avant, c'était Mopsie, Maria et... je ne sais plus quoi. Le meneur des trois – celui qui est un peu plus gros – est César. Les deux autres sont donc Chester et Coco, mais le premier ne répond qu'à Frederick ou à Freddie.

— Oh ! Et pour quelle raison César a-t-il mordu Victoria ?

— Elle lui donnait la becquée.

— *Pardon ?*

— Miss Victoria tenait un morceau de viande entre ses lèvres et l'incitait à venir le prendre.

Kate fut parcourue d'un frisson.

— C'est tout à fait dégoûtant.

— Il paraît que la princesse Charlotte en fait autant avec ses chiens, plaida Cherryderry.

— Et comment dois-je faire pour qu'ils se tiennent tranquilles pendant la nuit ? s'enquit Kate, qui n'attendait que l'instant d'aller se coucher.

— Je conseille à mademoiselle de les traiter comme les animaux qu'ils sont. Avec respect mais fermeté. Miss Victoria les cajole comme des bébés et les renvoie à la cuisine quand ils font des bêtises. Ils n'ont jamais été dressés. Je vais vous trouver un petit sac de restes de fromage. Il suffira de leur en donner un peu pour les récompenser lorsqu'ils se comportent correctement, et tout devrait bien se passer.

Une fois de retour dans sa chambre, Kate commença à comprendre que chacun des « rats » avait sa personnalité.

César était remarquablement stupide. Il traversait la pièce en se dandinant d'un air important, apparemment prêt à montrer les crocs si quelqu'un faisait mine d'entrer dans la pièce. Il ressemblait tant à un général de l'Empire que son nom lui allait à merveille.

Frederick se sentait perdu, comme elle le comprit rapidement en le voyant sauter sur son lit pour lui lécher le genou dans un jappement triste et solitaire, avant de rouler sur le dos pour qu'elle lui caresse le ventre. Freddie semblait mieux convenir à son tempérament geignard que l'impérial Frederick.

Coco, la femelle, montrait tous les signes de la vanité la plus exaspérante. Victoria avait collé des strass dans sa fourrure autour de son cou, mais au lieu de les gratter pour s'en débarrasser, comme l'aurait fait n'importe quel animal sensé, elle restait assise, les pattes sagement posées devant elle, la truffe en l'air. Et au lieu de sauter sur le lit de Kate, elle alla s'installer sur un coussin de velours qui avait été apporté dans la chambre, à côté d'une gamelle d'eau fraîche.

Kate poussa Freddie hors de son lit, mais il remonta aussitôt. Elle était tellement recrue de fatigue qu'elle n'eut pas le courage de lutter.

Elle s'étendit et, tandis qu'elle songeait à son père, une vague de colère monta en elle. Comment avait-il pu faire cela ? Il fallait qu'il ait été follement épris de Mariana pour l'épouser !

Sans doute était-ce préférable pour Kate de ne jamais être entrée dans le monde. Elle ne savait pas grand-chose de la bonne société, mais elle en connaissait assez pour avoir une certitude : personne ne fréquentait une jeune femme dont la belle-mère avait une si fâcheuse réputation, même si celle-ci avait fini par se faire épouser par son protecteur.

Et pourtant, Mariana n'avait pas hésité à se rendre à Londres pour rouvrir la demeure de son père en ville et y établir Victoria comme une héritière en vue.

Voilà qui était à méditer, songea Kate, somnolente.

6

Le lendemain matin

Le barbier français et les deux médecins londoniens arrivèrent ensemble le lendemain matin, le premier déterminé à couper les cheveux de Kate et les seconds à percer l'abcès de Victoria. Les deux sœurs refusèrent catégoriquement. Mariana entra dans une rage folle, agita son cigare autour d'elle avec des gestes menaçants et poussa des hurlements stridents.

L'entretien que Kate avait eu la veille avec Rosalie l'avait aidée à clarifier ses idées. Elle n'était plus une toute jeune fille, et son unique titre de beauté était sa somptueuse chevelure. Elle avait considérablement maigri et ses traits étaient tirés par les soucis. Sans sa crinière de lionne, que lui resterait-il ?

— Il n'en est pas question, déclara-t-elle en haussant la voix pour couvrir les vagissements de Victoria.

Le plus étrange, c'est qu'elle n'avait pratiquement jamais rien refusé, même si elle avait lutté bec et ongles contre sa belle-mère au cours des sept années passées. Lorsque Mariana avait chassé l'intendant et confié son travail à Kate. Lorsqu'elle avait donné son congé au comptable et chargé Kate de tenir les livres de comptes, en y passant ses nuits s'il le fallait. Kate avait accepté de gérer le domaine, s'occuper des comptes, payer les fournisseurs tandis que, les uns après les autres, la gouvernante, le comptable, l'intendant et quelques bonnes quittaient la maison. Jamais elle n'avait *refusé* quoi que ce soit.

De manière assez inattendue, c'était sur une question de fierté personnelle qu'elle trouvait le courage de résister.

— Non, non et non, répéta-t-elle obstinément.

M. Bernier leva les bras au ciel et s'écria, avec un fort accent français, qu'un « léger rafraîchissement » lui ferait paraître dix ans de moins, estimant sans doute que l'économie n'était pas négligeable.

Galvanisée par cet argument, Kate répliqua froidement qu'elle remerciait l'homme de l'art pour son opinion et l'invitait à ne pas insister.

Mariana hurla qu'elle était en train de tout gâcher.

— À cause de toi, l'accusa-t-elle, ta sœur ne pourra jamais se marier et son enfant sera un bâtard !

Interceptant l'expression stupéfaite de M. Bernier, Kate lui décocha un regard menaçant. Elle devait avoir acquis, au fil des années, une certaine maîtrise en la matière car elle vit le coiffeur tressaillir.

— Ce n'est pas grave, maman, plaida Victoria entre deux sanglots. Kate n'aura qu'à porter mes perruques. Elle aura un peu chaud, mais cela ne durera que quelques jours.

— Des perruques ? s'étrangla Kate.

— J'en ai de toutes les couleurs, expliqua Victoria. Pour que ma chevelure soit toujours assortie à mes robes. Si Rosalie lui tresse les cheveux chaque matin et les fixe bien à plat sur sa tête, Kate sera tout à fait présentable.

— Entendu, céda Mariana en tirant vigoureusement sur son cigare.

— Je te prêterai même mon scalp circassien, proposa Victoria.

Kate fit la grimace.

— Oh, mais je t'assure qu'il est très joli ! enchaîna Victoria. Il est couleur lavande. Idéal avec les robes bleues et vertes. Il y a même un bandeau orné de strass pour le faire tenir sur la tête.

— Parfait, conclut Mariana. Maintenant, Victoria, les médecins vont percer ton abcès. Et je ne veux plus entendre une seule protestation de l'une ou de l'autre pour la journée.

Victoria eut beau hurler et pleurer, l'affaire fut rondement menée. Mariana se retira dans ses appartements en invoquant une violente migraine, Victoria fut envoyée au lit en pleurnichant, et Kate partit rendre visite aux Crabtree.

7

Pomeroy Castle

— Qu'arrive-t-il à ce lion ? demanda Gabriel à Wick.

D'un pas rapide, il traversa la cour extérieure pour se rendre à la ménagerie de fortune à l'arrière du château.

— Je n'en ai aucune idée. Il ne garde aucun repas.

— Pauvre gros chat, murmura Gabriel en s'approchant de la cage.

Le fauve était assis contre le mur du fond, ses flancs se soulevant lourdement à chacune de ses respirations. Lorsque Gabriel en avait hérité, quelques mois auparavant, l'animal avait la pupille brillante et pleine de vie, comme s'il s'apprêtait à bondir sur le premier venu pour le dévorer.

À présent, son regard était terne et éteint. S'il avait été un cheval, Gabriel l'aurait déjà fait abattre.

— Il est trop jeune pour mourir, dit Wick, comme s'il avait lu dans ses pensées.

— Augustus prétendait qu'il ne tiendrait pas une année.

— Le grand-duc a exagéré son âge. Ce lion n'a que cinq ans. Il devrait vivre encore longtemps.

— Et comment vont nos autres pensionnaires ? s'enquit Gabriel en se tournant vers la cage de l'éléphante.

Lyssa, qui était toujours d'humeur égale, se balançait paisiblement d'un pied sur l'autre. À la vue de Gabriel, elle émit un soufflement amical.

— Que fait ce singe dans cette cage avec elle ? s'étonna Gabriel.

— Ils ont lié amitié durant la traversée de l'océan, expliqua le majordome. Ils sont inséparables.

Gabriel s'approcha de la cage.

— De quelle espèce de singe s'agit-il ?

— Si j'ai bien compris, il s'agit d'un ouistiti. Le grand-duc l'a reçu d'un pacha.

— Quant à l'éléphante, elle a bien été offerte par ce raja hindou, n'est-ce pas ? Si les gens pouvaient cesser de donner des animaux en cadeau ! L'odeur de cette cour est méphitique !

Berwick huma l'air avec prudence.

— En effet. Peut-être pourrions-nous déplacer la cage dans les jardins, derrière le labyrinthe de verdure ?

— Lyssa s'y ennuierait, toute seule. Et j'imagine qu'il n'est pas souhaitable de la laisser sortir de son enclos de temps à autre ?

— Je peux me renseigner sur la possibilité de faire construire un abri dans le verger, proposa Berwick.

Gabriel observa l'improbable duo. Assis sur le crâne du pachyderme, le singe lui grattait l'oreille de sa main aux longs doigts noueux.

— On n'a toujours pas trouvé une personne compétente pour s'occuper des éléphants et autres bêtes exotiques ? questionna Gabriel.

— Hélas non. Nous avons tenté de débaucher l'un des soigneurs du zoo de Peterman, mais il a refusé de se séparer de ses lions.

— Et nous ne pouvons pas avoir les lions de Peterman avec le nôtre, conclut Gabriel en revenant vers la première cage. Que lui arrive-t-il, Wick ?

— Le prince Ferdinand a émis l'hypothèse que cet animal est habitué à un régime de chair humaine, mais peut-être est-il préférable d'ignorer les implications d'une telle suggestion.

— De quoi le nourrissons-nous ?

— De viande de bœuf. La meilleure.

— C'est peut-être trop riche pour lui. Que mange l'oncle Ferdinand quand il souffre d'indigestion ?

— Du consommé.

— Qu'on lui donne de la soupe. Je veux dire, au lion.

Wick arqua un sourcil intrigué mais s'abstint de tout commentaire.

— À propos, où est mon cher tonton ?

— Son Altesse travaille sur la bataille de Crécy, ce matin. Il a annexé la porcherie, qui par chance était vide de ses occupants habituels, et l'a nommée musée de la Guerre impériale. Une cinquantaine de bouteilles de lait représentent les différents régiments et leurs commandants. Cette mise en scène rencontre un vif succès auprès de la progéniture du personnel.

— Alors il est heureux, en conclut Gabriel. Je suppose que…

Il fut interrompu par l'irruption d'un homme de taille haute perché sur de longues jambes d'échassier, au crâne hérissé d'une courte chevelure grise.

— Quand on parle du diable… reprit Gabriel, avant de s'incliner devant le nouvel arrivant.

— Vous aussi, mon garçon, vous aussi, répliqua son oncle, le prince Ferdinand Barlukova, d'un ton distrait. Vous n'auriez pas vu mon chien ?

— Le bruit court que le lion l'a mangé, déclara Wick en se réfugiant imperceptiblement derrière l'épaule de Gabriel.

— Avec la peau ?

— Cela expliquerait l'état de santé déplorable du lion.

— Je n'ai pas vu votre chien, mon oncle, répondit Gabriel en se mordant les lèvres.

— Il a dévoré une assiette de pommes sauvages au vinaigre, déclara le prince Ferdinand d'un air désolé. Je l'ai mis au régime. Il ne mange que des aliments en saumure. Je suis persuadé que c'est bien meilleur pour sa digestion.

Les pommes au vinaigre n'avaient sans doute pas réussi au chien.

— Il s'est peut-être sauvé ? suggéra Gabriel en se dirigeant vers la grande arche qui menait à la cour intérieure du château. Il n'a peut-être pas apprécié vos innovations diététiques.

— Mon chien adore les pickles, décréta le prince Ferdinand. En particulier les tomates.

— La prochaine fois, essayez le hareng saur ! lança Gabriel avant de s'éloigner.

C'est alors que, du coin de l'œil, il vit approcher ses tantes. Lorsqu'elles lui firent signe de l'attendre en lui décochant des sourires encourageants, il accéléra l'allure. Après avoir failli heurter le fils de la cuisinière, il acheva au pas de course le chemin qui le menait à ses appartements privés.

Le problème, quand on possédait un château, c'est qu'il grouillait généralement de monde. Et ces personnes étaient *ses* gens, d'une façon ou d'une autre. *Sa* famille, *ses* domestiques, et même *sa* ménagerie... jusqu'au chien mangeur de pickles, bien que celui-ci semblât s'être envolé pour le paradis des chiens.

— Je vais aller dans les bois tirer le faisan, annonçat-il à son valet, un homme à l'allure lugubre appelé Pole, qui avait été congédié de la cour de son frère car il en savait un peu trop sur la vie privée des courtisans.

— Très bien, Votre Altesse, répondit celui-ci avant d'aller chercher une veste et une culotte d'équitation. Le jeune Alfred pourrait accompagner Son Altesse pour porter le gibier.

— Excellente idée.

— Puis-je également prendre la liberté de suggérer à Son Altesse d'emmener l'honorable Buckingham Toloose ? ajouta Pole tout en disposant une paire de bas propres à côté de la culotte d'équitation avec un soin méticuleux.

— Qui donc ?

— L'honorable Buckingham Toloose est ici depuis hier, avec une recommandation de la reine Charlotte. Il aurait dû être présenté ce soir à Votre Altesse, mais peut-être le dîner sera-t-il réservé à la famille, étant donné l'arrivée imminente du neveu de Son Altesse ? Il serait probablement plus agréable à Son Altesse de voir le gentleman dès à présent.

— Quelle sorte d'homme est-il ?

— Il semble être d'une nature assez portée au prosélytisme, Votre Altesse.

— Oh, non ! gémit Gabriel. Ma cour ne va pas se transformer en assemblée religieuse, comme chez mon frère ! Je ne veux pas de ces gens-là chez moi. Et vous non plus, Pole. Si je deviens comme mon frère, le lion et vous n'aurez plus qu'à plier bagage !

Le valet sourit, amusé.

— Votre Altesse semble peu sujette au risque de succomber aux charmes de la piété, comme Sa Majesté le grand-duc Augustus. Quant au zèle de M. Toloose, il s'applique à un tout autre domaine. J'ai prévenu les jeunes bonnes de rester à l'écart de l'aile est. Il possède des manières assez… personnelles. Il les a testées sur la princesse Maria-Therese, sans grand succès semble-t-il.

Gabriel songea à sa tante, une rude matrone aux cheveux blancs, aussi souple de corps et de tempérament qu'un bloc de fonte.

— Je suppose que vous avez raison, Pole. Et que vient-il faire chez moi, ce M. Toloose ?

— J'imagine qu'il s'est mis au vert pour échapper à ses créanciers londoniens. Ses bas sont luxueux –

orange vif, brodés à son chiffre – et son manteau vaut plus cher qu'une émeraude de bonne taille.

Si Pole l'affirmait, c'était exact. Pole était expert en pierres précieuses, et tout autre article de prix.

— Très bien, fit Gabriel. Dites à Berwick que je suis à l'armurerie et faites savoir à Toloose qu'il est attendu. Je crois que mon oncle apprécierait également d'être de la partie.

Une fois descendu à l'armurerie, Gabriel prit son Haas pour en polir le canon. C'était une arme superbe, l'une des seules à permettre de passer en un éclair de la chasse au cerf à celle au faisan.

L'arme, de fabrication allemande, était tout ce que la vie n'était pas : d'une conception parfaite et d'une élégante simplicité. En un mot, belle.

Gabriel ne chassait que le petit gibier, mais cela ne l'empêchait pas d'apprécier à sa juste valeur la perfection de ce fusil, dont le canon était gravé aux armoiries du duché de Warl-Marburg-Baalsfeld.

Celles de son frère aîné.

Un soulagement familier lui arracha un léger soupir. Il avait compris, voilà bien des années, qu'il était infiniment préférable d'être un prince qu'un grand-duc.

Même si Augustus n'était qu'un sinistre barbon, Gabriel éprouvait une certaine compassion à son égard. Gouverner un grand-duché n'était pas une sinécure, surtout avec des frères dont certains n'auraient pas détesté récupérer la couronne.

Ou, à défaut, une riche héritière. Gabriel avait appris récemment que Rupert, le séducteur de la fratrie, était très proche de la sœur de Napoléon.

Il réprima un soupir de lassitude. Si son frère Augustus n'avait pas perdu l'esprit quelques mois auparavant, Gabriel serait en cet instant même à Tunis, en train de se quereller avec son vieux professeur Biggitstiff sur le site de Carthage, pour empêcher celui-ci de piller les vestiges de la cité légendaire.

Et non pas enfermé dans un château humide au fin fond de cette Angleterre où il pleuvait même en été, entouré de parents vieillissants et de courtisans criblés de dettes...

Baissant les yeux, Gabriel s'aperçut qu'il polissait le canon de son arme avec tant de rage qu'il allait finir par effacer les armoiries ducales.

Maudits soient Augustus et ses idées folles ! Gabriel était sur le point de partir pour Tunis lorsque, pris d'une soudaine frénésie religieuse, son frère avait chassé du grand-duché tous ceux qu'il considérait comme corrompus, incompétents ou hérétiques.

En un mot, pratiquement tout le monde sauf lui-même. Et cela au nom du salut de son âme.

Les autres frères de Gabriel avaient refusé d'intervenir, soit parce qu'ils rampaient devant Augustus, soit parce qu'ils se moquaient éperdument de la situation, comme c'était le cas de Rupert.

Il ne restait donc que Gabriel. Son choix était simple : rester dans son château perdu au fin fond de l'Angleterre, assez vaste pour accueillir tous les exilés du grand-duché, ou s'enfuir pour Tunis sans un regard en arrière.

Laissant derrière lui Wick, l'oncle Ferdinand, le chien mangeur de pickles et tous les autres.

Il ne pouvait pas faire cela.

Voilà pourquoi sa vie était ainsi. Avec de la pluie plutôt que du soleil. Une fiancée en route depuis sa lointaine Russie, avec dans ses bagages une dot assez considérable pour assurer le train de vie du château. Et une maisonnée pleine de mécréants et de courtisans ruinés, plutôt qu'un chantier archéologique regorgeant de nobles ruines et de caryatides brisées qui avaient autrefois fait la gloire de Carthage.

Biggitstiff était en ce moment même sur les lieux, occupé à rebaptiser « ruine carthaginoise » la moitié des cailloux du pays. Peut-être avait-il même déjà identifié le supposé bûcher funéraire de Didon, la célèbre reine ! Et bientôt, il allait publier des articles pour exposer ses hypothèses fumeuses et décrire ses fouilles...

Gabriel serra les dents. Il n'y pouvait rien. Il était incapable de laisser ceux qu'il avait connus toute sa vie – depuis son oncle dont l'esprit battait la campagne jusqu'au vieux bouffon de la cour de son propre père, qui approchait l'âge vénérable de soixante-quinze ans – être jetés à la rue pour ne pas mettre en péril le salut de l'âme d'Augustus.

Il ne lui restait qu'à espérer que la fiancée que lui avait choisie Augustus – probablement pieuse et moustachue, aussi vertueuse que virginale – aurait assez de tempérament pour diriger le château, afin qu'il puisse enfin partir pour Carthage.

Rasséréné par cette perspective, Gabriel se remit à polir son fusil.

8

Au terme de quatre heures de tête-à-tête avec lord Dimsdale dans l'attelage, Kate comprit que la particularité la plus intéressante d'Algernon était qu'il portait un corset. Si on lui avait dit que les hommes aussi en utilisaient !

— Il me pince les côtes, confia son compagnon, mais il faut souffrir pour être élégant. Enfin, c'est ce que répète mon valet...

Kate se félicita que les couturières se soient contentées de reprendre légèrement les tenues de voyage de Victoria. Les côtes pincées, même élégamment, très peu pour elle ! Sa robe s'évasait confortablement au niveau de la taille, ce qui lui convenait à merveille.

— Et les rembourrages n'arrangent rien, marmonna Dimsdale en s'agitant sur sa banquette.

— Les rembourrages ? répéta Kate en le parcourant d'un regard intrigué. Où en avez-vous donc ?

Aussitôt, il bomba le torse et rentra le ventre.

— Tout le monde en porte, de nos jours, expliqua-t-il. Cela dit, n'allez pas vous imaginer qu'en temps ordinaire, je discute de tels sujets. C'est seulement parce que vous êtes de ma famille. Enfin, presque. Au fait, cela vous contrarie-t-il si je commence dès maintenant à vous appeler Victoria ? Je n'ai pas une excellente mémoire et je ne voudrais pas me tromper devant des témoins.

— Je vous en prie, répondit Kate avec amabilité. Comment ma sœur vous appelle-t-elle ?

— Algie, répliqua-t-il en se redressant avec fierté. Vous devez en faire autant. C'est l'une des qualités que je préfère chez Victoria. Elle n'est jamais cérémonieuse. Elle m'a appelé Algie dès le premier jour.

Après un silence, il ajouta d'un ton mystérieux :

— C'est comme ça que j'ai *su*.

— Su quoi ?

— Qu'elle m'était destinée de toute éternité ! Cela était écrit, croyez-moi. Dès le premier regard, nous avons compris que nous étions faits l'un pour l'autre.

La fatalité, songea Kate, était surtout due à l'absence de chaperon. Les charmantes familiarités de Victoria – verbales ou autres – étaient le résultat d'une totale absence d'éducation. En vérité, elle n'aurait pas été étonnée que Mariana ait même encouragé certains comportements inappropriés...

Pour sa part, Kate aurait préféré mourir plutôt que d'épouser Dimsdale, mais elle comprenait que Victoria lui ait trouvé du charme. Avec son visage aux traits poupins et son tempérament placide, il offrait un agréable contrepoint au cynisme plein d'amertume de Mariana.

— Quand arriverons-nous donc à Pomeroy Castle ? marmonna-t-il d'un ton irrité.

Son col était si haut qu'il lui frottait les oreilles. Kate, pour sa part, était confortablement adossée au dossier moelleux de sa banquette. À cette heure de la journée, elle aurait déjà dû avoir passé plusieurs heures à cheval.

— Êtes-vous inquiet à la perspective de rencontrer votre oncle ? demanda-t-elle.

— Pourquoi le serais-je ? Il est originaire de je ne sais quel coin perdu. Là-bas, ils appellent cela des principautés, mais ici, en Angleterre, ce ne serait rien de plus qu'un petit comté. Certainement pas un royaume. Je me demande bien pourquoi il porte un tel titre. C'est absurde.

— Il me semble qu'il existe un certain nombre de principautés sur le Continent, dit Kate, qui n'était pas très sûre de son fait.

Mariana n'ayant jamais voulu payer un abonnement à un journal, l'éducation de Kate se résumait aux livres qu'elle empruntait de temps en temps à la bibliothèque paternelle, en cachette de sa belle-mère – qui, au demeurant, n'aurait rien remarqué.

— J'aurais préféré me contenter de vous présenter à mon oncle et repartir dès le lendemain matin, mais il a insisté pour que nous assistions à son bal. Sa lettre était très claire. Il doit avoir peur de manquer d'invités pour remplir sa salle de réception !

Puis, ayant parcouru Kate d'un regard appuyé, il ajouta :

— Ma mère craint qu'il ne tente de vous séduire.

— De séduire ma demi-sœur, rectifia Kate.

— Vous parlez d'un coup de théâtre ! gémit Dimsdale. Adieu le colonel ! Je dois dire que j'en suis resté sans voix, hier, quand Mme Daltry m'a avoué la vérité… À la voir, on ne se douterait de rien, n'est-ce pas ? Si ma mère le savait, elle piquerait une crise de nerfs.

Kate trouvait au contraire qu'il suffisait de regarder Mariana pour soupçonner une entourloupe, mais elle se contenta de hocher la tête, mue par une inexplicable loyauté familiale.

— Il n'y a aucune raison pour que votre mère l'apprenne, le rassura-t-elle. En tout cas, ce ne sera pas par moi.

— Bref, je suis fou de Victoria, je suis décidé à l'épouser, ma mère exige que j'aie l'accord de mon oncle, et voilà toute l'affaire.

Kate décocha un sourire d'encouragement à son compagnon de voyage. Il s'était donné tant de mal pour enchaîner toutes ces pensées dans un ordre logique que cela méritait quelques félicitations. Elle notait avec un certain intérêt la peur qu'il semblait éprouver envers sa mère. Cela expliquait sans doute pourquoi il avait cédé si facilement face à Mariana lorsqu'elle avait exigé qu'il épouse Victoria.

— Nous devons être sur les terres de mon oncle, reprit Dimsdale. Son domaine est immense, savez-vous ? Cela est tout simplement choquant. Toute cette bonne terre anglaise donnée à un étranger ! Même s'il a fréquenté Oxford, il a du sang étranger dans les veines.

— Tout comme vous, par conséquent, fit remarquer Kate. Vous êtes parents par votre mère, n'est-ce pas ?

— Certes, mais ma mère...

Il n'acheva pas sa phrase. Apparemment, le sang maternel n'avait rien d'étranger.

— Enfin, soupira-t-il, vous voyez ce que je veux dire.

— Avez-vous déjà croisé le prince ?

— Une ou deux fois, lorsque j'étais enfant. Quand je pense qu'il est mon oncle alors qu'il est à peine plus âgé que moi ! Il doit avoir une dizaine d'années de plus. Pourquoi devrais-je lui présenter ma fiancée ? Ce n'est pas un roi. Tout juste un minable prince !

— Ce sera bientôt fini, lui promit Kate.

— Il est à court d'argent, expliqua Dimsdale sur le ton de la confidence. Il paraît que sa fiancée...

Le reste de sa phrase fut noyé par les cris du cocher, qui fit brusquement dévier le carrosse vers la droite. Les roues gémirent sous le soudain changement de direction tandis que les chiens entamaient un concert d'aboiements. Par chance, le véhicule fit halte sans se renverser et le second attelage – qui convoyait les malles, Rosalie et le valet d'Algie – freina de justesse.

Dimsdale tira sur sa veste, qui s'était plissée sous le choc.

— Je ferais mieux d'aller voir ce qui se passe, déclara-t-il d'un ton viril. Restez ici, en sécurité. J'ai peur qu'un essieu ne se soit brisé.

Kate attendit qu'il s'extirpe de l'habitacle puis, ayant rajusté son chapeau, sauta à bas du carrosse.

Dehors, les cochers tentaient d'apaiser les chevaux tandis que lord Dimsdale inspectait les roues, se penchant si bas que ses oreilles devaient toucher ses genoux.

C'est alors qu'elle aperçut l'homme, monté sur un superbe étalon alezan. Tout d'abord, elle ne vit que sa silhouette, qui se détachait contre le ciel d'un bleu éclatant. Elle perçut aussitôt la puissance qui émanait de lui, ainsi qu'une impression de maîtrise absolue de soi-même. Puis elle nota ses larges épaules, ses cuisses musclées, sa posture arrogante.

Elle leva une main en visière pour se protéger de l'éclat du soleil. Au même instant, le cavalier sauta de sa monture. Ses longues mèches noires dansèrent autour de ses épaules, comme s'il était l'un de ces acteurs qui passaient de village en village pour jouer *Le Roi Lear* ou *Macbeth*.

Puis elle cligna des paupières... À la réflexion, il ressemblait moins à Macbeth qu'au roi des fées, Oberon en personne, avec ses yeux légèrement étirés qui lui donnaient un délicieux air exotique.

Et lorsqu'il prit la parole, elle constata qu'il s'exprimait avec un léger accent qui seyait à merveille à ses prunelles sombres et à sa crinière de jais. Il émanait de toute sa personne une impression d'arrogance et de puissante vitalité, qui aurait fait pâlir d'envie tous les gentlemen anglais que Kate connaissait.

Elle comprit alors qu'il ne pouvait s'agir que du prince.

S'apercevant qu'elle le dévisageait sans la moindre retenue, elle se mordit les lèvres. Par chance, il ne l'avait pas remarquée. Sans doute était-il habitué à être dévoré des yeux par toutes les femmes qu'il croisait...

Il salua lord Dimsdale d'un hochement de tête tandis que sa suite descendait à son tour de cheval. L'homme qui se tenait à sa gauche ressemblait exactement à l'image que Kate se faisait d'un courtisan, avec sa perruque et sa tenue aussi colorée que celle d'un paon. Il y avait également un jeune garçon en livrée rouge, et un autre homme. Apparemment, le prince était sorti pour une partie de chasse.

C'est à ce moment qu'il la vit.

Il la parcourut d'un regard dédaigneux, comme si elle n'était qu'une fille de ferme. Il n'y avait pas la moindre lueur d'intérêt dans son expression – rien qu'un examen froid et hautain. Comme si elle tentait de lui vendre du lait tourné. Ou comme s'il la déshabillait mentalement et découvrait les bas roulés dans son corset.

Kate le salua d'un imperceptible mouvement de tête. Elle n'avait pas l'intention de se ruer servilement pour faire la révérence à cet homme, fût-il prince, qui semblait plus préoccupé de son importance que des bonnes manières.

Il ne réagit pas. Ni sourire, ni hochement de tête. Détournant les yeux, il sauta en selle et s'en alla. Son dos, ne put s'empêcher de remarquer Kate, était encore plus large que celui du forgeron du village.

Et ses façons, encore plus grossières...

— Eh bien, dit Dimsdale, je suppose que ce n'est pas la faute de mon oncle si nos chevaux ont été surpris par les siens. Et maintenant, cocher, remettez-nous sur la route, et en vitesse !

— César ! appela Kate.

Le chien était en train d'aboyer dans les jambes d'un cheval qui pouvait l'écraser d'un seul coup de sabot.

— Allons, viens !

Dimsdale s'apprêtait à héler son valet pour aller chercher le chien, mais Kate l'arrêta.

— Il faut que César apprenne, expliqua-t-elle en sortant son sac de fromage.

Les deux autres bichons vinrent se frotter dans ses jupes en poussant de petits cris affamés. Elle leur distribua à chacun une friandise et leur caressa la tête. Aussitôt, César comprit ce qui se passait et leva la truffe.

— Viens ! répéta Kate.

L'animal obéit et fut récompensé à son tour.

— Voilà un travail bien pénible, commenta Dimsdale.

Kate acquiesça d'un « hum » distrait.

— Toutefois, ils ont l'air de se calmer, enchaîna-t-il. J'ai peur que Victoria ne manque de fermeté avec ces chiens. Regardez ce qui est lui arrivé, la pauvre !

Une fois qu'ils furent remontés en voiture, Dimsdale s'écria :

— C'était mon oncle. Le *prince* !

— Oh, il a l'air fort princier, se moqua Kate. Je me demande à quoi ressemble sa fiancée.

Elle se souvint de sa silhouette virile se détachant contre le ciel ensoleillé. Il devait être le genre d'homme à épouser une beauté d'un pays lointain, drapée de perles et de diamants...

— Les femmes russes ont les cheveux noirs, déclara Dimsdale.

Puis, après un silence, il ajouta :

— J'aurais pu vous présenter à lui tout de suite, mais j'ai pensé qu'il serait préférable qu'il ne fasse pas attention à vous avant...

Il esquissa un geste impatient.

— Enfin, vous savez. Jusqu'à ce que vous... vous transformiez.

Jusqu'à présent, il n'avait pas semblé se formaliser que Kate ne soit pas aussi jolie que Victoria. Apparemment, ce n'était plus le cas.

— Je suis désolée, murmura-t-elle.

Il battit des cils d'un air perdu.

— À quel sujet ?

— Ma compagnie n'est pas aussi plaisante que celle de Victoria. Je suis sûre que votre oncle aurait immédiatement admiré sa beauté.

Dimsdale était trop jeune pour dissimuler ses sentiments.

— Elle me manque, dit-il avec des accents de sincérité, mais c'est probablement mieux ainsi. Imaginez qu'elle le trouve séduisant et décide de...

Sa voix s'étrangla dans un petit soupir d'effroi.

— Victoria vous adore, le rassura-t-elle, en s'interdisant d'ajouter « cette sotte ! ».

De fait, Victoria et Dimsdale étaient parfaitement assortis. Aussi niais l'un que l'autre, aussi doux de caractère... et aussi impressionnés devant quiconque était doté de deux sous de bon sens.

— Et n'oubliez pas que pour rien au monde, le prince n'épouserait une jeune femme comme elle. Je suppose qu'il se trouverait encore trop bien pour la fille d'un duc.

César se mit à aboyer à la vitre lorsqu'ils croisèrent un autre véhicule.

— Par terre ! ordonna Kate.

Aussitôt, l'animal descendit. Puis c'est Freddie qui posa ses pattes avant sur la banquette en gémissant. Kate le laissa monter et s'asseoir près d'elle. Le chien s'étendit contre elle en tremblant, puis s'affala sur ses genoux.

— Ce n'est pas juste, bougonna Dimsdale.

— La vie n'est pas juste. Regardez, Freddie est récompensé pour ne pas aboyer.

— Il est très intelligent, dit Dimsdale.

Kate regarda Freddie, qui était tout sauf intelligent.

— Je parle du prince, précisa Dimsdale. Ma mère dit qu'il est diplômé d'Oxford. Pour ma part, je ne suis même pas allé à l'université. Il paraît qu'il est un éminent spécialiste de l'histoire ancienne, ou quelque chose comme cela.

Outre son arrogance, son sang royal et sa superbe veste d'équitation, le prince possédait *aussi* un cerveau ?

Impossible. Ces aristocrates n'étaient-ils pas tous frappés de tares consanguines ?

— Je suppose que lorsqu'on est prince, il suffit d'orner l'université de sa présence pour recevoir un diplôme, ironisa Kate. Que peuvent-ils dire ? « Désolé, Votre Altesse, mais vous êtes vraiment trop stupide pour décrocher votre diplôme » ?

Tandis qu'ils parcouraient les dernières lieues qui les séparaient du château, elle entretint rageusement son dédain pour cet homme – superbe – dont les cheveux – magnifiques – bouclaient sur ses – larges – épaules, qui passait son temps à se promener accompagné de courtisans parfumés et ne se donnait même pas la peine de la saluer.

Il la jugeait d'origine trop modeste pour lui, ce qui était humiliant mais guère surprenant. Après tout, elle *était* d'origine trop modeste pour lui.

En réalité, tout ceci était assez amusant. Et elle n'en aurait que pour quelques jours. Ensuite, elle pourrait partir à Londres en emportant ses nouvelles robes pour trouver un mari selon ses goûts.

Elle pouvait déjà l'imaginer. Elle ne voulait pas de quelqu'un comme le prince. Celui qu'elle choisirait ressemblerait à l'un de ses voisins, un gentilhomme de campagne au tempérament paisible qui adorait sa femme. Ils avaient neuf enfants. Voilà ce qu'elle voulait. Un homme bon, honnête, droit et généreux.

Elle sourit à cette pensée.

9

Kate n'avait pas une grande expérience en matière de châteaux. Les seuls qu'elle avait vus étaient des gravures dans l'un des livres de son père. Elle avait imaginé Pomeroy Castle comme une vaste folie architecturale de brique rose, découpant contre le soleil couchant sa silhouette piquetée d'échauguettes, encorbellements et autres tourelles gothiques.

Celui qu'elle découvrit était massif, carré, masculin. Une forteresse à l'aspect menaçant, avec ses murailles surmontées de deux donjons trapus, dénuée de toute poésie, qui se tenait telle une sentinelle aux airs butés, prête à rabrouer le visiteur.

Le carrosse s'engagea dans une allée de gravier, passa sous une arche de pierre et fit halte dans une cour. La portière fut ouverte et Kate descendit, aidée par l'un des valets qui escortaient leur petit groupe. Voyant que la cour grouillait de monde, elle fut tentée, un instant, de se pencher sous la voiture pour s'assurer qu'ils n'avaient renversé personne.

Toutes sortes de gens s'affairaient autour d'eux, allant et venant entre les passages voûtés qui s'ouvraient sur les quatre côtés de la cour. Kate vit une carriole tirée par un âne, débordant de piles de linge, éviter de peu un domestique qui portait, attachés au bout d'une longue perche, une dizaine de poissons sans doute destinés aux cuisines. Celui-ci était suivi par un homme chargé d'une caisse pleine de poulets. Deux petits serviteurs, tenant des brassées de roses coupées, esquivèrent de justesse le contenu d'un baquet qu'une bonne venait de jeter d'une fenêtre – rien de plus que de l'eau sale, fallait-il espérer.

Des valets vêtus de l'élégante livrée aux couleurs du château escortèrent Kate et ses compagnons de voyage jusqu'à un passage voûté qui donnait sur une seconde cour... où l'atmosphère changeait du tout au tout. C'était un espace calme et élégant, comme si, derrière son aspect rébarbatif, cette forteresse se voulait un havre de bien-être pour ses occupants.

Dans les rayons du soleil déclinant qui donnaient aux fenêtres des reflets d'or en fusion, des courtisans déambulaient paisiblement, avec l'élégante insouciance de la fine fleur de l'aristocratie.

Kate fut soudain prise de panique. Que faisait-elle ici, dans ce costume trop grand pour elle, sous l'identité de sa sœur ?

Un regard en direction de Dimsdale lui indiqua que lui non plus ne se sentait pas à sa place ici, parmi cette foule de courtisans à la mise raffinée qui se parlaient en français ou en allemand... Jamais il n'avait été confronté à une telle situation.

— Vous êtes parfait, l'encouragea Kate. Regardez donc comme la tenue de ce gentleman est démodée !

En vérité, elle n'avait aucune idée de ce qui était ou non à la mode. L'homme en question n'avait pas de col, alors que Dimsdale en portait trois.

Ce dernier suivit son regard, et parut se rasséréner.

— Juste Ciel, et ces boutons ! railla-t-il.

Ils furent accueillis par un certain M. Berwick, qui se présenta comme le majordome et confia Dimsdale à un valet avant de déclarer qu'il allait escorter Kate jusqu'à ses appartements de l'aile ouest.

Rosalie dans son sillage, Kate le suivit le long de couloirs faiblement éclairés par des ouvertures étroites ménagées dans la muraille, puis à travers une vaste salle au mur orné d'une antique tapisserie figurant deux chevaliers sur leurs montures.

La jeune femme était fascinée. Il n'y avait pas de vitres aux fenêtres. Comment faisait-on pour chauffer ce château en hiver ? Et la pluie ne pénétrait-elle donc jamais ? Aiguillonnée par la curiosité, elle se pencha vers l'une des fentes... et découvrit un ingénieux système de gouttière conçu pour évacuer toute entrée d'eau. En outre, les murs étaient d'une épaisseur colossale – peut-être de la longueur de son bras.

M. Berwick l'attendait patiemment.

— Je regardais les gouttières, marmonna Kate.

— Les fenêtres sont taillées en biais pour éviter le passage du vent, expliqua le majordome en se remettant en marche. L'aile ouest est juste devant nous. Ceci est le couloir principal. Toutes les chambres de cette aile donnent sur ce corridor. Celle de mademoiselle est l'avant-dernière sur la gauche. J'ai attribué à mademoiselle une chambre côté cour, car même en cette saison clémente, les nuits peuvent être fraîches, surtout dans les pièces orientées vers l'extérieur.

Le couloir était ponctué à intervalles réguliers de portes encadrées de moulures en forme de colonnes. Kate leva les yeux... et éclata de rire. En guise de chapiteau, chaque pilastre était orné d'un angelot, ou plutôt d'un diablotin ailé, chacun différent du voisin. Ceux de sa porte étaient un petit garnement aux cheveux couronnés de fleurs et un enfant de chœur aux airs boudeurs.

Intriguée, Kate examina la cohorte de chérubins, l'un après l'autre, puis elle se tourna vers son mentor.

— Pouvez-vous m'expliquer ? demanda-t-elle.

— La légende veut qu'un cadet de la famille Pomeroy ait visité l'Italie dans les années 1500 et se soit pris de passion pour la sculpture de la Renaissance. Il aurait fait enlever un sculpteur et l'aurait séquestré ici. Le malheureux était si contrarié qu'il a représenté tous les membres de la maisonnée sous les traits de ces ange-lots, puis on dit qu'il s'est enfui en se cachant dans une baratte. On n'a plus jamais entendu parler de lui.

— Comment peut-on *enlever* un sculpteur ? s'exclama Kate, interdite.

Le majordome hocha la tête.

— La chambre de mademoiselle est ici. Que made-moiselle n'hésite pas à sonner si elle a besoin de quoi que ce soit.

Il indiqua où était le cordon pour appeler Rosalie, puis il montra comment sortir la baignoire de métal de sous le lit, très haut sur pieds.

Ayant jeté un dernier coup d'œil à la pièce, il fronça les sourcils en direction d'un bouquet de roses, comme pour leur interdire de se faner, et s'en alla.

— Oh, mademoiselle ! s'écria Rosalie. Il nous a bien fallu une heure pour arriver jusqu'ici ! Et cette pierre glaciale transperce mes semelles. Brrr ! Je détesterais vivre ici.

— Ah oui ? Tout ceci est pourtant passionnant. On dirait un conte de fées !

— Un conte de sorcières, rectifia Rosalie en bougon-nant. Il doit faire horriblement froid en hiver. Et je suis sûre que quand il pleut, l'endroit sent mauvais ! Je pré-fère Yarrow House. Au moins, il y a de bons volets de bois aux fenêtres et des cabinets de toilette.

— Peut-être, mais des gens ont commis des crimes pour bâtir ce château, répliqua Kate, rêveuse. Je me demande comment était cette famille Pomeroy. Si j'en juge au portrait que j'ai vu en passant, les hommes avaient le nez aquilin. C'était peut-être celui qui a enlevé l'artiste italien ?

— Voilà une très mauvaise action, décréta Rosalie. Cela dit, j'ai vu un jour un Italien à la foire, et il était assez petit pour tenir dans une baratte. Mademoiselle pense-t-elle que l'on va nous apporter rapidement les malles ?

Au moins, il y a assez de place ici pour ranger toute la garde-robe de miss Victoria. C'est bien pratique.

M. Berwick était manifestement d'une efficacité redoutable, car à peine Rosalie avait-elle achevé sa phrase que l'on frappait à leur porte et qu'une petite armée de valets déposait les malles dans la chambre, ainsi que des seaux d'eau chaude pour emplir la baignoire.

Quelques minutes plus tard, Kate entra dans son bain en poussant un soupir de bien-être. Voilà bien longtemps qu'elle n'avait pas passé une journée aussi oisive – car une personne de son statut travaillait tous les jours de la semaine, même à Noël – mais il était aussi épuisant de voyager en carrosse qu'à cheval.

— Je ne voudrais pas vous presser, déclara Rosalie un moment plus tard, mais l'heure du dîner approche. Quand la sonnerie retentira, m'a expliqué M. Berwick, vous devrez vous rendre au petit salon. Je ne sais pas où il se trouve, mais je crois qu'un valet attend à la porte pour vous indiquer le chemin.

Puis, d'un ton soucieux, elle ajouta :

— Et j'aimerais être certaine que la robe va bien à mademoiselle.

À contrecœur, Kate sortit de son bain. Elle refusa toutefois que Rosalie l'aide à se sécher.

— Je ne suis plus une enfant ! dit-elle en arrachant la serviette des mains de la bonne. Je vais le faire moi-même.

— Cela n'est pas convenable, protesta faiblement Rosalie.

— Et pourquoi donc ? Pourquoi ne pourrais-je pas me sécher toute seule ?

— Parce que c'est ainsi. Une dame doit laisser sa bonne s'en charger.

— Dieu tout-puissant ! gémit Kate. Je suppose qu'il est trop tard pour que je devienne une dame. Il faudrait une baguette magique !

— Mademoiselle *est* une vraie dame, dit Rosalie d'un ton buté.

Elle tressa les cheveux de Kate et y fixa une perruque à boucles d'une délicate nuance parme, avant d'y piquer un peigne orné de strass pour la maintenir en place.

La robe qu'elle avait choisie était de soie ivoire entièrement rebrodée de perles. Rosalie avait cousu des poches dans le décolleté, qu'elle avait remplies de cire moulée. Jamais Kate n'avait eu un buste aussi avantageux !

— Ce n'est pas terrible, murmura-t-elle devant son reflet dans la glace.

— Comment pouvez-vous dire cela, mademoiselle ? s'offusqua la bonne. Vous êtes superbe !

Kate se plaça de profil. Le corsage était resserré sous ses faux seins, puis les plis de la robe retombaient avec grâce jusqu'à l'ourlet du bas, ne révélant que la pointe de ses escarpins, également rebrodés de perles.

— Nous garderons les pantoufles de verre pour une autre fois, murmura Rosalie. Il ne s'agit que d'un dîner en famille. Personne n'ira inspecter les pieds de mademoiselle.

Kate se tourna de nouveau face au miroir pour s'examiner sans complaisance.

— Je ressemble à ma belle-mère, dit-elle finalement.

— Mademoiselle ! sursauta Rosalie, choquée.

— J'ai l'air de vouloir paraître moins que mon âge.

— Voyons, vous n'avez pas plus d'une vingtaine d'années !

— Vingt-trois, corrigea Kate. Je suppose que d'autres que moi pourraient porter ceci sans craindre le ridicule, mais moi… j'ai l'air déguisée.

— Eh bien, s'impatienta Rosalie, l'une des couturières a passé quatre heures sur cette robe et j'ai moi-même arrangé le bustier. Il faudra s'en contenter.

Kate lui adressa un sourire navré.

— Veuillez m'excuser, Rosalie, je suis parfaitement odieuse. Après tout, qu'importe ? J'ai seulement besoin de me montrer aimable envers le prince pour qu'il donne son accord au mariage de lord Dimsdale.

— Mademoiselle devra aussi aller au bal, lui rappela Rosalie. J'ai apporté trois robes pour l'occasion, mais je n'ai pas encore...

— Nous en parlerons une autre fois, l'interrompit Kate.

Il était hors de question qu'elle se rende à ce bal affublée de seins en cire, mais à quoi bon donner des insomnies à Rosalie sur ce sujet ?

10

— Tiens, j'ai vu la Toison d'or de Dimsdale, cet après-midi, annonça Gabriel à Wick un peu avant le dîner. Nous pouvons oublier l'idée d'échanger ma Cosaque contre son Anglaise.

— Vraiment ? fit Wick en arquant un sourcil intrigué. À présent que j'ai rencontré l'estimé lord Dimsdale, je ne peux pas m'empêcher de penser que la jeune dame pourrait bien succomber aux charmes de Ton Altesse, aussi maigres soient-ils.

Gabriel lui décocha un sourire navré.

— Je ne suis pas tombé aussi bas. Mon oncle a failli renverser leur attelage en croyant y avoir entendu son chien. En fait, les jappements provenaient d'une horde de chiens pas plus gros que des rats. Et la fiancée est aussi peu séduisante que ses bestiaux. Tenue vulgaire, regards impudents, et maigre à faire peur. Je ne suis pas trop exigeant, mais il y a des limites.

— Moi, rétorqua le majordome, je la trouve très bien. Et elle n'a que trois chiens.

— Trois chiens parfaitement stupides. Normal, à force de rester avec elle... Elle m'a regardé comme si j'étais un escroc. Je crois qu'elle n'a pas aimé mes cheveux.

— Incroyable ! s'exclama Wick, un sourire malicieux aux lèvres. Serait-il possible que la demoiselle n'apprécie pas Ton Altesse ?

— Elle m'a détesté d'emblée.

— Ma foi, il faudra la supporter pendant le dîner. Je l'ai placée à ta droite et je n'ai plus le temps de modifier mon plan de table. J'ai fait mettre le couvert dans le salon du matin et installé le reste des invités dans la salle à manger. Nous attendons encore du monde demain. Je devrai faire manger nos hôtes dans le grand salon.

— Tout ceci ne t'ennuie pas, Wick ? demanda soudain Gabriel.

Il regarda, pensif, ce compagnon qu'il connaissait depuis sa plus tendre enfance, et qui était devenu un homme en même temps que lui.

— Je suis né pour cela, répondit Wick.

— Dans ce cas, ravi de pouvoir mettre ce château à ta disposition.

— C'est pour toi-même que tu devrais t'en réjouir.

— Je n'y arrive pas, avoua Gabriel, mais je suis heureux de t'avoir soustrait à la vue d'Augustus.

Wick se servit un verre de cognac et le vida d'un trait.

— Pas très élégant de la part du grand-duc, fit-il remarquer, de bannir ainsi ses propres frères.

— Augustus croit oublier ainsi que notre père a semé derrière lui un certain nombre d'enfants illégitimes qui lui ressemblent furieusement.

— Je suis très différent d'Augustus, marmonna Wick.

— Parce qu'il a les traits de ma mère, alors que toi et moi avons hérité de ceux du vieux diable en personne.

La mère de Wick était une lingère et celle de Gabriel une grande-duchesse, mais cela n'avait jamais été un problème pour les deux hommes. Ils étaient nés à quelques jours d'intervalle, et leur père avait rapidement emmené Wick à la nursery pour qu'il soit élevé avec Gabriel, ainsi que quelques autres enfants illégitimes.

— C'était un sacré bonhomme, dit Wick. J'ai toujours eu de l'affection pour lui.

— L'avons-nous assez connu pour nous faire une opinion ? répliqua Gabriel. Tiens, verse-moi un peu de cognac.

Wick lui tendit un verre.

— Je dirais que nous l'avons connu autant que nécessaire. Regarde ce qui est arrivé à Augustus, qui était avec lui tous les jours.

Il disait juste. Gabriel et Wick étaient l'un comme l'autre persuadés que leur position de derniers fils – légitime et illégitime – était nettement plus enviable que celles de leurs aînés, bien plus proches de la couronne.

— Je sais pourquoi tu es fâché au sujet de la fiancée de Dimsdale, reprit Wick. Tu es nerveux à l'idée que la tienne sera bientôt ici.

— Elle a l'air d'une harpie. Je me demande si c'est de bon augure en ce qui concerne Tatiana.

— Je suppose que tu rêves d'une épouse aussi docile que désirable.

— Parce que ce n'est pas ton cas ? répliqua Gabriel, intrigué par ses inflexions inhabituelles.

— Le mariage ne m'intéresse pas, répondit son demi-frère. Mais si c'était le cas, je ne voudrais pas d'une femme obéissante.

— Pourquoi ?

— Parce que je m'ennuierais vite.

— Oh. Un peu de tempérament me conviendrait, admit Gabriel, mais la fiancée de Dimsdale manque de... relief. Même sous son costume de voyage mal coupé, c'était parfaitement visible. Elle ne doit pas être amusante au lit.

— Est-ce bien le rôle d'une épouse ? rétorqua Wick.

Puis, posant son verre, il rajusta sa cravate.

— Maintenant, il est temps que j'aille m'occuper de nos invités. Le cuisinier menace de rendre son tablier et j'ai dû recruter trois bonnes supplémentaires pour le service au rez-de-chaussée. Il est heureux que ta fiancée arrive bientôt, car nous ne pourrons pas de sitôt nous permettre un autre bal comme celui-ci.

— Nous avons de quoi payer, s'offusqua Gabriel, piqué au vif.

— Certes, mais le château a besoin de travaux d'entretien, et j'ai l'impression qu'ils ne seront pas bon marché.

Après le départ de Wick, Gabriel resta assis un long moment, pensif. Il se trouvait infiniment mieux ici, en Angleterre, qu'au Marburg. Là-bas, il aurait été pris dans les intrigues politiques et autres expéditions militaires qui semblaient faire la joie de ses frères.

Posséder un château était un privilège aussi précieux qu'exceptionnel.

D'un geste machinal, il prit la dernière édition des *Antiquités ioniennes* qui était arrivée deux jours plus tôt, et commença à la lire. Ou plutôt, à la relire, car il la connaissait déjà par cœur.

Non, il ne pouvait pas s'enfuir à Tunis...

Il s'obligea à revenir à la réalité. Il devait monter dans ses appartements, se soumettre aux soins cosmétiques de Pole, passer une veste de soirée et accueillir ce grotesque neveu. Il aurait dû se réjouir d'être le maître de cet immense domaine qui lui permettait d'héberger une ménagerie exotique, un oncle à demi fou, deux tantes originales, son demi-frère, le bouffon vieillissant de son père...

Si seulement il pouvait oublier Tunis, la chaleur du Sud et l'excitante perspective d'être celui qui prouverait que ces ruines étaient bel et bien les restes de la cité de la reine Didon !

Gabriel rêvait de la légendaire Carthage depuis qu'il était gamin, captivé par la détermination d'Énée à s'embarquer pour aller fonder Rome, laissant derrière lui une Didon inconsolable, puis affrontant une éternité de remords après qu'elle se fut immolée par le feu.

Le prochain numéro des *Antiquités ioniennes* paraîtrait dans... eh bien, juste vingt-trois jours.

Gabriel se leva dans un soupir.

Il était temps d'aller dîner.

11

— Nous dînons *en famille*, déclara Dimsdale en écorchant le terme français.

Il marqua une pause, avant d'ajouter d'un ton nerveux :

— Croyez-vous qu'ils vont parler français à table ? J'ai bien suivi quelques cours, mais…

— Je vous traduirai ce qu'ils diront, en cas de besoin, proposa Kate.

La jeune femme se félicitait d'être venue à la place de Victoria, qui ne parlait pas un mot de la langue de Molière. Pour sa part, elle avait appris le français avant la mort de son père.

— Que savez-vous des parents de votre oncle ? s'enquit-elle ensuite.

Malheureusement, Dimsdale ignorait tout de sa famille maternelle, et il ne lui était pas venu à l'idée de s'informer.

Le dîner fut servi dans une pièce somptueuse que Berwick désignait sous le terme de « petit salon du matin », et qui était cependant aussi vaste que n'importe quelle pièce de Yarrow House.

Le prince présidait la tablée, vêtu d'une veste bleu nuit portée par-dessus une jaquette violette aux boutons en or. Une tenue idéalement assortie à la perruque qu'arborait Kate, songea celle-ci, amusée.

Il se dégageait de toute sa personne une impression de magnificence, de luxe... et de suprême ennui.

Kate se serait volontiers contentée de l'admirer de loin, mais elle découvrit avec consternation qu'on lui avait réservé la place d'honneur, juste à la droite de leur hôte. Elle s'assit, au comble de l'embarras. Avec son collier de pierreries trop voyant et son ridicule peigne incrusté de strass, elle avait l'impression d'être une aventurière un peu vulgaire en quête d'un mari fortuné.

Ce qu'elle n'était absolument pas, bien entendu. Son père était le fils cadet d'un comte. Même s'il était mort sans la pourvoir d'une dot, avait épousé en secondes noces une femme à la réputation douteuse, ou avait ...

Quelle que soit la façon dont il l'avait déçue, il demeurait son père. Elle était donc la petite-fille d'un comte.

Rassérénée, elle redressa le menton et carra les épaules. Le prince était en grande conversation avec une petite dame rondelette assise à sa gauche. Tendant l'oreille, Kate finit par comprendre qu'elle s'exprimait en allemand et qu'il répondait en français. Comme le gentleman assis à sa droite semblait perdu dans ses pensées, Kate picora un peu du poisson qu'on lui avait servi en écoutant les réponses du prince.

La dame dit quelque chose. Le prince rétorqua, en français, que ce n'était qu'une supposition. Elle répondit... et le prince se mit à parler en allemand. Puisqu'elle ne pouvait plus saisir ses paroles, Kate l'observa à la dérobée.

Il était difficile de ne pas remarquer que cet homme était prince ! Il le portait sur sa personne. Ce n'était pas une simple question d'arrogance – bien qu'il fût *assurément* arrogant ! songea-t-elle en regardant sa mâchoire carrée. Cela se voyait à ses airs autoritaires. Il était manifeste que cet homme n'avait toujours eu qu'à demander pour obtenir. Kate réfléchit quelques instants. Jamais un prince n'aurait été contraint d'endurer tout ce qu'elle avait subi ces dernières années...

Un prince n'aidait pas les vaches de son troupeau à vêler.

Un prince n'était pas contraint de cohabiter avec trois chiens mal élevés.

Un prince...

— À quoi réfléchissez-vous donc ?

Sa voix, chaude et feutrée, était une caresse de velours.

— À ce poisson, mentit Kate.

Une lueur moqueuse passa dans le regard du prince.

— J'aurais plutôt cru que vous pensiez à moi.

En bonne Anglaise qu'elle était, Kate sursauta. Comment cet homme pouvait-il se montrer aussi effronté ?

— Si cela peut vous faire plaisir de l'imaginer... répliqua-t-elle sans se laisser intimider.

— J'ai l'impression d'entendre mon majordome.

— M. Berwick est-il anglais ?

Il leva les sourcils.

— Il se trouve qu'il a grandi avec moi. Je le connais depuis toujours. Que cela changerait-il qu'il soit anglais ?

Kate esquissa un léger haussement d'épaules.

— Nous, les Anglais, ne demandons pas aux gens s'ils pensent à nous.

— Ah bon ? Eh bien, puisque vous ne poserez pas la question, moi je pensais à vous.

— Oh, laissa tomber Kate, du ton glacial qu'elle réservait au boulanger lorsqu'il se trompait sur ses factures de pain.

— Je pensais à votre perruque, précisa-t-il avec l'un de ces sourires en coin qu'il avait parfois. Jamais je n'en ai vu de semblable.

— Parce que vous n'allez jamais à Londres. Et encore moins à Paris. Les perruques teintées y font fureur.

— Je crois que je vous préférerais sans.

Kate tenta de s'exhorter au calme.

— Je serais curieuse de savoir en quoi vos préférences personnelles quant à ma coiffure ont de l'importance. Cela serait aussi incongru que de croire que j'éprouve le moindre intérêt pour la vôtre.

— Est-ce le cas ?

L'audace de cet homme n'avait donc aucune limite ? songea Kate, furieuse.

Sans doute s'imaginait-il qu'il fascinait tout le monde, juste parce qu'il était prince !

— Au risque de vous décevoir, vos cheveux ne sont que... des cheveux. Plutôt longs, et assez mal coiffés. Je suppose qu'on peut le pardonner à un homme qui ne s'intéresse pas à la mode et ne met jamais les pieds à Londres.

Il éclata d'un rire aux accents exotiques.

— J'avais effectivement eu l'impression, lors de notre première rencontre, que vous désapprouviez ma coiffure, mais laissons là ce sujet. Puis-je vous demander, miss Daltry, ce que vous pensez du Lancashire ?

— C'est une belle région, répondit-elle.

Puis, sans réfléchir, elle ajouta :

— Est-ce très différent du Marburg ?

Il sourit. Comme il s'y était attendu, elle avait dirigé la conversation vers lui. Elle se composa une expression blasée, mais elle n'était pas certaine qu'il la remarquerait seulement. Les hommes comme lui n'imaginaient même pas que l'on puisse les mépriser.

— Moins vert qu'ici. Je me suis aperçu, à l'occasion de chevauchées dans le pays, que l'Angleterre est l'exact opposé des Anglais.

— Que voulez-vous dire ?

Pendant qu'elle parlait, quelqu'un avait remplacé son assiette de poisson par une autre. Ce devait être l'un de ces dîners où l'on vous servait vingt-quatre plats différents, avant de finir par une quinzaine de desserts. C'était vraiment une table royale.

— Les Anglais ne sont pas très fertiles, expliqua-t-il, un sourire amusé aux lèvres. En revanche, la végétation ici est tout simplement luxuriante.

Kate le regarda, bouche bée.

— Vous... Vous n'êtes pas censé parler de telles choses avec moi, lui rappela-t-elle.

— Ah bon ? Voilà une conversation des plus instructives. Si je comprends bien, en Angleterre, la nature entre dans la même catégorie que les cheveux, celle des sujets que l'on n'aborde pas à table ?

— Parleriez-vous de fertilité avec une jeune femme du Marburg ? demanda-t-elle à voix basse, au cas où la vénérable douairière en face d'eux écouterait leur échange.

— Et comment ! Dans une cour, les passions vont bon train. En général, elles sont de courte durée, mais elles en sont d'autant plus intenses. Sauf chez mon frère le grand-duc, du moins pour l'instant.

Malgré elle, Kate était fascinée.

— Pourquoi ? Que se passe-t-il à la cour du grand-duc ? Vous semblez si...

Elle se mordit les lèvres. Elle n'avait pas à faire de commentaire sur sa personne !

— Comme j'aimerais savoir ce que je semble être ! se moqua-t-il. Pour répondre rapidement à votre question, je dirai juste que l'an dernier, mon frère Augustus a accueilli un prêcheur particulièrement zélé. Une dizaine de jours plus tard, l'homme avait convaincu la plupart des courtisans de renoncer à tous les plaisirs réprouvés par l'Église.

— La plupart, sauf vous, je suppose ? demanda Kate.

Une fois de plus, elle s'aperçut avec un temps de retard qu'elle avait ramené la conversation vers lui. Ce devait être un don que les princes possédaient de naissance.

— Il se trouve que je suis imperméable à la rhétorique du frère Prance, admit-il, le sourire aux lèvres. Ce qui est une très mauvaise idée de ma part, car Augustus, lui, est persuadé que le frère Prance est au contraire divinement inspiré.

— Quelles activités recommandait-il, à la place ?

— Le frère Prance est en croisade contre ce qu'il appelle les « ruses de Satan ». En gros, cela désigne tout ce qu'un homme et une femme peuvent faire ensemble. Il a placardé un tableau où figure un système à points. La récompense n'est rien d'autre que le salut éternel.

Kate réfléchit tout en goûtant le cuissot de chevreuil.

— Il me semble avoir entendu quelque chose comme cela au catéchisme, dit-elle.

— Les prêtres sont plus vagues, en général. Une référence ici ou là aux portes du paradis ou bien à saint Pierre... Le frère Prance, au moins, a le courage de ses convictions. Ses promesses sont des plus explicites. En outre, son barème de notation prévoit de menues récompenses pour ceux qui apprennent par cœur des passages de la Bible.

— Quel type de récompenses ?

— L'autorisation de porter des robes en fil d'argent plutôt qu'en étoffe blanche est très prisée des dames de la cour. Il faut dire que la mode offre un attrait irrésistible pour les mécréants en puissance.

— J'emploie un peu la même méthode pour dresser mes chiens, dit Kate. Bien entendu, je leur promets du fromage et non le paradis, mais pour eux, c'est du pareil au même.

— Alors c'est peut-être pour cela que la méthode n'a eu aucun effet sur moi. J'ai horreur du fromage.

Et voilà, songea Kate en prenant une bouchée de viande. Il parlait de nouveau de lui. Il était son sujet princier préféré !

— N'êtes-vous pas curieuse de connaître mes défauts ? insista-t-il.

— J'ai bien peur que non, répondit-elle, un sourire onctueux aux lèvres. Si cela ne vous ennuie pas, en revanche, j'adorerais en savoir plus sur la cour de votre frère. Tout le monde s'est-il donc docilement prêté au jeu ?

— Oui, puisque cela plaisait au souverain.

— Ce doit être terriblement ennuyeux.

— La « crise de foi » d'Augustus a été un véritable choc, je le reconnais, mais voyez comme les choses s'arrangent. Il a mis à la porte tous ceux qui ne s'accommodaient pas de sa nouvelle piété, et voilà comment je me suis retrouvé ici.

— Votre cour fonctionne-t-elle aussi sur des principes ?

— Ma cour ? Je n'en ai pas.

Kate regarda autour d'elle.

— De hauts murs de pierres, des tapisseries qui doivent remonter au règne de la reine Elizabeth, des laquais en livrée... J'ai pourtant bien l'impression d'être dans un château !

— Un château n'est pas une cour, rectifia le prince.

— Mes excuses, Votre Altesse, dit-elle d'un ton mielleux. Votre Altesse a bien entendu raison.

Si elle en jugeait au tressaillement de sa mâchoire, le prince était si accoutumé aux basses flatteries qu'il était incapable d'humour.

— Il n'y a pas de cour sans souverain, miss Daltry. Or, je ne règne sur aucun pays. Par conséquent, je n'ai pas de cour.

— Alors vous avez de la chance. Vous n'avez même pas besoin d'être utile à votre pays.

— Je suppose qu'à vos yeux, je ne sers donc à rien ?

— Vous avouez vous-même être un prince sans sujets. Non, vous ne servez à rien, mais ce n'est pas de votre faute. Je suppose que ce n'est qu'une question de naissance. Or, votre naissance vous exonère de toute nécessité d'être utile à votre pays. Ou de connaître le prix de quoi que ce soit dans ce monde, ce qui est tout de même un héritage fort enviable.

— Vous pensez qu'un prince est quelqu'un qui n'a aucune idée de la valeur des choses ?

Il y avait dans ses yeux un éclat sardonique qui inquiéta soudain Kate. Avait-elle poussé trop loin les bornes de la bienséance ?

— Je suppose, répondit-elle prudemment, que vous connaissez la valeur d'un grand nombre de choses, à défaut d'en savoir le prix.

Il l'observa quelques instants, avant de se pencher imperceptiblement vers elle.

— Je me suis laissé dire, très chère miss Daltry, que le prix d'une femme est plus élevé que celui d'un rubis... mais peut-être est-ce le prix d'une femme à l'âme noble ? Quel dommage que le frère Prance ne soit pas des nôtres. Il aurait arbitré ce débat.

— Je pencherais plutôt pour la seconde option, répliqua-t-elle.

Il lui décocha le sourire carnassier qu'il devait réserver à ses conquêtes d'humeur rétive.

— Et... êtes-vous une femme à l'âme noble ?

En réponse, elle se composa l'air compatissant que l'on réserve aux enfants trop naïfs.

— Si je peux me permettre un conseil amical, rétorqua-t-elle en lui tapotant le bras d'un geste supérieur, ne demandez jamais à une dame de fixer elle-même son prix. Ce sera toujours plus que vous ne pourrez payer.

Puis, se tournant vers le vieux monsieur assis à sa droite, elle lui demanda :

— Et si vous m'en disiez plus au sujet de votre musée de la Guerre ? J'ai toujours dit qu'une bouteille de lait peut servir à tout. Non, vous ne nous interrompez pas. Le prince et moi nous trouvons aussi ennuyeux l'un que l'autre...

Gabriel retint un éclat de rire tandis que miss Daltry lui tournait le dos. Cela lui apprendrait à s'imaginer que toutes les femmes rêvaient d'être princesses, ou que les Anglaises l'adoraient parce qu'il était prince !

Cette Anglaise-là avait décidé dès le premier instant qu'il n'était qu'un sot imbu de lui-même. Il le voyait à son expression, à sa façon de pincer les lèvres.

Des lèvres qu'elle avait un peu grandes, en vérité. La fiancée de Dimsdale n'était-elle pas vantée comme une beauté fracassante ? Pour sa part, il ne la trouvait pas si jolie que cela. Elle avait des cernes bleus sous les yeux. Une beauté était supposée avoir un teint de lys. Et s'épiler les sourcils en accents circonflexes. Les siens lui barraient le front comme deux lignes bien droites. Au demeurant, ils mettaient en valeur ses yeux à l'éclat extraordinaire, parfaitement assortis à cette drôle de perruque.

À propos, quelle était la couleur de ses cheveux ? S'il en jugeait à ses sourcils, ils devaient être d'une chaude nuance brune, peut-être avec des reflets acajou. Peut-être les portait-elle courts – un style qu'il détestait – mais si c'était le cas, cela devait mettre en valeur ses pommettes hautes et...

Allons, que lui arrivait-il ? Wick avait peut-être raison. Il était obsédé par la fiancée de son neveu à cause des inquiétudes qu'il ressentait à la perspective de rencontrer bientôt la sienne.

Tatiana avait probablement une bouche parfaite. Et un regard doux qui se poserait sur lui avec docilité.

Puis une autre idée s'imposa à lui, venue d'il ne savait où.

Miss Daltry était plus désirable qu'il ne l'avait cru.

Docile, en revanche... certainement pas.

12

— Vous n'allez tout de même pas vous coucher maintenant ? s'étonna Dimsdale, une fois que les convives se furent retirés dans un salon. Je sais que vous sortez peu, mais il est scandaleusement tôt !

« Sortir peu » résumait admirablement la vie de Kate dans la maisonnée de Mariana.

— Restez ici, répondit-elle. Moins on me verra, mieux cela vaudra. J'ai cru comprendre que M. Toloose avait rencontré Victoria le printemps dernier. Nous avons de la chance qu'il ne se soit pas vexé que je ne le reconnaisse pas, tout à l'heure.

Dimsdale haussa les épaules avec fatalisme.

— Vous devriez sourire à tout le monde, au cas où... Tout ce qui compte, c'est que le prince soit à peu près satisfait de vous. Si on m'avait dit qu'il y aurait autant de gens ! Lord Hinkle m'apprend à l'instant que la bonne société meurt de curiosité de connaître mon oncle.

La façon dont il prononçait « mon oncle » avait radicalement changé. Kate aurait juré qu'il souhaitait se faire bien voir de son princier parent.

— À demain matin, dit-elle avant de se tourner vers les portes du salon.

La pièce était à présent pleine de monde et l'air retentissait des éclats d'une quinzaine de conversations.

Kate était presque arrivée au seuil lorsqu'une extraordinaire apparition lui barra le passage.

C'était une femme d'une quarantaine d'années aux allures opulentes et assez excentriques. Contrairement à la plupart des autres invitées, ses cheveux n'étaient pas coupés mais remontés sur le sommet du crâne en un monticule instable et poudrés d'une improbable couleur fraise écrasée. Le contraste avec ses yeux bleus était saisissant.

— Vous ! s'écria l'inconnue.

Kate, qui tentait de se faufiler sur le côté, pila net.

— Je vous connais, reprit la femme.

Comme il lui était impossible de rectifier par « Vous connaissez ma sœur », Kate se composa un sourire de circonstance.

— Oh, bien sûr, répliqua-t-elle. Comment allez-vous ?

— Non, je ne vous connais pas comme cela, s'impatienta l'apparition.

D'un geste impatient, celle-ci agita un éventail incrusté de pierreries.

— Voyons, qui êtes-vous ? demanda-t-elle d'un air songeur. Qui êtes-vous donc ?

Kate la salua d'une petite révérence.

— Je suis miss…

— Mais bien sûr ! Vous êtes le portrait craché de votre père. Ce cher vieux Victor ! Vous avez son nez et ses yeux.

— Vous connaissiez mon père ? s'étonna Kate, intriguée par son ton affectueux.

— Oh, très bien, répondit la femme avant de décocher à Kate un sourire canaille, inattendu chez une dame de qualité. Et vous êtes Katherine. Vous vous demandez peut-être comment je le sais ?

Kate s'avisa alors que n'importe qui pouvait entendre leur conversation.

— En vérité… commença-t-elle.

— Parce que je suis votre marraine ! Dieu du ciel ! Cela fait une éternité. Comme le temps passe vite… La

100

dernière fois que je vous ai vue, vous n'étiez qu'une petite chose aux joues rondes.

Elle plissa les yeux, avant de poursuivre :

— Et voyez ce que vous êtes devenue ! Aussi jolie que votre papa était bel homme, malgré cette affreuse perruque, si je peux me permettre. Quand on a la chance d'avoir des yeux comme les vôtres, on ne porte pas une perruque violette !

Kate s'empourpra, mais sa marraine – *sa marraine ?* – n'en avait pas fini avec ses critiques.

— Et je ne parle pas de ces rembourrages ! Ils sont bien trop volumineux. On dirait que vous portez des sacs de farine dans votre corsage.

À présent, Kate était rouge jusqu'aux oreilles.

— Je m'apprêtais à me retirer, marmonna-t-elle en esquissant une nouvelle révérence. Si vous voulez bien m'excuser…

— J'espère que je ne vous ai pas vexée ? Vous avez l'air un peu fiévreuse. Victor, lui, savait maîtriser ses nerfs. C'était peut-être la seule chose qu'il contrôlait, mais jamais je ne l'ai vu perdre son sang-froid, même lorsqu'il était ivre.

Kate battit des cils. Lorsqu'il était…

— Oh, je vous ai encore choquée, dit sa marraine d'un air amusé. Allons, venez dans ma chambre. On m'a installée en haut d'une tour. On a l'impression d'être au paradis, avec tous ces nuages autour ! Le seul inconvénient, ce sont les pigeons qui grattent aux fenêtres.

— Hum… Je… Quel est votre nom ? demanda enfin Kate.

L'autre arqua un sourcil épilé avec soin.

— Votre papa ne vous a jamais parlé de moi ?

— J'ai peur qu'il n'en ait pas eu le temps.

— Le vieux coquin ! Il m'avait pourtant juré de le faire. Eh bien, je vais tout vous raconter, mais pas ici. Ce château grouille d'oreilles indiscrètes. Inutile de leur jeter des ragots en pâture.

Kate insista :

— Et vous êtes… ?

— Lady Wrothe, mais vous pouvez m'appeler Henry – c'est le diminutif de Henrietta. Leominster, mon mari, est en train de s'enivrer en compagnie du prince de Württemberg. Le pauvre Leo est incapable de refuser un cognac.

Puis, prenant Kate par le poignet :

— Et maintenant que les présentations sont faites, sauvons-nous !

Elle entraîna la jeune femme dans les escaliers, le long de couloirs déserts, puis en haut d'une nouvelle série de marches, et la fit enfin entrer dans une chambre. Là, elle lui arracha sa perruque sans plus de façons.

— Vous avez les cheveux de Victor ! s'écria-t-elle d'un ton triomphal. Vous êtes une véritable beauté, ma fille !

Kate éprouvait l'impression d'avoir été emportée par une tornade jusque dans cette pièce, tout en haut de la tour.

— Alors vous connaissiez mon père ? demanda-t-elle.

— J'ai failli l'épouser, révéla lady Wrothe. Le seul problème, c'est qu'il ne me l'a jamais proposé. Je me souviens encore de notre première rencontre. C'était au Fortune Theater, pendant l'entracte d'*Othello*. J'aurais tout donné pour être sa Desdémone !

— Ma mère était-elle là ? questionna Kate, le cœur serré à l'idée que non seulement Mariana mais aussi cette lady Wrothe aient volé la place de celle-ci.

— Non, ils ne se connaissaient pas encore.

— Oh, fit Kate, soulagée.

— Nous avons flirté de la façon la plus délicieuse, dit lady Wrothe d'un ton rêveur. Hélas ! Votre maman a mis le grappin sur lui. Quelques mois plus tard, son père – votre grand-père – avait ferré le poisson. Victor était absolument sans le sou, précisa-t-elle.

— Oh, répéta Kate.

— En revanche, il avait la beauté du diable, avec ses cheveux sombres, ses yeux étincelants et ses pommettes hautes... Si les choses avaient été différentes, je l'aurais épousé sur-le-champ.

Kate hocha la tête.

— Cela dit, il aurait fini par me tromper et je crois bien que je l'aurais tué de mes propres mains, ajouta lady Wrothe. À la réflexion, je suppose que tout est mieux ainsi.

Un fou rire échappa à Kate... ce qui était assez choquant puisqu'elle était tout de même en train d'écouter le récit de l'infidélité chronique de son père.

— C'était plus fort que lui, poursuivit lady Wrothe, comme si elle avait lu dans ses pensées. Certains hommes sont comme cela. Je présume que vous avez fait la connaissance du prince ? Il est l'un d'entre eux. On ne garde pas un tel mari à la maison. C'cst très amusant de jouer avec ce genre d'homme, mais mieux vaut les éviter. Je sais de quoi je parle, ma belle. J'ai été mariée trois fois.

— Alors vos précédents maris sont morts ? demanda Kate. Je suis désolée.

— C'était il y a longtemps.

Puis lady Wrothe adressa un petit sourire en coin à Kate.

— Votre père et moi... Il...

— Vous avez eu une liaison, dit Kate, résignée.

— Oh, non, pas du tout ! Nous étions jeunes et naïfs. Nous en sommes restés aux bouquets de roses et aux serments sous la lune... Ma dot n'était pas assez élevée pour que Victor puisse m'épouser.

Plus Kate en apprenait sur son père, moins elle aimait ce qu'elle entendait.

— C'est l'histoire classique de Roméo et Juliette, dit lady Wrothe, mais sans le poison, Dieu merci. Votre papa en a épousé une autre et tout a été fini.

— Avez-vous connu ma mère ?

Lady Wrothe s'assit devant sa coiffeuse, tournant le dos à Kate.

— Votre maman était de constitution fragile. Elle n'a pas fini sa première saison. Je ne l'ai connue qu'à votre baptême.

— Je me suis toujours demandé comment ils s'étaient rencontrés, puisqu'elle était si souvent alitée.

— Elle l'a vu passer dans Hyde Park et a demandé qui il était. Son père a pris l'affaire en main.

Kate était encore plus déprimée d'apprendre cela.

— Et ensuite, moi aussi je me suis mariée, reprit lady Wrothe en pivotant sur son piège. Ne vous imaginez pas que nous avons été malheureux ! Je suis tombée très amoureuse de mon mari et je pense que Victor était très épris de votre maman. Au fil des années, nous nous sommes parfois croisés. En tout bien tout honneur, s'empressa-t-elle de préciser.

Kate hocha la tête.

— Jusqu'au jour où je l'ai revu, lors d'un bal à Vauxhall. Je venais de faire une fausse couche – je n'ai jamais réussi à porter un enfant. J'ai pleuré sur son épaule.

Kate fut tentée de lui tapoter la main, mais elle se ravisa. Lady Wrothe n'était pas une femme que l'on consolait ainsi.

— Quelques jours plus tard, Victor avait tout organisé : mon mari et moi étions vos parrain et marraine.

Kate sourit faiblement.

— Je suis venue pour le baptême, bien entendu, mais j'étais furieuse contre lui. Comment pouvait-il s'imaginer qu'être votre marraine effacerait ma souffrance de ne pas être mère ? Et qui plus est, d'être la marraine de *son* enfant !

— Papa n'était pas toujours très subtil, admit Kate.

Elle n'avait pas oublié avec quelle jovialité il avait annoncé l'arrivée de Mariana dans la maisonnée, alors que Kate pleurait encore sa mère.

— Je suppose qu'il n'avait que de bonnes intentions, soupira-t-elle.

— Assurément, mais à l'époque, j'étais si malheureuse que je n'ai pas pensé à cela. Pour être honnête, je me suis empressée de vous oublier à peine la cérémonie terminée. Et vous voilà !

— Et pour être honnête à mon tour, avoua Kate, je ne suis pas ici... *en tant que moi-même*, si je puis dire.

— Intéressant, fit lady Wrothe en se repoudrant le nez. Moi aussi, quelquefois, j'aimerais ne pas être moi-même. Quoique... Si cela implique de porter une perruque violette, je pourrais reconsidérer la question.

— La perruque violette est essentielle, expliqua Kate. Je suis ici à la place de ma demi-sœur Victoria, qui...

Kate raconta l'histoire tandis que lady Wrothe écoutait en hochant la tête et en marmonnant des « Oh, ce Victor, quel animal ! » d'un ton plus fataliste que désapprobateur.

— Si j'ai bien compris, résuma sa marraine, vous faites semblant d'être Victoria, qui s'est fiancée avec un prétentieux dénommé Dimsdale, lequel vous a traînée ici parce qu'il avait besoin de l'accord de son oncle, le prince, pour un mariage qu'il faut hâter autant que faire se peut, étant donné que ladite Victoria est de mœurs aussi légères que sa mère.

— À vous entendre, Victoria est une traînée ! protesta Kate. Elle est juste... amoureuse.

— Amoureuse ! ricana lady Wrothe. Pour l'amour du Ciel, ne tombez jamais amoureuse avant le mariage. Cela complique tout et vous fait faire n'importe quoi. La seule fois de ma vie où j'ai commis cette erreur, c'était à cause de votre papa, et pourtant j'ai tout fait pour me l'interdire.

Kate sourit.

— Je n'ai pas l'intention de tomber amoureuse, lady Wrothe.

— Henry, rectifia celle-ci.

— Je ne peux pas vous appeler Henry, protesta Kate.

— Pourquoi pas ? Je suis trop vieille ?

— Non… Je veux dire…

— Je suis assez âgée pour choisir le prénom dont j'ai envie, déclara lady Wrothe en agitant une main chargée de bagues. Je regrette que Leo et moi ayons passé la saison sur le Continent plutôt qu'à Londres. J'aurais croisé votre belle-famille et exigé de savoir où vous étiez. Quoi qu'il en soit, la question qui compte est de savoir qui *vous* devriez épouser. Une fois que cette petite mascarade sera terminée, bien entendu.

Il sembla à Kate qu'un poids se soulevait de sa poitrine. Cette « Henry » était quelqu'un ! Surchargée de bijoux et outrageusement décolletée, mais dotée d'un regard qui ne déviait pas. On pouvait lui faire confiance.

— Vous n'allez pas pleurer, n'est-ce pas ? s'enquit celle-ci d'un air méfiant. Je ne supporte pas les larmes.

— Non, promit Kate.

— Parfait. Eh bien, qui voulez-vous épouser ? J'espère que vous n'avez pas de vues sur ce lord Dimsdale. Il n'a pas l'air d'être une bonne affaire.

— Oh, je sais très bien qui je veux. Enfin, pas nommément, mais je sais avec quelle sorte d'homme j'aimerais me marier. Quelqu'un comme mon père, mais pas tout à fait, si vous comprenez ce que je veux dire. Papa n'était pas très souvent à la maison et je préférerais un mari qui aime la campagne. J'adore notre propriété. Elle est belle, juste à la bonne taille. Assez grande pour une famille nombreuse.

— Vous voudriez le même que votre père, mais fidèle, résuma Henry. Victor possédait un confortable petit manoir, grâce à la dot de votre maman, mais rien…

— Il est de la taille idéale, l'interrompit Kate. Je n'ai pas envie d'épouser un grand aristocrate. Un gentilhomme de campagne me conviendrait très bien. Ou même un commerçant, tant qu'il vit à la campagne.

— Ma filleule n'épousera pas un boutiquier, décréta Henry. Pour l'amour du Ciel, ma fille, votre grand-père était comte ! Et votre maman n'était pas une fille d'étable. C'était une dame, et vous en êtes également une.

Kate n'était plus une dame depuis bien longtemps. Depuis, très exactement, que son père était mort et que Mariana l'avait bannie dans une chambre de bonne.

— Je suis désolée, murmura-t-elle, la gorge nouée. Je crois que je vais pleurer, tout compte fait.

— Ma foi, cela arrive aux meilleurs d'entre nous, fit Henry, fataliste.

Elle se leva, se dirigea vers un plateau d'argent et emplit deux petits verres d'une liqueur pâle.

— J'ai pleuré comme une Madeleine après votre baptême. J'étais persuadée que j'aurais dû être votre mère.

— Vraiment ? demanda Kate en séchant ses larmes.

— Après cela, je n'ai plus jamais adressé la parole à Victor.

Puis, d'un ton bourru, elle ajouta :

— Ce qui ne m'a pas empêchée de penser à lui, le diable d'homme.

— Je suis désolée, dit Kate. J'ai l'impression qu'il n'avait pas une moralité à toute épreuve. Sous cet aspect, je préférerais un mari qui ne lui ressemble pas.

— Buvez cela, ordonna Henry.

Elle lui tendit un verre, puis vida le sien d'un trait.

— J'en emporte toujours avec moi, expliqua-t-elle, car c'est le seul alcool que Leo n'aime pas. Comme cela, je suis à peu près certaine qu'il m'en laissera.

Kate porta son verre à ses lèvres. Le liquide, au goût de citron, était si acide qu'il lui monta au nez comme de la moutarde.

— C'est du limoncello, annonça fièrement Henry. N'est-ce pas délicieux ? C'est un Italien que j'ai connu autrefois à Sorrente qui me l'a fait découvrir. J'ai quitté l'homme, mais j'ai gardé l'alcool.

Puis, après un silence, elle reprit :

— Donc, vous voulez un gentleman doté d'un confortable manoir et d'un tempérament fidèle. Cela ne devrait pas représenter un défi majeur. J'ai toujours eu à peu près les mêmes critères, mais je dois reconnaître que j'ai choisi des maris possédant mieux qu'un confortable manoir. Quant aux infidélités, s'il doit y en avoir, je préfère m'en charger moi-même.

Kate sirota son limoncello tout en souriant. Décidément, sa marraine était pleine d'humour et de franchise.

— Je n'ai pas de dot, révéla-t-elle. Je n'ai qu'un petit bas de laine que m'a légué ma mère.

Henry posa son verre vide.

— Enfin, que racontez-vous ? Et que vous est-il arrivé, Katherine ? Vous avez environ vingt-trois ans si mes calculs sont justes. Pourquoi n'êtes-vous pas encore mariée et mère de famille ? Vos désirs sont bien modestes et vous êtes une très jolie femme.

Kate finit son verre.

— Comme je vous l'ai dit, mon père s'est remarié, mais il est mort peu de temps après. Il a laissé tout son argent à sa femme.

— C'est bien le genre de bêtise dont Victor était capable, bougonna Henry. Il a sans doute oublié de rédiger un testament. Cela dit, son bien ne vaut pas grand-chose, comparé à celui que votre maman vous a laissé.

Kate la regarda, bouche bée.

— Pardon ?

— Victor ne vous a donc rien dit ?

— À quel sujet ?

— Votre mère était une riche héritière. Comme votre grand-père voulait qu'elle se marie, il a acheté votre père et... Ma foi, j'ai peur que Victor n'ait été séduit par sa fortune.

— Il a dû la dépenser, dit Kate dans un soupir, car je n'ai eu qu'un petit revenu de ma mère. Et s'il ne l'a pas fait, ma belle-mère s'en est chargée.

— Vraiment ? fit Henry d'un ton dubitatif. Comment aurait-elle pu mettre la main sur ce patrimoine ? Je me souviens d'avoir entendu Victor se plaindre qu'il ne pouvait pas y toucher lui-même. Il faut que je demande à Leo de regarder cela…

— Si Mariana l'a détourné, je ne peux pas faire grand-chose. Je ne l'aime pas, mais…

— Peu importe, l'interrompit Henry.

— Ah ? fit Kate.

— Votre papa vous a confiée à moi, Katherine. Je ne l'en ai pas remercié à l'époque, mais aujourd'hui, mes sentiments ont changé.

Elle se pencha pour caresser brièvement la joue de Kate d'un geste maternel.

— Si vous le voulez bien, je vais essayer d'être une bonne marraine.

Les yeux de Kate s'embuèrent de nouveau.

— Je… vous en serais très reconnaissante.

— Parfait ! s'écria Henry en se levant d'un bond. Et maintenant, je vais vous chasser, car j'ai besoin de mes huit heures de sommeil.

Kate se leva et hésita un instant.

— Allons, venez, dit sa marraine d'un ton un peu bourru, tout en lui ouvrant les bras pour l'enlacer.

La mère de Kate était d'une maigreur maladive et dégageait une odeur de camphre. Henry était pulpeuse et elle embaumait la rose.

Pour la première fois depuis qu'elle était orpheline, Kate se sentit en sécurité.

13

Kate entra dans sa chambre et chercha le cordon pour appeler Rosalie, mais elle se ravisa. Elle n'avait pas du tout envie de dormir.

Des images défilaient dans son esprit. Elle se souvenait des regards nostalgiques dont sa mère couvait son père, ainsi que de la distante courtoisie de celui-ci envers son épouse. Victor était-il encore amoureux de Henry ? Ou déjà épris de Mariana ?

Le cœur de Kate était déchiré entre la mélancolie de sa mère et la détresse de Henry, entre l'émotion d'un amour de jeunesse et la honte que son père se soit laissé acheter.

Elle décida de sortir promener les chiens. Elle avait besoin de marcher.

Les lumières du grand salon brillaient encore lorsqu'elle pénétra dans la cour intérieure, tenant les trois « rats » par leur laisse. Prenant la direction opposée, elle marcha sur le pavé inégal.

La cour extérieure n'était que faiblement éclairée, mais Kate distingua plusieurs cages alignées le long de l'épaisse muraille. Comme les chiens tiraient énergiquement sur leurs laisses, elle s'immobilisa et attendit qu'ils se calment. Puis, ayant obtenu satisfaction, elle les gratifia chacun d'un petit morceau de fromage.

— Si vous vous tenez bien, leur dit-elle, je vous emmènerai vous promener demain.

De toute façon, elle devait le faire. Comme Victoria ne sortait jamais sans ses chiens, Mariana considérait qu'ils faisaient partie intégrante du déguisement.

Tous les trois levèrent les yeux vers elle. Elle commençait à s'attacher à eux, en particulier à Freddie. Il avait peur de tout – même une mouche l'effrayait – mais la bravoure n'est pas la première qualité requise chez un bichon maltais. Et il dormait si sagement la nuit sur son lit !

Les cages étaient si grandes que l'unique lanterne accrochée au mur ne projetait pas assez de lumière pour éclairer au-delà des barreaux. Les chiens firent halte devant la première en reniflant. Kate plissa les yeux, en vain. Elle ne voyait rien. En revanche, une odeur puissante montait à ses narines.

— Que peut-il donc y avoir là-dedans ? murmura-t-elle, intriguée.

César émit un petit aboiement sans quitter des yeux les profondeurs obscures. Quant à Freddie, qui s'était caché derrière elle, il ne manifestait pas la moindre envie d'en savoir plus.

Kate tendit le bras vers la lanterne… mais une large main s'en empara avant elle.

— Qui… Oh !

Son cri s'étrangla dans sa gorge lorsqu'elle reconnut le prince Gabriel. Dans la faible lueur de la lanterne, il semblait encore plus las et désabusé. Des mèches rebelles s'échappaient de son catogan et sa bouche arborait un pli hautain.

— Un lion, dit-il. J'ai un lion dans cette cage. Et dans celle-ci, il y a un éléphant, ainsi qu'un singe. Il y avait aussi une autruche, mais nous l'avons installée dans le verger, avec les chèvres de l'Himalaya.

Quand il éleva la lanterne, Kate vit une silhouette animale étendue dans le fond de l'enclos grillagé. Une lourde paupière s'ouvrit sur une pupille jaune luisant de mépris, puis une gueule sur un bâillement sonore, révélant deux rangées de dents acérées.

— Voilà ce que j'appelle des crocs, déclara le prince avec fierté.

Le fauve referma les yeux, comme déjà lassé de son public. Kate s'aperçut que Freddie s'était réfugié contre sa cheville, tremblant de tout son petit corps. Quant à César, il s'était placé derrière elle, manifestant pour la première fois un signe d'intelligence.

— Vous feriez mieux de garder vos chiens loin de la cage, suggéra le prince. Le lion a dévoré celui de mon oncle, probablement.

— Le chien qui mange des pickles ? demanda Kate. Quel dommage. Votre oncle semble persuadé que son chien va revenir d'un jour à l'autre.

— Vous reviendriez, vous, si l'on vous mettait à une telle diète ?

— En tout cas, je ne bondirais pas dans la cage d'un fauve.

— Vous êtes bien trop raisonnable, se moqua-t-il.

Voilà exactement le genre de remarque que Kate détestait. Il devait y avoir un sous-entendu, mais qu'avait voulu dire le prince ? Eh bien, elle n'allait pas lui faire le plaisir de le demander ! Lui tournant résolument le dos, elle se dirigea vers la cage de l'éléphant.

Il la suivit, tenant la lanterne à bout de bras.

— C'est une femelle, expliqua-t-il. Elle s'appelle Lyssa. Comme elle est à l'étroit dans cette cage, nous sommes en train de lui construire un enclos dans le verger. Nous sommes seulement inquiets à l'idée que le singe s'enfuie si nous l'installons là-bas.

Le petit animal sommeillait au pied du pachyderme, un bras enroulé autour de son énorme patte.

— Cela m'étonnerait, répondit Kate. Regardez comme il l'aime !

— Si ceci est de l'amour, Dieu me garde d'aimer qui que ce soit ! répliqua le prince en riant.

Kate ne put réprimer un sourire.

— Je suis bien de votre avis. Moi non plus, je ne me roulerai jamais aux pieds de quelqu'un.

— Et moi qui vous croyais follement éprise de mon neveu…

— Je le suis, protesta Kate sans grande conviction.

— Vraiment ? Je n'irai pas jusqu'à parquer Dimsdale dans le verger pour voir si vous le suivez docilement.

Lorsqu'il riait, il était infiniment plus séduisant que lorsqu'il jouait les beaux ténébreux lassés de tout.

— Je crois qu'Algie n'apprécierait pas qu'on l'envoie paître ! rétorqua-t-elle, assez fière de son trait d'humour.

— Toloose dit que vous êtes souffrante, déclara le prince, retrouvant soudain sa gravité. Que vous est-il arrivé ?

Il fallut quelques instants à Kate pour comprendre. Puis elle songea que le visage de Victoria était tout en rondeurs et en fossettes, alors que le sien n'était que pommettes saillantes et traits tirés.

— Rien de bien grave, dit-elle, évasive.

— À d'autres ! Vous semblez plus morte que vive.

— Suis-je donc si repoussante ? rétorqua-t-elle sèchement.

D'un geste autoritaire, il lui souleva le menton pour l'observer avec attention.

— Yeux cernés, mine de papier mâché, joues creuses… Vous avez une mine épouvantable.

— Pour un homme de votre rang, vous faites un piètre diplomate.

Il haussa les épaules.

— On m'a tant vanté votre beauté que j'ai du mal à cacher mon étonnement.

— Donc, vous me trouvez affreuse, résuma Kate, de mauvaise humeur. Tout compte fait, j'aurais préféré que vous me mentiez.

Il la fit taire en posant un doigt sur ses lèvres… et soudain, il sembla à Kate qu'elle le voyait pour la première fois. Un mélange de puissance et de sensualité enfermé dans un corps viril.

— Ne dites pas n'importe quoi, miss Daltry. Même si j'en suis réduit à imaginer à quoi vous ressemblez quand vous avez un peu de chair sur les os, je sais que vous êtes une véritable beauté.

Il libéra son menton. Kate ne put s'empêcher de sourire. Elle avait l'impression d'être une enfant que l'on console avec un bonbon.

— Que faites-vous ici, prince ? demanda-t-elle, agacée de sa propre faiblesse. N'êtes-vous pas pressé de retourner auprès de vos invités et de leurs flatteries ? La vie est si courte !

Un silence glacial accueillit cette réflexion – assez insolente, il fallait l'admettre. Puis, d'une voix lente, il répondit :

— J'étais sorti voir comment va le lion. Il n'a pas très bien digéré le chien aux pickles. Et vos compatriotes anglais semblent assez peu enclins aux bassesses courtisanes.

Il se tourna pour raccrocher la lanterne et questionna :

— Comment avez-vous rencontré Dimsdale, si ce n'est pas indiscret ?

Kate dut se torturer les méninges quelques instants pour se rappeler l'histoire.

— À la messe, répondit-elle. Le coup de foudre a été réciproque.

— Le coup de foudre, répéta le prince, songeur. Avec Dimsdale.

Puis, d'une voix vibrante de mépris, il rectifia :

— Pardon, *Algie*.

— Parfaitement, rétorqua Kate. Le coup de foudre.

— Si vous saviez ce qu'est l'amour, vous n'épouseriez pas Dimsdale.

— J'aime Algie, insista-t-elle.

— Vous l'aurez usé avant qu'il n'ait vingt ans, dit-il froidement. Ignorez-vous qu'il est plus jeune que vous ? Il est à peine sevré ! Mais peut-être cela vous excite-t-il ?

— Vous êtes odieux, répliqua Kate avec un dédain glacial. Réjouissez-vous que vos fiançailles soient arrangées pour des raisons d'État. Jamais une femme ne voudrait de vous si elle n'y était pas contrainte.

Ceci n'était qu'un mensonge éhonté. Kate ne voyait pas quelle femme pourrait *refuser* un homme comme lui. Sauf elle, bien entendu.

Elle s'éloigna, pila net, puis ajouta d'un ton volontairement obséquieux :

— Votre Altesse.

Elle perçut alors un mouvement vif comme l'éclair... et, un instant plus tard, un bras musclé se refermait autour de sa taille, tandis qu'un corps viril se plaquait contre son dos. Il était dur comme le roc et brûlant comme les flammes de l'enfer. Elle pouvait percevoir les battements de son cœur, puissants et réguliers. Il sentait le santal et le feu de bois – un parfum de liberté.

— Répétez cela, murmura-t-il à son oreille.

— Lâchez-moi, ordonna Kate en se raidissant, luttant contre la folle impulsion de s'abandonner entre ses bras.

Elle n'aurait eu qu'à tourner la tête et lui tendre les lèvres pour que... Non ! Jamais elle n'avait été embrassée, et elle n'avait pas l'intention de recevoir son premier baiser de ce cuistre, tout prince qu'il fût.

— Juste un baiser, miss Daltry, chuchota-t-il d'une voix incandescente.

Ses lèvres effleurèrent sa nuque, la faisant frissonner.

Alors, dans un mouvement instinctif, Kate leva un pied et enfonça de toutes ses forces son talon pointu dans la botte du prince. Puis elle s'arracha à son étreinte et pivota vers lui.

— Vous n'êtes qu'un grossier personnage, siffla-t-elle entre ses dents.

— Étiez-vous vraiment obligée de vous montrer aussi violente ? gémit-il. Ce sont mes chaussures préférées !

Kate recula de quelques pas.

— Sans compter que vous êtes la personne la plus égocentrique que j'aie jamais connue !

— Et vous ? rétorqua-t-il. Savez-vous ce que vous êtes ?

— Une femme qui ne vous trouve aucun charme.

— Une exaspérante petite provinciale, rectifia-t-il.

Il fronça les sourcils. Il semblait si contrarié que c'en était presque comique.

— Vous avez l'air d'un épicier qui n'a pas reçu sa livraison de pommes de terre, dit-elle, prise d'un fou rire.

— Vous compareriez-vous à un sac de pommes de terre ? demanda-t-il d'un ton incrédule.

— Désolée, monsieur le Grand de ce Monde, mais nous autres Anglaises ne sommes pas là pour satisfaire vos moindres caprices. Vous ne pouvez pas embrasser qui vous voulez.

Puis, ramassant les laisses de ses chiens, elle rassembla ceux-ci.

— Allons, César ! dit-elle en tirant sur la poignée de la laisse.

Celui-ci, qui avait fini par comprendre que le lion dormait, s'était dangereusement approché du fauve.

— Viens ici, insista-t-elle, ou tu vas te faire croquer tout cru.

— Et pourquoi pas ? lança le prince, retrouvant ses inflexions paresseuses.

Une mèche brune dansait devant ses yeux de velours. Kate devait l'admettre, le prince Gabriel pouvait avoir toutes les femmes qu'il voulait. Il rayonnait d'une sensualité puissante, presque effrayante. Mais l'avertissement de Henry revint à sa mémoire : cet homme était exactement comme son père, incapable de rester fidèle.

Elle lui décocha un sourire glacial.

— Parce que certaines d'entre nous n'ont pas envie que vous les embrassiez.

Puis, après un soupir de lassitude, elle ajouta :

— Pour l'amour du Ciel, tous les princes sont-ils comme vous ?

Il s'approcha d'elle, mais il semblait plus intrigué que dangereux.

— Permettez-moi de vous retourner la question, miss Daltry. Toutes les Anglaises sont-elles comme vous ?

— Que voulez-vous dire ?

— Vous sortez seule à la nuit tombée.

— Uniquement pour promener mes chiens, se défendit-elle.

— Vous n'avez pas de chaperon. Berwick me dit que vous êtes venue accompagnée seulement d'une bonne.

Maudites soient Mariana et son avarice ! songea Kate. Si seulement sa belle-mère n'avait pas congédié la gouvernante !

— Ma femme de chambre souffre d'une indigestion, mentit-elle.

— Une dame ne sort jamais sans être accompagnée, répliqua le prince. Et à la cour, les jeunes femmes se déplacent toujours en groupe.

Kate pouvait difficilement lui expliquer que sa belle-mère avait congédié la gouvernante le lendemain du décès de son père.

— J'aurais effectivement dû me faire accompagner par ma bonne, reconnut-elle. Quant à vous, ne vous imaginez pas que toutes les femmes sont folles de vous.

Il la regarda sans répondre.

— Cette conversation est parfaitement indécente, marmonna-t-elle, furieuse. César, viens ici ! Nous rentrons.

Comme le chien continuait de gronder en direction du lion, Kate le prit dans ses bras d'un geste agacé.

— Moi qui désirais tant vous séduire ! s'exclama le prince. Si je n'étais pas déjà fiancé, j'aurais même pu être tenté de vous épouser.

Kate émit un petit rire moqueur.

— À peu près autant que vous seriez tenté d'attraper les oreillons, rétorqua-t-elle, ulcérée devant tant de suffisance. Pourquoi laisser espérer quelque chose dont vous n'avez aucune envie ?

Il fit un pas vers elle, tout en la couvant d'un regard brûlant. Fascinée, elle le contempla. Comment se faisait-il qu'elle n'ait pas encore remarqué le tracé sensuel de ses lèvres ?

— Vous paraissez oublier que je ne suis qu'une exaspérante petite provinciale, lui rappela-t-elle. Et si vous vous obstinez à vouloir me séduire, vous allez effectivement être obligé de m'épouser.

— Parce que monsieur votre père viendrait exiger réparation ? demanda-t-il sans la quitter des yeux.

— Je suis la fille d'un homme aussi volage que vous semblez l'être, répondit Kate, le cœur serré. J'ai peur d'être définitivement immunisée contre les séducteurs de votre acabit.

— Et n'oubliez pas que vous êtes follement éprise de Dimsdale, ricana le prince. Est-ce papa qui a arrangé cette grotesque union ?

— Mon père est mort voici plusieurs années. Assez parlé de lui. Quant à vous, vous êtes fiancé. À une princesse, qui plus est.

— Il est vrai que je dois épouser une héritière, répondit-il sans émotion, mais vous en êtes une, vous aussi. Je ne recherche pas quelqu'un doté de puissantes relations. Il me suffit qu'elle soit riche. Et désirable, précisa-t-il en laissant son regard dériver vers son décolleté.

Kate serra César contre elle... ou plutôt, contre ses faux seins en cire.

— Ceci est la conversation la plus choquante que j'aie jamais eue, répéta-t-elle. Et au risque de vous décevoir, je ne suis ni disponible, ni riche héritière.

Il arqua un sourcil intrigué.

— Ah non ? Dimsdale est-il au courant ? Berwick est persuadé que vous disposez d'un magnifique héritage.

— Votre majordome est mal informé. Quant à Algie, il ne m'épouse pas pour ma fortune, *lui*.

— Intéressant. Mon cher neveu me semble pourtant du genre à placer l'amour au second rang, après l'argent.

— Contrairement à vous, pour qui l'amour vient tout en bas de la liste, je suppose ?

— Absolument.

— Cela signifie-t-il que je peux promener mes chiens sans craindre que vous bondissiez sur moi comme un fauve ? demanda-t-elle avant de se pencher pour poser César à terre.

— Vous pourriez… si vous n'étiez pas aussi séduisante.

À peine avait-il fini sa phrase qu'il fondit sur elle pour la prendre dans ses bras.

Et l'embrasser à perdre haleine.

Kate avait toujours cru qu'un baiser consistait essentiellement à poser ses lèvres contre celles de quelqu'un d'autre. Si on lui avait dit que c'était *ceci* ! Un ballet de miel et de feu, une caresse de velours, un plongeon dans un brasier…

Elle s'abandonna dans la chaleur de ses bras et lui offrit ses lèvres, parcourue de délicieux frissons. Il murmura quelque chose contre sa bouche – des paroles à la fois tendres et hardies. Un peu plus tard, Kate se souvint confusément qu'elle avait eu l'intention de le rabrouer.

N'était-elle pas censée le gifler pour son impudence ?

Certes, mais il retirerait ses lèvres des siennes, sa large main de sa taille…

Son baiser, qui avait débuté comme une question, prenait rapidement les apparences d'une exigence à laquelle, aussi inexpérimentée fût Kate, son corps tout entier répondait par l'affirmative.

Puis une petite voix lui rappela sans états d'âme *qui* elle était... et *qui* elle embrassait.

Elle s'écarta de lui. Il résista pendant une seconde, et tout fut terminé.

La première pensée de Kate, parfaitement absurde, fut qu'elle n'avait pas encore remarqué comme il avait les cils épais. La seconde, plus sensée, qu'elle n'avait fait que renforcer son insupportable arrogance. Désormais, il allait s'imaginer qu'il pouvait effectivement traiter toutes les Anglaises selon son bon plaisir.

Elle s'apprêtait à lui lancer au visage une remarque cinglante lorsqu'il murmura, d'une voix si enrouée de passion que Kate ne douta pas un instant de sa sincérité :

— Nom de nom ! Comme je regrette que vous ne soyez pas ma princesse russe !

Et voilà comment, son exaspération soudain envolée, Kate éclata de rire. Puis, se penchant vers lui pour effleurer ses lèvres des siennes, elle répliqua :

— Si l'argent peut acheter des baisers comme celui-ci, je regrette de ne pas être une riche héritière.

Il prit son visage entre ses mains.

— Un dernier, supplia-t-il dans un murmure vibrant de désir.

De nouveau, elle s'enivra de son goût de miel et de feu de bois. Il était tout à la fois infiniment tendre, merveilleusement sauvage, incroyablement...

Il la repoussa soudain, l'arrachant à sa rêverie.

— Vous êtes dangereux, murmura-t-elle, troublée.

Devant le sourire de triomphe qui étirait ses lèvres sensuelles, elle comprit qu'elle avait une fois de plus flatté sa monumentale vanité.

— Tout compte fait, reprit-elle dans un soupir blasé, les princes ne sont pas totalement inutiles.

— Détrompez-vous, répondit-il d'un ton sec. Je ne sers pas à grand-chose. Et maintenant, à moins que vous ne soyez à la recherche d'un autre galant, miss Daltry, je vous suggère de filer dans votre chambre et de ne plus en sortir sans être dûment chaperonnée.

14

Le lendemain, lorsque Kate sortit ses chiens pour une promenade matinale, elle prit soin d'emmener Rosalie. L'aube se levait tout juste, mais elle était accoutumée à se lever tôt. Dès l'instant où elle avait ouvert les yeux, les événements de la veille au soir lui étaient revenus en mémoire, lui interdisant de retrouver le sommeil.

— Venez, dit-elle aux trois petits chiens. Aujourd'hui, je ne vous mets pas de laisse. Nous allons rendre visite au lion. Si vous n'êtes pas sages, vous vous ferez manger tout crus, est-ce bien compris ?

Ses pas et ceux de Rosalie résonnèrent sur les pavés de la cour déserte. La veille, cet espace était chaleureux et accueillant. À présent, il était glacial et semblait hors du temps. Kate hâta le pas.

Le lion était réveillé. En les voyant approcher, il se tourna vers les deux jeunes femmes en bâillant. Aussitôt, Kate recula prudemment.

Le félin semblait en piteux état. Son pelage n'était pas lustré comme elle s'y était attendue, mais usé tel un vieux tapis. Il leur jeta un regard blasé, retourna vers le fond de sa cage, tourna sur lui-même, revint près des barreaux et secoua la tête comme si elle était trop lourde pour lui.

— Miss Katherine ! s'écria Rosalie.

César s'était faufilé près des barreaux et reniflait avec curiosité. D'un claquement de doigts, Kate le rappela.

— Tous les domestiques parlent de ce lion, dit Rosalie. Il paraît qu'il a dévoré la moitié des animaux de compagnie. Nous aurons de la chance si nous rentrons avec les trois chiens.

— Je suppose qu'il commencera par César, répondit Kate sans émotion particulière.

Le fauve couvait les trois « rats » d'un regard intéressé. Kate lui jeta un morceau de fromage. Il le considéra avec méfiance, mais l'engloutit tout de même.

— Ce monstre me glace les sangs, déclara Rosalie. Regardez ce pauvre Freddie, il est terrifié. Si nous allions plutôt voir l'éléphant ? Viens, Freddie. Éloignons-nous de ce vilain gros matou.

Laissant Rosalie partir en avant, Kate s'attarda quelques instants devant la cage du lion. C'est alors qu'une voix s'éleva derrière elle.

— Bonjour, miss Daltry.

En pivotant, elle reconnut le majordome.

— Oh, bonjour, monsieur Berwick. Serions-nous les seules personnes déjà debout dans tout le château ?

Il sourit.

— Je suis venu voir comment va le lion. Son état semble s'améliorer.

Comme le majordome ne paraissait pas pressé, Kate lui demanda :

— Puis-je vous poser quelques questions au sujet de ce château ?

— Je suis à votre service, mademoiselle.

— Si mes estimations sont justes, vous devez consommer au moins deux cents bougies par semaine. Sont-elles fabriquées sur place ?

Dans son impeccable livrée à boutons dorés et col haut, M. Berwick était l'image de la dignité. Pourtant, l'espace d'un éclair, une lueur étrangement familière passa dans son regard.

— Le château possède effectivement un atelier pour la fabrication des bougies, mais mademoiselle sous-estime le chiffre. En temps normal, nous en brûlons plus de trois cents par semaine, et nous avons aussi quelques lampes à huile dans certaines pièces. En prévision du bal, j'en ai commandé une quantité supérieure pour que les lustres restent allumés jusqu'à l'aube.

— Très intéressant, fit Kate. Et les domestiques ? Combien y en a-t-il ?

Il marqua une pause, comme s'il se livrait à un rapide calcul.

— J'en ai recruté quatre, congédié un, donc avec trois de plus, nous employons actuellement cent trente-sept domestiques, dans le château et ses annexes.

— Les revenus sont-ils majoritairement issus de rentes ? demanda Kate sans réfléchir.

Puis, les joues brûlantes, elle s'exclama :

— Veuillez me pardonner ! Cette question était terriblement inconvenante.

Une lueur amusée passa dans les yeux du majordome.

— Mademoiselle est tout excusée. Le château est entouré de fermes dont le produit contribue à faire fonctionner le domaine, mais le prince Gabriel craint que cela ne suffise pas, étant donné le nombre de personnes qui vivent ici.

— Je n'avais nullement l'intention de m'enquérir de la situation financière de votre maître ! protesta Kate, mortifiée.

— Le Marburg est peuplé de princes sans terres, répondit M. Berwick, philosophe. Le prince Gabriel est l'un des rares à posséder un château.

Il donna un léger coup de tête, et une mèche s'échappa de son catogan, retombant sur ses yeux.

Kate le regarda, bouche bée. Il lui semblait soudain voir non pas M. Berwick, mais le prince Gabriel. La ressemblance entre les deux hommes était frappante.

Le majordome dut déchiffrer son expression car il esquissa un petit sourire en coin qui était l'exacte réplique de celui de son maître.

Kate se mordit les lèvres, avant d'émettre une petite toux gênée.

— Aujourd'hui, nous organisons un pique-nique dans les jardins du château, reprit-il sans ciller. Plusieurs dames ont exprimé le désir de voir le reste de la ménagerie, mais celle-ci a été installée de l'autre côté du labyrinthe de verdure. Il sera également possible de faire du canot sur le lac.

Kate hocha la tête et se tourna vers le lion, qui s'était rendormi.

— Ne pensez-vous pas que cet animal aurait besoin d'une cage plus grande ?

— Quelles dimensions mademoiselle suggère-t-elle ?

— Au moins celles d'un enclos à cochons. Vous pouvez parquer une truie et ses petits dans un espace de six pieds de côté, mais la plupart des éleveurs considéreraient que c'est insuffisant. Ce fauve a moins de place qu'un porc !

S'apercevant alors que le majordome la regardait d'un air perplexe, elle admit dans un soupir :

— Je ne devrais pas connaître la taille d'un enclos à cochons...

— Qui peut dire ce que l'on est censé connaître ou non ? répliqua M. Berwick. On ne nous l'apprend pas à Oxford, en tout cas.

— Vous avez fréquenté Oxford ? s'étonna Kate. Pour étudier, ou pour suivre votre maître ?

— Les deux, ce qui était fort commode. J'étais inscrit en philosophie et le prince Gabriel en histoire, mais nous avons passé de nombreuses heures dans les pubs. Nous étions jeunes.

Kate sourit.

— Vos études vous aident-elles aujourd'hui dans votre travail ?

— Je pratique le raisonnement philosophique au quotidien, affirma le majordome.

— Pour respecter l'étiquette ?

— Pour la faire respecter à l'entourage du prince, qui n'est pas toujours d'une discipline irréprochable. Mademoiselle a-t-elle rencontré M. Tippet ? Il est lecteur pour l'une des tantes du prince Gabriel, la princesse Sophonisba, dont vous aurez peut-être remarqué le penchant pour les plumes.

Kate acquiesça poliment.

— En vérité, M. Tippet lit dans les lignes de la main, expliqua le majordome. Enfin, c'est ce qu'il prétend. Il est harcelé par le prince Ferdinand, qui lui demande sans cesse de lui dire son avenir en espérant chaque fois de meilleurs présages.

— Les lignes de la main ne changent pas, protesta Kate.

— M. Tippet a déjà informé le prince Ferdinand qu'il vivrait centenaire et épouserait une beauté aux cheveux bruns, mais cela ne lui suffit pas.

— Donc, vous faites appel à vos connaissances philosophiques pour supporter les caprices de vos...

Kate se mordit la langue. Elle n'avait pas à savoir si le prince Ferdinand ou la princesse à plumes étaient ou non des parents de M. Berwick.

— Précisément, répondit ce dernier d'un ton onctueux. Si je puis me permettre, mademoiselle fait preuve d'un grand discernement.

— Ma foi, dit Kate, plus touchée qu'elle ne l'aurait pensé, les princes ne sont pas les seuls à avoir une famille qui sort de l'ordinaire.

M. Berwick hocha la tête, mais garda un silence diplomatique. Rosalie revint à cet instant.

— Vous devriez venir voir l'éléphant, miss Katherine ! s'écria-t-elle, sans paraître remarquer qu'elle s'était trompée de prénom. Il y a un adorable petit singe à son côté. Je n'ai jamais rien vu d'aussi charmant.

Kate jeta un regard à la dérobée en direction du majordome. Apparemment, il n'avait pas relevé l'erreur de Rosalie.

Kate suivit la bonne jusqu'à la cage de l'éléphante. À cet instant, César se précipita entre les barreaux et tenta de mordre le singe. Le pachyderme se mit à se balancer d'un air menaçant.

— Les éléphants ont peur des souris, expliqua le majordome, et ce chien n'est guère plus gros. Lyssa risque de l'écraser.

— César ! appela Kate. Reviens immédiatement.

Le bichon maltais, aussi brave que stupide, continua d'aboyer de toutes ses forces en essayant de mordre la queue du singe.

M. Berwick ouvrit un petit boîtier fixé aux barreaux pour en sortir une clef, avec laquelle il ouvrit la porte de la cage. Puis il entra et attrapa le chien.

— Je ne le sortirai plus sans sa laisse, promit Kate. J'ai peur qu'il n'ait pas de cervelle.

— Pas du tout ? se moqua le majordome.

Kate secoua la tête et sourit. Elle avait l'impression d'être à la maison, en train d'échanger des plaisanteries avec Cherryderry.

— C'est un mâle, expliqua-t-elle. J'ai remarqué que parfois, chez eux, le cerveau a été oublié au montage.

Puis elle pivota sur ses talons tandis que le majordome se mordait les lèvres pour ne pas éclater de rire.

15

Le pique-nique et la partie de canotage se déroulèrent dans les jardins à la française qui s'étendaient derrière le château, en contrebas d'un vaste escalier de marbre blanc. Il y avait un labyrinthe de verdure, un lac où nageaient des cygnes, et tout ce que doit comprendre un jardin princier, jusqu'à un kiosque à musique où jouait un quintette.

Kate portait pour l'occasion une perruque rouge cerise assortie à une robe de la même couleur. Elle avait eu des mots avec Rosalie sur la question des faux seins en cire, mais la domestique avait tenu bon. Une telle robe n'était pas taillée pour les formes de miss Katherine... ou, plus exactement, pour son absence de formes.

— Et s'il fait chaud ? S'ils fondent, de quoi aurai-je l'air ?

— Mademoiselle n'a qu'à ne pas avoir chaud, décréta Rosalie avec une logique imparable.

Suivie de Dimsdale, Kate se dirigea jusqu'au grand escalier de marbre qui menait aux jardins.

Le quintette à cordes jouait une musique légère et entraînante – probablement une valse. Kate avait entendu parler de la valse et de son influence décadente sur ceux qui la dansaient. De fait, elle éprouvait une folle envie de soulever ses jupes et de virevolter...

— Je me demande comment ils font marcher ces fontaines, murmura Dimsdale en examinant l'eau qui jaillissait de la gueule de monstres marins en pierre.

— Interrogez M. Berwick, lui conseilla Kate. Il est remarquablement bien informé sur ce château.

— Je ne discute pas avec les domestiques, répliqua Dimsdale. Pour l'amour du Ciel, Katherine, souvenez-vous que vous êtes Victoria, voulez-vous ? Jamais ma fiancée ne s'abaisserait de la sorte !

— Si vous voulez savoir quelque chose, pourquoi ne pas poser la question à qui de droit ? Je vous trouve un peu snob, Algie. Et ce n'est pas le prince qui pourrait vous expliquer cela.

— Comme si j'allais m'adresser à *lui* ! s'écria Dimsdale d'un air offusqué.

Dans un soupir de lassitude, Kate descendit les premières marches. Il y avait plus de gens dans les jardins qu'elle n'en avait vu la veille dans les salons. Apparemment, d'autres invités étaient arrivés.

— Restez près de moi, demanda-t-elle à Dimsdale, qui boudait toujours. Il est fort probable que je vais croiser des personnes que Victoria connaît. Je veux bien sourire à tout le monde, mais vous devrez faire la conversation.

Dimsdale la parcourut d'un bref regard. Il dut être satisfait de son examen car il déclara :

— Vous ressemblez un peu plus à Victoria, aujourd'hui. Tant mieux.

Puis, s'apercevant soudain d'un détail crucial, il s'écria :

— Où sont les chiens ?

— Je les ai laissés avec Rosalie. J'ai pensé que...

— Il vous les faut absolument ! l'interrompit Dimsdale. Victoria les emmène partout avec elle.

Appelant un valet d'un claquement de doigts, il ordonna d'un ton impatient :

— Allez immédiatement chercher les chiens de miss Daltry. Dépêchons !

130

Pendant qu'ils attendaient, Kate chercha le prince des yeux. Cela ne lui prit guère de temps. Il était vêtu de jaune et entouré d'un aréopage exclusivement féminin. Au moins, Kate savait maintenant dans quelle direction ne pas aller.

— Regardez-moi cela, marmonna Dimsdale.

— Hum ? fit Kate, feignant d'observer le lac.

— La veste de M. Toloose a cinq coutures en bas du dos et non trois, dit-il en tirant sur sa manche.

— Comment pouvez-vous remarquer un tel détail à cette distance ? s'étonna Kate.

Puis, comme le valet revenait avec les « rats », elle prit les laisses en le remerciant chaleureusement. Elle darda ensuite un œil sévère sur les chiens.

— César, tu n'aboies pas. Coco, pas de plongeon dans le lac. Freddie...

Elle regarda ses petites oreilles soyeuses et ses grands yeux doux. Il semblait si heureux de la retrouver qu'elle en resta un instant sans voix.

— Eh bien, tu es parfait comme cela. Et maintenant, allons y.

Les trois chiens s'élancèrent d'un bond dans les escaliers de marbre à la suite de Dimsdale. Occupée à tenir leurs laisses, Kate ne vit qu'au dernier moment le prince Gabriel, qui s'était débarrassé de ses admiratrices et se tenait au pied des marches.

— Miss Daltry, dit-il d'un ton solennel, comme s'il ne s'était rien passé la veille.

— Votre Altesse, répondit-elle en le saluant d'un gracieux hochement de tête.

— Mon neveu, dit ensuite le prince en se tournant vers Dimsdale.

Ce dernier parut hésiter quelques secondes et bafouilla, avant de plonger dans une profonde révérence :

— Votre Altesse... Mon oncle...

Sans plus s'occuper de lui, le prince prit la main de Kate pour la porter à ses lèvres.

— Vous devez absolument m'accompagner pour une promenade en canot sur le lac, déclara-t-il.

Un prince n'aurait pas dû avoir le droit de posséder de tels yeux ! songea Kate. C'était de la concurrence déloyale par rapport au reste de l'humanité.

— Tout à l'heure, pourquoi pas ? répliqua-t-elle, évasive, en retirant sa main.

— Maintenant, insista-t-il.

Puis, sans un regard pour Dimsdale, il entraîna Kate en direction du lac.

— Que faites-vous ? murmura-t-elle avec véhémence, tout en essayant d'empêcher les laisses des chiens de s'emmêler dans ses jupes.

— Je vous emmène canoter !

Quelques instants plus tard, ils étaient assis à l'arrière d'une longue et étroite embarcation dirigée par un gondolier.

— Dimsd... Je veux dire, mon cher Algie ne va pas être content, fit-elle mine de se fâcher.

Elle posa les yeux sur le lac aux eaux limpides et bleues. Si seulement elle avait pu ôter ses gants pour y tremper les doigts !

— Faites donc, dit le prince comme s'il avait lu dans ses pensées. Enlevez-les. Nous sommes trop loin de la berge pour que l'on vous voie.

— Pourquoi m'avez-vous emmenée ici ? s'enquit-elle en déboutonnant le gant de sa main droite.

— Savez-vous de quoi parlent ces femmes ? demanda-t-il en désignant d'un coup de menton le nuage de soie et de satin pastel sur la rive.

D'un hochement de tête, Kate l'invita à poursuivre.

— Elles s'étonnent de vous trouver si changée depuis la dernière fois qu'elles vous ont vue à Londres, il y a deux mois.

Il se carra sur son siège pour l'observer, une lueur ironique au fond des yeux.

— À ce qu'il semble, vous étiez infiniment plus séduisante à cette époque, reprit-il. On se demande ce que sont devenues vos célèbres rondeurs si féminines.

— Comme c'est bas ! fit mine de s'indigner Kate. Doivent-elles se montrer aussi cruelles envers moi, qui ai été si malade ? Quoi qu'il en soit, je vous remercie de m'avertir.

— Qui êtes-vous ? questionna le prince en se penchant vers elle.

— Oh, un poisson ! Là ! s'écria Kate, tentant de faire diversion.

— Vous n'êtes pas miss Daltry.

D'une main ferme, il prit la sienne et la retourna, paume en l'air, avant d'y faire courir son pouce.

— Les dames de la bonne société n'ont pas les mains calleuses, commenta-t-il. Même lorsqu'elles ont été souffrantes.

— Eh bien... murmura-t-elle, indécise.

— Laissez-moi deviner.

Il lui décocha l'un de ses sourires au charme ravageur qui aurait dû être interdit par la loi.

— Wick et moi avons discuté de votre cas, tout à l'heure.

— Wick ? répéta Kate, sourcils froncés.

— Berwick. Mon frère. Il sait que vous avez compris.

— J'ai pensé qu'il...

— Et moi, l'interrompit-il, je pense que vous n'êtes pas Victoria Daltry. Vous devez être une parente plus ou moins légitime, qui l'a remplacée pour je ne sais quelle raison. Cela expliquerait un certain nombre de détails qui ne collent pas : vos mains abîmées, votre indifférence manifeste envers vos chiens et mon idiot de neveu, votre manque de ressemblance avec la pulpeuse Victoria... et vos connaissances en matière d'élevage de cochons.

— La pulpeuse Victoria ? répéta Kate, cherchant désespérément que répondre.

Faire valoir la légitimité de sa naissance lui semblait parfaitement absurde, étant donné les circonstances.

— L'une des plus aimables de ces jeunes personnes a même émis l'hypothèse qu'un médecin avait dû vous forcer à prendre le soleil, car il paraît que votre peau était autrefois d'une exquise blancheur.

— Elle devait tenter de vous amuser pour vous faire oublier son manque de grâce, grommela Kate.

— Possible, répondit le prince Gabriel, qui semblait trouver tout ceci fort divertissant. J'aimerais savoir qui vous êtes. Après tout, vous faites partie de ma famille. Enfin, une fois que Dimsdale aura passé la bague au doigt de la délicieuse Victoria...

— Je m'en réjouis d'avance, grinça Kate entre ses dents.

Elle lança un regard à la dérobée en direction du gondolier, mais celui-ci paraissait plus occupé à éviter les autres canots qu'à épier leur discussion.

— Être parente d'un prince, reprit-elle d'un ton faussement béat. C'était justement sur ma liste de choses à réaliser dans la vie !

— Eh bien, quel est votre nom ? Wick pense que cela pourrait être Katherine.

Ainsi, le majordome avait bel et bien surpris la méprise de Rosalie.

— C'est bien Katherine, admit-elle, mais la plupart des gens m'appellent Kate.

— Et moi, c'est Gabriel.

— Mais la plupart des gens vous appellent Votre Altesse. J'en ferai donc autant.

— Ici, personne ne peut nous entendre.

Puis, s'adossant à son siège, il la considéra d'un air pensif. Il semblait satisfait. Pour la première fois, Kate s'aperçut qu'il ne la couvait pas d'un regard ironique ou méprisant.

— Qu'est-il arrivé à Victoria la Pulpeuse ?

— César l'a mordue.

Le prince jeta un coup d'œil dubitatif au chien, qui s'était installé près du rebord et observait les flots, comme prêt à bondir sur le premier danger.

— Il a l'air inoffensif mais il est parfois imprévisible, expliqua-t-elle.

— Voulez-vous que je le pousse à l'eau ? proposa le prince. Il coulerait comme une pierre. Pas aussi vite que l'autre, celui avec des bijoux collés à la fourrure.

— Ce n'est que du strass.

Le prince se pencha pour examiner plus attentivement Coco.

— Ce sont des saphirs étoilés, rectifia-t-il. Je n'en connais pas le prix, mais la valeur de cet animal, bijoux inclus, est à peu près celle d'une petite propriété à la campagne.

Kate regarda Coco, abasourdie.

— Pas étonnant qu'elle soit si fière d'elle, murmura-t-elle.

— Elle me fait penser à ces danseuses de cirque qui transportent leur dot en diamant dans leur nombril, dit le prince. Quel dommage que Victoria n'ait pu venir ! Nous aurions eu bien des choses à nous dire...

— Vous aussi, vous décorez vos chiens ?

— Je n'ai pas de chien, mais j'ai un lion, répondit-il, pensif.

— À propos, cet animal manque désespérément de place dans sa cage...

— Juste Ciel ! s'exclama le prince d'un ton paresseux. J'ai peur que tout le monde nous regarde.

Levant les yeux, Kate s'aperçut que le lac grouillait de canots... dont tous les passagers sans exception avaient les yeux tournés vers eux.

— Flûte ! marmonna-t-elle en retirant prestement sa main de l'eau pour la secouer. N'auriez-vous pas un mouchoir ?

— Pas le moindre, répondit le prince, qui semblait trouver tout ceci fort amusant. N'en avez-vous pas un dans votre réticule ?

— Il est plein de fromage. Pour les chiens, précisa-t-elle.

— Je trouvais aussi que vous dégagiez une drôle d'odeur… En général, les dames sentent plutôt la rose.

— Eh bien moi, maugréa-t-elle, je sens l'étable.

Nom de nom, comment sécher sa main ? Elle ne pouvait pas l'essuyer sur sa robe, au risque de tacher la soie.

— Tournez les yeux, ordonna-t-elle.

D'un geste rapide, elle souleva ses jupes et sécha sa main sur ses jupons de linon.

Avant de s'apercevoir que son compagnon n'avait pas détourné les yeux un seul instant.

— Ce n'est pas bien ! protesta-t-elle en rabattant prestement ses jupes.

Un petit sourire éclaira son visage.

— J'adore vos chaussures… commença-t-il.

Elle portait d'exquis escarpins de soie cerise à petits talons, assortis à sa robe.

— Merci, grommela-t-elle, indécise.

Un gentleman ne louchait pas sur les chevilles d'une dame, mais de si jolis souliers n'étaient-ils pas faits pour être admirés ?

Il ramassa le gant de Kate pour le porter à ses lèvres tandis qu'une lueur brûlante passait dans ses yeux.

— … mais pas autant que vos chevilles, ajouta-t-il. Vous ne devriez pas laisser un homme les voir.

— Je le sais, répliqua-t-elle. Je n'ai pas été élevée dans une grange.

Dans ses yeux, la lueur avait pris les proportions d'un brasier. Kate frémit.

— Vous ne le devriez pas, poursuivit-il en portant de nouveau sa main à ses lèvres, parce que des chevilles comme les vôtres en disent long.

— Sur quoi ? s'entendit demander Kate, hypnotisée.

— Sur le reste de votre personne, répondit-il en laissant son regard s'attarder sur son décolleté.

Ce fut plus fort qu'elle, Kate éclata de rire.

— Vous riez de mes compliments. Pourquoi donc ?

Kate redressa le buste, mais il ne semblait toujours pas voir la supercherie. Elle essaya une autre approche.

— Saviez-vous que la veste de Dimsdale est rembourrée, au niveau de la poitrine ?

Il ouvrit des yeux ronds. Manifestement, il l'ignorait. Pas étonnant, songea-t-elle. Son torse était deux fois plus large que celui de Dimsdale, et tout en muscles.

Elle sourit.

— Un homme averti en vaut deux, Votre Altesse. À votre place, je ne me fierais pas aux chevilles d'une dame pour évaluer ses courbes.

Il posa de nouveau son regard sur son décolleté mais, à sa grande surprise, il ne sembla pas déçu de ce qu'il voyait. Une étincelle de désir s'alluma dans ses yeux.

— Votre Altesse ! le gronda Kate, refoulant une bouffée de fièvre.

— Vous venez pratiquement de me suggérer de regarder vos seins.

— Qui n'en ont que les apparences...

Il émit un petit rire amusé.

— J'ai des yeux pour voir, ma belle. Et ce que je vois me semble tout à fait appétissant.

Elle ne put retenir un sourire.

— Le fait que je ne sois pas Victoria ne signifie pas que je sois disponible pour vos... appétits.

— Je n'ai pas l'intention de vous séduire.

— Vous m'en voyez soulagée, Votre Altesse.

Il éclata de rire.

— Pour être honnête, j'y ai pensé lorsque je vous prenais pour la riche Victoria.

— Pourquoi avez-vous besoin d'une héritière ? demanda-t-elle. D'après M. Berwick, les revenus du château sont suffisants pour le faire fonctionner.

— Oui, mais chichement, répliqua le prince. On n'est jamais trop riche.

Kate le regarda. Dans la lueur dorée de l'après-midi, il semblait plus royal que jamais. Une mèche rebelle s'était échappée de son catogan, soulignant les lignes arrogantes de ses mâchoires et son sourire satisfait. Apparemment, il était ravi d'avoir découvert le secret de Kate.

Comme elle ne répondait pas à sa dernière remarque, il ajouta :

— L'argent peut vous procurer la liberté.

— La liberté, répéta Kate. De quoi voudriez-vous vous libérer ? Vous n'êtes pas votre lion, ni...

— Oh, pour l'amour du Ciel, fichez-moi la paix avec ce lion !

Kate arqua un sourcil hautain.

— Je ne parle jamais ainsi aux gens, reprit-il aussitôt d'un air penaud, comme pour se faire pardonner.

— Je vois. Vous me réservez le meilleur de vous-même.

— Hum... Quoi qu'il en soit, j'aimerais être assez riche pour pouvoir confier tout ceci à mon épouse – mes oncles, mes tantes, la ménagerie... – et m'en aller.

— Pour rentrer au Marburg ?

— Certainement pas !

— Dans ce cas, où voudriez-vous aller ?

— Avez-vous déjà entendu parler de Didon et Énée ?

Kate secoua la tête.

— Je ne sais même pas si c'est de l'histoire ou de la littérature. De vous à moi, j'ai été scandaleusement mal éduquée. Je parle un peu le français et j'ai lu presque tout Shakespeare, mais à part cela, je suis une parfaite ignorante.

— Une ignorante incollable sur l'élevage des animaux de ferme, à ce qu'il semble.

— Ma foi, cela peut avoir son utilité. Eh bien, qui est cette Didon ? Elle n'a pas un prénom très élégant.

— C'était la reine de Carthage. Elle s'était éprise d'Énée, mais les dieux avaient décidé que celui-ci devait poursuivre son voyage pour aller fonder Rome. Ce qu'il fit. Folle de chagrin, elle se jeta sur un bûcher funéraire.

— Elle s'est immolée par amour ?

Le prince Gabriel hocha la tête.

— Alors c'est de la littérature, décréta Kate. Aucune femme sensée ne ferait une chose pareille.

Puis, après un instant de silence, elle ajouta dans un murmure :

— Pourriez-vous m'aider à reboutonner discrètement mon gant ?

— Venez vous asseoir à côté de moi, dit-il en se poussant sur le côté pour lui faire de la place.

D'un mouvement fluide, elle se leva et s'assit près de lui. Il était si large que sa jambe musclée se pressait contre ses jupes. Les joues de la jeune femme la brûlèrent.

— Et maintenant, montrez-moi ce gant, reprit-il d'un ton sérieux.

Un peu gênée, Kate lui tendit sa main droite. Les minuscules boutons de nacre montaient jusqu'au-dessus du coude. Tandis que son compagnon se penchait pour les boutonner, elle constata que ses mèches n'étaient pas brunes, comme elle l'avait d'abord cru, mais d'une chaude et profonde nuance acajou.

— Savez-vous, dit-il en finissant d'attacher le dernier bouton, qu'une dame ne s'assoit jamais aussi près d'un prince ?

— Oh.

— Sauf si elle espère devenir princesse, précisa-t-il.

— Rassurez-vous, ce n'est pas mon cas ! s'exclama Kate avec franchise.

— Je le sais. Katherine ?

— Oui, Votre Altesse ?

— Gabriel. N'avez-vous pas envie d'en savoir plus au sujet de Didon ?

— Cette folle ? Non, pas particulièrement.

— C'est effectivement une héroïne littéraire, reprit-il comme s'il ne l'avait pas entendue, mais elle a peut-être eu une existence historique. À l'heure où nous parlons, mon vieux professeur Biggitstiff est en train de fouiller une cité antique qui pourrait être la légendaire Carthage.

C'était peut-être la première fois que Kate décelait une telle intensité dans ses paroles.

— Pourquoi n'y allez-vous pas ? s'entendit-elle demander, frappée par ses accents de sincérité.

— Parce que je ne peux pas. J'ai ce château.

— Et alors ?

— Vous ne comprenez pas. Mon frère Augustus a mis à la porte de chez lui celles et ceux qu'il considérait comme des pécheurs et des mécréants... c'est-à-dire pratiquement tout le monde.

— Même le lion et l'éléphant ?

— Je crois que son épouse était incommodée par leur odeur. Quoi qu'il en soit, ils m'ont tous demandé l'asile.

— Êtes-vous en train de me dire que vous n'épousez votre princesse russe que pour faire vivre tous ces gens ?

— Oui, admit-il sans détour. Et pour qu'elle dirige le château à ma place.

Kate reprit sa place sur le siège d'en face.

— Je pense que nous devrions rentrer, dit-elle.

Puis, après quelques instants de réflexion, elle demanda :

— Arrêtez-moi si j'ai mal compris... Vous avez l'intention de vous marier afin d'entretenir vos gens, puis de vous enfuir pour Carthage, quel que soit l'endroit où cela se trouve ? Je suppose que ce n'est pas dans le Lancashire. Aucune Anglaise, même dans la littérature, ne se jetterait au feu par amour.

— À vous entendre, je suis le roi des égoïstes, murmura-t-il.

Il fit signe au gondolier de regagner la rive et reprit :

— C'est cela, le mariage. En échange, elle sera princesse. C'est un titre très recherché, même s'il semble vous laisser de marbre.

— À propos de mariage... je refuse de croire que vous auriez été prêt à séduire Victoria. Elle est terriblement éprise de Dimsdale, voyez-vous. Et il est tout de même votre neveu.

— Oui, mais j'ai du mal à éprouver de la loyauté envers lui, répliqua le prince avec une franchise déconcertante. Quoique... Maintenant que je vous connais, je le devrais.

— Je n'ai aucun lien de parenté avec lui.

— Pour l'instant. Vous serez bientôt sa belle-sœur.

— Alors vous donnez votre accord à cette union ? Dimsdale va être fou de joie ! Si cela ne vous ennuie pas, nous pourrions partir tout à l'heure ? Avec toutes ces dames qui commentent ma triste silhouette, je commence à devenir nerveuse.

— Non.

Elle le regarda, interdite. Ils venaient d'atteindre la berge et le gondolier avait arrêté la barque en donnant un coup de perche sonore contre les marches de marbre. Avait-elle mal entendu ?

— Vous refusez ?

— Je veux que vous assistiez à mon bal, dit-il.

— Pourquoi ? Quelqu'un pourrait s'apercevoir que je ne suis pas Victoria, et maintenant que vous savez la vérité, je n'ai aucune raison de m'attarder.

— Vous allez rester parce que je le veux.

— Peu m'importe ce que vous voulez, je...

Il bondit sur la rive et lui offrit sa main. Tandis qu'elle le suivait, furieuse, il murmura à son oreille :

— Dimsdale ne me contredira jamais... Katherine.

Bien entendu, il avait raison. Maudit soit-il ! Kate pivota sur ses talons pour remercier le laquais qui avait pris les laisses des chiens et les saisit.

— Très bien, marmonna-t-elle. À tout à l'heure.

— Tout de suite. Venez danser.

— Écoutez, Votre Altesse...

Il lui tendit la main d'un geste impérieux.

— Gabriel, insista-t-il.

— Écoutez, Gabriel, reprit-elle agacée, je suis une fille d'étable, l'auriez-vous oublié ? Je ne sais pas danser et je n'ai pas l'intention de me ridiculiser devant les amies de Victoria.

— Qu'aviez-vous prévu de faire, pendant le bal ?

— De me mettre un bandage à la cheville et de prétendre que César m'avait mordue.

Ce dernier tirait sur sa laisse avec tant d'énergie que Kate dut se fâcher.

— César ! le gronda-t-elle.

Une fois qu'il se fut calmé et assis sagement, elle le récompensa d'un morceau de fromage qu'elle piocha dans son réticule.

M. Berwick les rejoignit sur ces entrefaites.

— Votre Altesse, miss Daltry, les salua-t-il. La comtesse Dagobert est arrivée ; elle souhaite saluer Votre Altesse.

— Attendez-moi ici, ordonna le prince à Kate avant de s'en aller sans un regard en arrière.

— Alors là, murmura-t-elle, n'y comptez pas.

Puis, baissant les yeux vers ses chiens, elle reprit à haute voix :

— Venez, mes chéris.

Et elle s'en alla dans la direction opposée, Coco menant la marche. Les saphirs collés dans la fourrure du chien scintillaient sous les rayons du soleil, baignant l'animal d'un halo bleuté.

Avec cette somme, songea Kate, elle aurait pu réparer les toits des cottages du domaine familial. Et se constituer une dot. Au moins, Mariana n'avait pas mis les mains sur *tout* l'héritage.

Elle en avait placé une partie sur un chien.

16

Kate entendit quelqu'un l'appeler, non par le prénom de Victoria mais par le sien. En se retournant, elle reconnut lady Wrothe, qui lui faisait signe de l'autre côté du labyrinthe de verdure. Henry portait une robe qui devait être le dernier cri à Londres – à rayures vertes et violettes, avec un décolleté si vertigineux que le volant de dentelle qui l'agrémentait peinait à préserver la modestie de sa propriétaire.

— Ma chère ! roucoula la marraine de Kate. Venez ici tout de suite ! Que faisiez-vous sur le lac avec le prince ? Votre nigaud de fiancé erre comme une âme en peine, et tout le monde est persuadé que le prince a décidé de vous voler votre vertu.

— Chut ! murmura Kate avec véhémence. On pourrait vous entendre !

— Aucun risque, répliqua lady Wrothe avec insouciance. La musique porte loin. Ce doit être à cause de la proximité du lac. J'ai essayé d'épier une querelle entre lady Bantam et son mari, en vain. C'est tout juste si j'ai entendu quelques noms d'oiseau.

— Allons, dit Kate en tirant les laisses de ses chiens. Nous allons par ici.

— Des chiens ? s'exclama lady Wrothe, qui parut les remarquer pour la première fois. Je suppose qu'ils font partie de votre déguisement, ma chère, car j'ai horreur de ces bestioles. Je refuserai de les avoir à la maison quand vous viendrez vivre chez moi, à Londres.

— Ils sont à Victoria.

— Oh, mais bien sûr ! J'oubliais que votre sœur avait été mordue par l'un de ces fauves.

Kate baissa les yeux vers Freddie, qui la couvait d'un regard d'adoration absolue.

— Voici Freddie, annonça-t-elle. Celle qui a les bijoux s'appelle Coco. Et celui qui grogne, c'est César.

Ce dernier était occupé à gronder contre un moineau, sans doute pour s'entraîner.

— Ma foi, dit Henry, radoucie, ils n'ont pas l'air bien méchants.

Elle désigna Coco.

— Celle-ci me plaît bien. Elle a l'air de connaître sa propre valeur et croyez-moi, pour une femme, c'est une qualité indispensable.

Kate éclata de rire.

— Coco est d'une vanité effroyable.

— Vanité n'est qu'un autre mot pour dire « confiance en soi », rétorqua Henry en agitant son éventail. Il n'y a rien de plus excitant aux yeux d'un homme. Ce sont de vraies pierres précieuses ?

— Oui.

— J'adore l'idée de mettre des bijoux à un chien. Cette Mariana et moi avons des choses en commun. Je vais peut-être acheter un de ces dalmatiens que l'aristocratie russe adore, et le couvrir d'émeraudes. Ne serait-ce pas délicieux ?

— Si nous allions visiter le labyrinthe ? proposa Kate, impatiente de se soustraire aux oreilles indiscrètes.

Sans attendre, elle se dirigea vers l'entrée.

— Inutile de nous précipiter ! Avec mes talons hauts, je ne suis pas équipée pour courir sur l'herbe.

— Pourquoi mettez-vous des chaussures aussi inconfortables ?

— Pour montrer mes chevilles, répondit lady Wrothe. Il faut bien que je mette mes atouts en valeur. Je ne supporte pas l'idée de perdre mon pouvoir de séduction... Au fait, j'ai trouvé l'homme qu'il vous faut !

Kate pila net.

— Ah oui ?

— Absolument. C'est un cousin éloigné de mon second mari, Bartholomew, mais il est aussi plus ou moins parent avec Leo. À propos, celui-ci est déjà ivre. Je l'ai mis sur un canot en demandant au gondolier de ne pas le ramener sur la rive avant l'heure du dîner. Avec un peu de chance, il aura assez dessaoulé pour m'escorter à table.

— Cela ne vous ennuie pas qu'il boive ?

— Non, pas particulièrement. Je savais en l'épousant qu'il n'était pas parfait. Et jusqu'à présent, il n'a jamais bu au point d'être incapable d'accomplir ses devoirs conjugaux.

Kate ne put réprimer un éclat de rire un peu choqué.

— Eh bien, reprit lady Wrothe, au moins, vous comprenez la plaisanterie. Avec les très jeunes femmes, on ne sait jamais...

— J'ai grandi à la campagne, expliqua Kate.

— Ne vous inquiétez pas. Tant que vous ne vous mettez pas dans la même situation que votre sœur, vous avez bien le droit de vous amuser avant le mariage. Criez un peu pendant votre nuit de noces et votre époux n'y verra que du feu.

— Oh, je ne parlais pas de *cela* ! s'écria Kate en rougissant.

Henry haussa les épaules avec désinvolture.

— Dans la bonne société, si vous pariez la pièce montée que la mariée est encore vierge, vous risquez d'être privée de dessert !

Kate réfléchit quelques instants à ces paroles. Sa mère lui avait souvent dit que la vertu d'une jeune femme est tout ce qu'elle possède. Manifestement, Henry avait un autre point de vue sur la question !

— Je n'ai aucune envie de finir comme ma sœur, dit-elle.

— Victoria ne s'est pas si mal débrouillée, en fin de compte. Ce jeune gandin possède une belle propriété et il semble fou d'elle.

— Dimsdale ne lui a demandé sa main que sous la pression de ma belle-mère.

— Victoria a été stupide de lui offrir ce qu'il voulait sans poser ses conditions, mais elle va tout de même réussir à lui passer la bague au doigt.

— Avec ma chance, soupira Kate, si j'étais dans sa situation, je finirais seule au fin fond de la campagne, en faisant croire à tout le monde que je suis la veuve d'un colonel. Comme Mariana.

— Avec votre chance, rectifia Henry d'un ton triomphal, vous m'avez, moi ! J'ai informé Dimsdale voici quelques minutes que je vous avais reconnue ; pour toute réponse, il s'est mis à me chanter les louanges de sa fiancée. J'ai peur que vous ne soyez pas à la hauteur de cette Victoria, ma chère. Et il est fou de rage à l'idée que vous ayez terni sa réputation en vous affichant avec le prince Gabriel tout à l'heure, sur le lac. Vous devriez séduire le prince, rien que pour lui clouer le bec.

— Ce serait peut-être aller un peu loin pour le seul plaisir de contrarier mon beau-frère.

— Ma foi, il y a plus pénible que cela dans la vie. Ne trouvez-vous pas le prince Gabriel terriblement séduisant ?

— Terriblement, c'est le mot. Il prétend qu'il ne cherche pas à me séduire, mais...

— Mensonge ! Bien entendu, il veut vous séduire. Et pourquoi s'en priverait-il ? C'est un prince, après tout...

— Cela ne lui donne pas le droit de mettre dans son lit toutes les femmes qui croisent son chemin. César, viens ici !

Elles avaient traversé le labyrinthe sans en trouver le centre et se trouvaient à présent de l'autre côté, en face du reste de la ménagerie. Il y avait en enclos avec des chèvres de l'Himalaya et un autre qui abritait une autruche.

— Nous devrions retourner vers le lac, dit Henry. J'aimerais vous présenter le mari que je vous ai choisi.

— Quel est son nom ? demanda Kate tout en tirant fermement sur la laisse de César.

— Dante. Pourquoi ne libérez-vous pas ce chien ? L'autruche n'en ferait qu'une bouchée et vous en seriez débarrassée.

— César est peut-être insupportable mais j'ai fini par m'y attacher, répliqua Kate avec fermeté, essayant de s'en convaincre elle-même.

— À votre guise, répondit Henry, qui n'était manifestement pas dupe. Dans ce cas, confiez-moi Coco et gardez les deux autres. Je déteste les chiens, mais celui-ci a quelque chose qui me plaît.

Kate lui tendit la laisse de Coco et elles revinrent sur leurs pas. Elles croisèrent quelques invités, à qui lady Wrothe la présenta comme Victoria, avec tant d'assurance que personne n'osa une allusion à l'inquiétante perte de poids de la jeune femme.

— Comment allez-vous me présenter à votre cousin ? s'inquiéta Kate. Vous ne pouvez pas m'appeler Victoria !

— Nous allons lui dire la vérité, expliqua Henry. Nous ferons semblant d'avoir besoin de son aide. Il fait partie de ces hommes qui ne résistent pas au plaisir de voler au secours d'une jolie femme en danger. Mais il n'approuvera pas – après tout, vous voulez un homme honnête, n'est-ce pas ? Je n'ai jamais vu Dante tricher, même lorsqu'il était enfant. Et ne croyez pas qu'il soit italien, malgré son prénom exotique. Il est tellement discret qu'on aurait dû l'appeler John.

L'image du prince à la séduction flamboyante passa devant les yeux de Kate, mais elle s'empressa de la chasser.

— Il a l'air parfait, déclara-t-elle.

— Et il n'a pas besoin d'argent, ajouta sa marraine. Vous ne serez pas victime d'un chasseur de dot.

— Oh, sur ce point, je suis tranquille. J'ai peur que vous ne vous trompiez, en ce qui concerne ce sujet. Si ma mère m'avait laissé un héritage, elle m'en aurait parlé. Nous avons passé de nombreux après-midi ensemble, elle et moi. Elle m'a appris à broder, à faire ma révérence et à tenir mes couverts, mais jamais elle n'a dit un mot là-dessus.

— Elle était malade depuis toujours, la pauvre. Elle n'a pas eu le temps.

— Oui, fit Kate. Elle s'affaiblissait de jour en jour, mais je n'imaginais pas que... Un matin, je suis entrée. Elle était étendue dans son lit comme d'habitude, mais elle était partie.

— Vous allez finir par me faire pleurer, marmonna Henry.

Kate prit une profonde inspiration.

— Ce que je voulais dire, c'est qu'elle m'en aurait informée.

— Elle croyait qu'elle avait tout le temps, insista Henry. C'est toujours ce qu'on s'imagine. Et puis un jour, c'est fini. Mon premier mari était bien plus âgé que moi. Je n'ai pas toujours été une épouse irréprochable, mais lorsqu'il est mort, j'ai pleuré toutes les larmes de mon corps. Je l'aimais, voyez-vous.

— Je suis désolée, dit Kate en lui tapotant la main d'un geste chaleureux.

— C'est ainsi. Nous ne savons jamais combien de temps il nous reste à passer avec l'autre. Même votre prétendu fiancé, qui parade dans son beau manteau violet, pourrait être parti demain.

— Oh, mais Victoria serait...

— Bien entendu, l'interrompit Henry. Ce que je voulais dire, c'est que nous devons vivre sans penser au lendemain. Votre maman était heureuse d'être avec vous. Elle ne songeait pas à la mort, et c'est tant mieux. Voilà pourquoi elle ne vous a jamais parlé de votre héritage. Ce qui est plus curieux, c'est que votre papa ne vous en ait pas dit un mot.

— En fait, après le décès de maman, il m'a dit qu'elle m'avait laissé quelque chose, mais j'étais si malheureuse que je n'ai pas voulu en discuter. Puis il a ramené Mariana à la maison, et il est mort à son tour.

— Ce sont bien les hommes ! marmonna Henry. Ils partent toujours au mauvais moment.

Elles constatèrent alors que les pelouses étaient envahies d'invités qui rivalisaient d'élégance.

— Dante ressemble beaucoup à Bartholomew, révéla Henry. Plus raisonnable, cela n'existe pas. Nous allons le trouver, l'entraîner loin des oreilles indiscrètes et lui expliquer toute l'histoire.

— Attendez ! s'écria Kate, soudain alarmée. Je ne peux pas le rencontrer ainsi.

— Comment voulez-vous faire, alors ?

— Pas avec cette perruque ! siffla Kate entre ses dents.

— Ma foi, elle est moins vilaine que celle d'hier. Jamais je n'ai vu une perruque aussi rouge. Et au moins, vous êtes à la mode.

— Ne pouvons-nous pas attendre une autre occasion, lorsque je serai… moi-même ?

— Non, fit platement lady Wrothe. Il est sur le point de demander la main d'Effie Starck, une aventurière prête à tout pour se dénicher un mari fortuné. Je l'ai même vue faire les yeux doux à ce vieux barbon de lord Beckham !

— Tout de même, insista Kate. Je préférerais avoir meilleure allure pour faire la connaissance de M. Dante.

— Ce n'est pas M. Dante, s'offusqua lady Wrothe. Je ne marierais pas ma filleule à un marchand italien ! Il s'appelle Dante Edward Astley, lord Hathaway.

— J'ai tellement chaud que je transpire sous ma perruque, plaida Kate. J'ai l'impression que mes faux seins en cire sont en train de fondre ! Et je préférerais ne pas avoir les chiens avec moi.

— Il faut reconnaître que vous avez l'air un peu fiévreuse. Vous êtes toute rouge. Et cette perruque cerise n'arrange rien.

— Je rentre dans ma chambre, décida Kate. Allons Coco, viens ici !

— Je vais la garder encore un peu, dit Henry. Elle me plaît.

— Comme vous voulez. Faites-la-moi ramener quand vous le souhaiterez.

— Très bien. Je vais demander à M. Berwick de nous placer toutes les deux à côté de Dante. Et vous, tâchez de trouver une autre perruque pour ce soir. Y en a-t-il une qui vous plaise plus que les autres ?

— Non, répondit Kate. Mon seul atout, ce sont mes cheveux. Êtes-vous certaine que je ne peux pas rencontrer lord Hathaway un peu plus tard ?

— Vos cheveux ? répéta lady Wrothe. Et que faites-vous de vos yeux ? Ils sont du même vert que ceux de Victor !

— Victoria m'a aussi prêté une perruque verte, dit Kate, renonçant à lutter. Elle irait peut-être mieux avec mes yeux que celle-ci.

— Parfait, portez-la ce soir et je m'occupe du reste. Du nerf ! Dante est mûr à point et je ne voudrais pas que cette intrigante d'Effie le cueille avant vous.

17

Gabriel était fou de rage.

Contraint d'aller saluer lady Dagobert, il s'était trouvé prisonnier d'une horde d'admiratrices dont il avait eu toutes les peines du monde à s'extraire. L'une d'elles, si fardée que ses yeux semblaient passés au charbon, s'était pratiquement jetée dans ses bras. Il ne s'était échappé qu'en s'agrippant au sieur Toloose, qui par miracle passait par là.

— Miss Emily Gill, commenta Toloose. Ne la blâmez pas, la malheureuse. Elle a hérité du matérialisme de son père et des bajoues de sa mère.

— Je n'ai pas eu le temps de remarquer cela, répondit Gabriel en hâtant le pas. Son regard a suffi à me donner envie de prendre mes jambes à mon cou.

— Elle avait quelques vues sur ma personne, l'an dernier, expliqua Toloose. Elle n'a renoncé que lorsque j'ai prétendu que j'avais l'intention de léguer ma fortune à une œuvre de charité.

— Alors vous êtes riche ?

— Pas encore, mais je serai un jour vicomte – même si mon cher père est bien capable d'être centenaire. Cela n'a pas manqué d'attirer l'attention de miss Gill. Quand elle me regarde, j'ai l'impression qu'elle voit une pile de ducats. Votre Altesse ferait bien de se méfier d'elle, du moins jusqu'à son mariage.

— Avez-vous vu miss Daltry ?

— Elle est entrée dans le labyrinthe en compagnie de lady Wrothe. Cette femme est assez... *nature*, mais je l'apprécie beaucoup. Elle a l'étoffe d'une reine.

— Allons dans le labyrinthe.

Toloose arqua un sourcil intrigué.

— Et épargnez-moi vos commentaires spirituels, bougonna Gabriel. J'ai l'impression que mes invités font un concours de mots d'esprit.

— Pour ce qui est de l'esprit, les dames de la bonne société misent surtout sur son absence, fit remarquer son compagnon en se dirigeant vers le labyrinthe.

Ce qui expliquait, songea Gabriel, pourquoi miss Daltry le fascinait autant. Elle n'était pas mielleuse. Elle ne minaudait pas. Bon sang, elle n'était même pas particulièrement jolie ! Surtout avec la ridicule perruque rouge qu'elle portait aujourd'hui. Et comme si cela ne suffisait pas, elle n'était même pas une dame...

Alors pourquoi la poursuivait-il ainsi ? Il n'avait tout de même pas l'intention d'en faire sa maîtresse une fois que toute cette mascarade serait terminée !

D'ailleurs, elle ne le voudrait pas. Elle était trop fière pour accepter d'être installée dans une petite propriété non loin du château.

Lorsqu'il parvint au centre du labyrinthe, il s'aperçut qu'il marchait si vite que Toloose était loin derrière lui. Il n'y avait personne sur la pelouse centrale, ornée d'une petite fontaine.

Gabriel s'assit sur le rebord en marbre, pensif.

Bien entendu, il ne pouvait pas prendre pour maîtresse la sœur illégitime de la fiancée de son neveu. D'autant qu'elle ne lui manifestait pas vraiment d'intérêt ! Quant à lui, il était sur le point de se marier.

Plus tôt Tatiana serait là, mieux cela vaudrait. La présence d'une épouse à ses côtés l'empêcherait de convoiter les jeunes femmes au sourire ravageur et au regard pétillant d'intelligence... même si elles arboraient des perruques ridicules et des tenues mal coupées.

Toloose, qui l'avait enfin rejoint, posa les yeux sur la fontaine et commenta d'un ton déçu :

— J'avais imaginé quelque chose de plus décadent.

Puis, s'éventant de ses gants, il ajouta :

— Dieu du ciel ! Quelle chaleur !

— Décadent ? répéta Gabriel, intrigué. À quoi pensiez-vous ?

— Ma foi, quelques beautés nues ne dépareraient ces lieux… qu'elles soient de pierre ou de chair.

— Vous parlez à un homme qui est sur le point de se marier, lui rappela Gabriel.

— Je me suis laissé dire que certaines épouses possédaient un certain goût pour… la décadence. Votre Altesse a-t-elle un portrait de sa fiancée ?

— Non.

— Alors, Votre Altesse n'a aucune idée de son apparence ? C'est délicieusement médiéval.

— C'est mon frère qui a tout arrangé après mon départ pour l'Angleterre, expliqua Gabriel.

Il y eut un instant de silence.

— L'apparence ne fait pas tout, dit Toloose, philosophe. Regardez miss Daltry, par exemple. Lorsque j'ai fait sa connaissance à Londres, je la trouvais assez frivole et insipide. Depuis qu'elle a été malade, elle a gagné en personnalité. Elle est bien plus appétissante à présent, même si elle a perdu ces rondeurs qui faisaient tout son charme. Votre Altesse aurait dû la voir !

— Non, marmonna Gabriel, morose.

Toloose, occupé à jouer avec l'eau qui jaillissait de la gueule des hippocampes de marbre, ne sembla pas entendre sa réponse.

— En vous voyant vous élancer à la poursuite de miss Daltry tout à l'heure, j'ai cru comprendre que vous étiez sensible à son charme. Je dois avouer que la demoiselle possède quelques atouts…

D'un geste instinctif, Gabriel prit Toloose par le col.

— Elle n'est pas pour vous ! s'entendit-il gronder.

Le courtisan ouvrit des yeux ronds.

— Mais bien entendu, Votre Altesse !

Gabriel le libéra et s'écarta de lui, un peu gêné.

— Désolé, marmonna-t-il. Je ne sais pas ce qui m'a pris. Je crois que les assauts de miss Gill m'ont rendu un peu nerveux.

— Eh bien, il me reste à souhaiter à Votre Altesse que miss Daltry éveille en elle des réactions moins belliqueuses, répliqua Toloose en lissant le devant de son manteau.

Gabriel ne sut que répondre à cela. Suivi de son compagnon, il quitta le labyrinthe sans un mot de plus.

18

— Comment ? fulmina Gabriel. Je dois m'asseoir à côté de lady Dagobert ? Je n'en ai aucune envie !

Wick alluma un cigare et regarda Gabriel à travers un nuage de fumée bleue.

— Tu te comportes comme un gamin de quatre ans. Bien entendu, tu seras à côté de lady Dagobert. C'est la personne de plus haut rang après toi dans ce château. Elle te connaît depuis que tu es tout petit. Elle sera à ta droite.

— Je veux être près de Katherine, insista Gabriel. C'est un dîner informel, comme hier soir.

— Miss Katherine, alias miss Victoria Daltry, est placée à côté de lady Wrothe et de lord Hathaway. Je m'en veux de faire voler en éclats tes beaux rêves de transformer une fille de porcher en princesse – dans l'hypothèse la plus respectable – mais sa marraine a manifestement l'intention de la marier à lord Hathaway.

— Elle ne peut pas épouser un noble ; c'est une enfant illégitime.

— Tout ce que je sais, c'est que lady Wrothe m'a donné deux guinées pour les placer ensemble. Elle doit donc connaître un moyen de contourner la naissance de miss Katherine. Celle-ci n'est peut-être pas aussi illégitime que nous le pensons.

— En ce qui la concerne, rien n'est logique, marmonna Gabriel. Pourquoi a-t-elle les mains calleuses si elle est la filleule de lady Wrothe ?

— La seule chose qui est d'une clarté limpide, Ton Altesse, c'est que tu es fou d'elle. Résumons : miss Daltry, qui est une jeune personne pleine de bon sens, ne montre aucun intérêt pour toi. Effrayé par l'arrivée imminente de ta fiancée, tu veux à tout prix séduire la seule femme ici présente qui non seulement ne veut pas de toi, mais qui n'est pas pour toi. Est-ce bien raisonnable ?

— J'ai failli étrangler Toloose parce qu'il avait fait une réflexion sur ses charmes, admit Gabriel.

— C'est ridicule, commenta Wick. Tu ne la veux que pour te distraire. Ce n'est pas correct envers elle, puisque tu ne peux pas l'épouser. Elle a déjà assez à faire du côté de lord Hathaway. Figure-toi que lady Starck m'a proposé quatre guinées pour les placer, sa fille et elle, à côté de lord Hathaway. La compétition a l'air d'être rude ; ne gâche pas les chances de miss Daltry.

Gabriel fronça les sourcils.

— Sa fille... Cette Effie Starck ? Katherine n'a rien à craindre !

— Miss Starck est d'excellente naissance, et fort bien dotée.

— J'offrirai une meilleure dot à Katherine ! s'écria aussitôt Gabriel.

— Il faudrait savoir. Veux-tu la séduire ou la marier à lord Hathaway ? Et où comptes-tu trouver l'argent de sa dot ? Je te rappelle que j'ai du mal à trouver de quoi nourrir le lion, pour l'amour du Ciel !

— Tout ce que je dis, c'est que miss Starck n'a aucune chance face à miss Daltry.

Wick poussa un soupir agacé.

— Oublie miss Daltry.

— C'est toi qui devrais lui constituer sa dot. Six guinées rien que pour une table...

Wick sourit.

— Oh, mais tu resteras toujours plus riche que moi. Toutes les jeunes filles à marier n'espèrent qu'une chose : que le navire transportant la princesse Tatiana fasse naufrage... et j'ai parfois l'impression que toi aussi.

Gabriel leva les yeux vers son frère.

— Le problème n'est pas d'épouser Tatiana. C'est d'épouser quelqu'un, qui que ce soit.

— Alors sauve-toi à Carthage. Nous nous débrouillerons sans toi. Tu ne serais pas le premier à prendre la fuite au pied de l'autel.

L'espace d'un instant, Gabriel laissa son imagination l'emporter. Fuir ce château et ses responsabilités... Partir pour Carthage...

Il secoua la tête.

— J'ai donné ma parole. Nous avons besoin de cet argent. Et je suis un prince, pas un lâche.

Il se leva et se dirigea vers la porte.

— Je dois aller m'habiller pour ce soir. Pole n'aime pas être bousculé, cela le rend grincheux.

Le nombre d'invités s'élevait à présent à une centaine. Berwick avait fait installer des tables de six à huit couverts dans le salon de réception. Aidé d'un escadron de laquais, il accueillit les convives et les dirigea vers leurs places.

Gabriel se dirigea vers sa propre table, lady Dagobert à son bras.

— C'est un plaisir de faire la connaissance de mademoiselle votre fille, dit-il en saluant celle-ci, lady Arabella.

Celle-ci lui sourit avec une coquetterie aguerrie qui ne laissait rien présager de bon. Gabriel soupira tandis que ses voisins se mettaient à discuter. Bientôt, la conversation roula sur l'influence du blocus des Français sur la longueur des robes, cette année.

Gabriel s'interdit de regarder en direction de la table de miss Daltry. De temps à autre, il l'entendait rire.

157

Apparemment, lord Hathaway était un homme plein d'humour...

Un grondement monta dans sa gorge, faisant sursauter lady Arabella. Gabriel lui décocha un sourire poli, auquel elle répondit par un hochement de tête trop gracieux pour être honnête.

Lord Hathaway n'était pas un grand esprit, songea Kate, mais il était drôle et aimable. Elle appréciait ses larges épaules viriles et sa chevelure bouclée qui lui donnait un air juvénile. Le seul problème, c'est que miss Effie Starck semblait elle aussi le trouver à son goût.

Henry l'avait prévenue : celle-ci était fermement résolue à mettre le grappin sur lord Hathaway. Et si l'on en jugeait aux manières affectueuses de miss Starck, qui ne manquait pas une occasion de lui tapoter le bras d'un geste familier, elle était en train d'y parvenir.

Elle était plutôt jolie... à condition d'aimer les souris, songea Kate, qui n'était pas d'humeur charitable. Elle avait des cheveux blonds un peu fades, un petit menton pointu et de minuscules dents acérées. En outre, elle n'était pas stupide.

— Quelle chance ! roucoula-t-elle en direction de « Victoria ». Célébrer ses fiançailles dans un château, quoi de plus romanesque ?

— Mon oncle est très bon pour moi, intervint Dimsdale, de peur, peut-être, que quelqu'un n'ait oublié ses liens de famille avec le prince.

— Oh, bien sûr ! renchérit Kate, un peu mal à l'aise.

Victoria aurait adoré être ici et recevoir des félicitations pour ses fiançailles. Kate avait l'impression de lui voler quelque chose.

Lady Starck prit la parole.

— Ma chère petite Effie a été fascinée par votre récit du fléau des corbeaux, déclara-t-elle à lord Hathaway. Il faut absolument nous en dire plus sur cette histoire.

— Le fléau des corbeaux ? répéta Kate. On dirait une punition divine. Quel crime avez-vous donc commis, lord Hathaway ?

Celui-ci éclata de rire. Kate ne put s'empêcher de le trouver charmant.

— Ma foi, j'en ai un certain nombre à confesser ! Cela dit, permettez-moi de vous faire remarquer que ce n'était pas une pluie de grenouilles.

Miss Starck darda sur Kate un œil glacial.

— Les corbeaux créent de terribles nuisances chez lord Hathaway. Ils se rassemblent sur les corniches avant de plonger sur les domestiques qui se rendent au potager. Et voilà qu'ils s'en prennent à ses invités, à présent !

Kate ne put réprimer un petit sourire nerveux. Apparemment, il était moins grave d'attaquer le personnel que les hôtes de marque...

— D'habitude, dit-elle en se tournant vers lord Hathaway, les corbeaux ne sont pas agressifs. Auriez-vous dérangé leurs nids, les obligeant à les reconstruire ailleurs ?

— Je ne pense pas... Je dois reconnaître que je ne m'en suis jamais beaucoup occupé, malgré les plaintes de la gouvernante. Seulement, la semaine dernière, le vicaire est venu me rendre visite et... Ma foi, je crains qu'un oiseau ne l'ait...

— Attaqué ? suggéra miss Starck.

Lord Hathaway parut hésiter. Kate éclata de rire.

— Je crois que le terme exact est « bombardé », miss Starck !

Miss Starck rougit, lady Starck émit un petit cri étranglé... et lady Wrothe rit de bon cœur.

— Cela prouve que ce fléau n'est pas une punition divine ! s'exclama-t-elle.

— Ceci est la conversation la plus choquante que j'aie jamais entendue, marmonna lady Starck.

— J'ai peur de finir par en faire du civet, conclut lord Hathaway. Ou une bonne tourte…

À ces mots, le cœur de Kate se serra.

— Je vous en prie, lord Hathaway, épargnez-les ! Ces oiseaux ne savent pas qu'ils dérangent votre personnel. Ils essaient peut-être seulement de protéger leur couvée. La saison des naissances touche à sa fin ; vous allez pouvoir faire nettoyer les nids.

— Ils les reconstruiront ! s'exclama Dimsdale avec toute la suffisance dont on est capable à dix-huit ans. N'en déplaise aux dames, vous allez devoir les chasser à coups de fusil.

Puis, décochant un regard noir en direction de lady Starck, il ajouta :

— Ma fiancée est une jeune personne d'une très grande sensibilité.

Kate se tourna vers lui, surprise et touchée de le voir prendre ainsi sa défense.

— Auriez-vous les mêmes réserves si je subissais une invasion de grenouilles ? lui demanda lord Hathaway. Vous savez que les Français en mangent tous les jours. Pour eux, ce serait plutôt un don du Ciel !

— Vous pouvez faire cuire toutes les grenouilles que vous voudrez, lord Hathaway, mais ne m'invitez pas à dîner ce jour-là !

— Êtes-vous certain que les Français font des tartes aux grenouilles ? demanda miss Starck avec gravité.

Lord Hathaway se tourna vers elle, un sourire bienveillant aux lèvres. Manifestement, il appréciait son sérieux.

— En vérité, je n'aime pas que l'on tire des coups de fusil près de ma maison, la rassura-t-il.

Miss Starck poussa un petit cri effrayé.

— Oh, oui. Cela pourrait tuer quelqu'un !

— Pas avec de la grenaille, fit remarquer Kate. L'un de mes valets en a reçu un jour une décharge. Il n'a pas pu s'asseoir pendant deux semaines, ce qui a beaucoup amusé le personnel. Il s'appelle Fesset.

Lord Hathaway rit de bon cœur.

— Un nom prédestiné, commenta-t-il.

— Pour ma part, déclara lady Starck, je me moque bien du nom de mes valets. Je les appelle tous John, cela suffit bien.

Kate retint de justesse un hoquet indigné. Il lui fallut toute sa résolution pour ne pas répondre par une réplique cinglante.

— Eh bien moi, s'empressa de dire miss Starck, qui semblait plus futée que sa mère, je connais leur nom à tous.

Enroulant sa main tel un serpent autour du bras de lord Hathaway, elle ajouta :

— N'est-il pas de notre responsabilité de prendre soin de ceux qui nous sont inférieurs, par la naissance et par la dignité ?

— À vous entendre, riposta Henry d'un ton joyeux, vos valets ne sont que des âmes perdues. Chez moi, le seul vrai mécréant, c'est mon cher Leo !

Tous les regards convergèrent vers ce dernier, qui était assis en face d'elle. Lord Wrothe éclata de rire :

— Une libertine et un décadent... Nous sommes le couple le mieux assorti au monde, croyez-moi !

Lady Starck émit un petit bruit horrifié. Quant à Kate, son opinion était faite : elle adorait lord Leominster. Certes, il semblait plus apprécier le champagne que le poisson... mais, après tout, elle aussi.

19

Le divertissement de la soirée, comme l'annonça M. Berwick quelques instants plus tard, était un spectacle naval organisé sur le lac par le prince Ferdinand en personne.

— Dans les jardins ? En pleine nuit ? s'étrangla lady Starck. Il n'est pas question que ma fille y assiste. Nous allons nous retirer.

— Il est vrai qu'à partir d'un certain âge, souligna lady Wrothe d'un ton onctueux, on aime se coucher tôt. Je me ferai un plaisir de chaperonner miss Starck.

Lady Starck bondit de sa chaise et se tourna vers sa fille.

— Effie ! Venez ! gronda-t-elle du même ton autoritaire que Kate usait avec César... et avec aussi peu de succès.

— Maman, répondit miss Starck d'une voix enjôleuse, j'aimerais tant assister au spectacle ! Je serai parfaitement en sécurité avec lady Wrothe.

— Nous ne quitterons pas des yeux votre cher trésor, promit lord Hathaway en se levant à son tour.

— Et je doute que cela dure bien longtemps, renchérit Henry. Nous serons rentrés dans quelques minutes.

— Très bien, capitula lady Starck en jetant sa serviette sur la table. Effie, je vous attends dans ma chambre.

— Bien sûr, maman.

Quelques instants plus tard, alors qu'ils quittaient le salon, Henry s'approcha de Kate pour lui répéter à l'oreille :

— Dante est mûr à point. Dépêchez-vous de le cueillir ; vous êtes faits l'un pour l'autre. Ne voyez-vous pas ce qui risque de se produire, si cette petite peste met le grappin sur lui avant vous ?

— Il sera heureux, dit Kate. Elle est plutôt agréable, à sa façon.

— Elle est incapable de comprendre une plaisanterie, marmonna Henry. Et j'aime beaucoup Dante. Quand il avait cinq ans, il s'asseyait sur mes genoux pour que je lui raconte des histoires.

Elle fit les gros yeux à Kate.

— Ne dites jamais à personne que je suis assez âgée pour avoir tenu lord Hathaway sur mes genoux, n'est-ce pas ? Je risquerais de commettre un acte irréversible.

— Quel genre d'acte ? demanda Kate, amusée.

— Oh, je commence à vous connaître, ma petite. Vous détestez les chiens mais vous faites de votre mieux pour vous occuper des « rats » de votre sœur. Vous n'avez que faire des lions mais vous m'avez dit qu'il faudrait une plus grande cage à celui de la ménagerie. Vous avez même supplié lord Hathaway d'épargner ses corbeaux. Je pourrais faire de vous ce que je veux ; il me suffirait de menacer de jeter Coco par une fenêtre.

— Je vous en empêcherais, mais pour une seule raison. Ma dot est collée dans son pelage.

Toutefois, Henry avait raison. C'était même ainsi que Mariana manipulait Kate depuis tant d'années : en la menaçant de congédier un valet, une bonne, ou même ce brave Cherryderry.

Ils étaient à présent sortis du château. Dans la lueur des torches, le vaste escalier de marbre scintillait comme de la nacre.

— Au fait, qu'avez-vous fait de Coco ? s'inquiéta Kate. Ne deviez-vous pas la faire ramener à ma chambre ?

— Elle est ici ! claironna Henry. Voyez comme elle a été sage. On ne l'a pas entendue de tout le dîner.

Elle se pencha et roucoula :

— Allons, ma fille, viens là.

Coco bondit vers elle en remuant la queue.

— Qu'a-t-elle autour du cou ? demanda Kate.

— Des fleurs et des rubans assortis à ma robe, bien entendu. Ses bijoux sont très jolis, mais une véritable lady se change pour le dîner. Ma femme de chambre a retiré ses pierres pour les remplacer par ces fleurs de lupin. Ne s'accordent-elles pas idéalement à ma robe ?

— On dirait qu'elle porte une couronne mortuaire autour du cou, ironisa Kate.

— De la part d'une femme affublée d'une perruque couleur groseille écrasée, cela ne m'atteint pas, riposta Henry.

— Je n'ai pas le choix, chuchota Kate. Je suis ici *incognito*.

— On dirait que vous travaillez pour le ministère de la Défense. Et maintenant, quel est votre plan pour détacher Effie la Souris de lord Hathaway ? Elle se cramponne à lui comme une moule à son rocher, au cas où vous ne l'auriez pas remarqué.

Kate haussa les épaules d'un geste fataliste.

— Pas étonnant que vous soyez encore célibataire à vingt-trois ans ! gémit sa marraine.

Puis elle appela d'une voix forte :

— Leo ! Pouvez-vous venir un instant ?

Lord Wrothe, qui cheminait derrière elles, allongea le pas pour se poster à leur hauteur.

— Oui, mon ange ?

Kate trouva cela charmant. Elle aussi aurait sereinement accepté un mari porté sur la bouteille si, comme lord Wrothe, il l'avait appelée « mon ange » en la couvant de regards d'adoration.

— Pouvez-vous m'aider à faire entrer un peu de bon sens dans la cervelle de ma filleule ? Elle est presque aussi âgée que moi, mais ne semble pas pressée de trouver un mari.

Lord Wrothe décocha un clin d'œil à Kate.

— Henry adore la vie conjugale, dit-il. C'est pour cela qu'elle a passé sa vie à se remarier.

— Je n'y aurais pas été obligée si ces messieurs avaient vécu plus longtemps, fit remarquer celle-ci.

— Eh bien, miss Daltry, y a-t-il un homme que vous aimeriez épouser ?

Le prince ! songea aussitôt Kate, avant de chasser cette idée, horrifiée. À quoi diable pensait-elle ? C'était à cause de ce baiser, tellement... tellement...

— Aucun en particulier, mentit-elle.

— Que diriez-vous de Toloose ? C'est un brave garçon. Il sera vicomte un de ces jours, et il est allé à Oxford.

— Vous aussi ? demanda Kate.

— Leo est diplômé en histoire et philosophie, déclara Henry avec fierté. N'épousez jamais un homme moins intelligent que vous, ma chère. Vous vous ennuieriez mortellement.

Ils éclatèrent de rire. Devant eux, lord Hathaway se retourna en leur jetant un coup d'œil intrigué. Kate devina qu'il brûlait de curiosité de savoir de quoi ils riaient ainsi.

— Kate n'épousera pas Toloose, Leo, reprit Henry à mi-voix. Cet homme ne peut pas s'empêcher de regarder les femmes. Croyez-moi, je sais ce que je dis.

— Tous les hommes regardent mon épouse, chantonna lord Wrothe, fataliste.

— Tant qu'ils ne font que regarder, mon ami, réjouissez-vous. Quoi qu'il en soit, je suis d'avis que miss Daltry devrait épouser...

D'un coup de menton, elle désigna lord Hathaway.

— Vraiment ? fit lord Wrothe, dubitatif.

— Pourquoi pas ?

— Miss Daltry a l'esprit vif. Elle vous ressemble beaucoup, mon ange.

— Ma foi, je l'ai tenue sur les fonts baptismaux. J'ai peut-être déteint sur elle pendant l'opération ? répliqua lady Wrothe d'un ton malicieux.

— Or, poursuivit son époux imperturbable, *vous* ne seriez pas heureuse dans un tel mariage. Ce monsieur est assurément un honnête homme, mais dans dix ans, il s'endormira dans son fauteuil au coin du feu avant d'avoir passé le dîner à se plaindre de tout et de rien.

— Ce n'est pas très charitable de votre part, rétorqua Henry en riant.

— Cela me conviendrait parfaitement, dit Kate. J'ai moi-même assez peu d'ambitions. Si mon mari s'endort au coin du feu, je serai ravie d'en faire autant. Et je préfère le voir somnoler devant l'âtre plutôt que d'aller offrir des friandises à toutes les femmes à la ronde.

— Des friandises... répéta Henry, amusée. C'est une métaphore, Kate ?

— Kate ? releva miss Starck en les regardant par-dessus son épaule. Est-ce un surnom ?

— C'est le second prénom de ma filleule, répliqua lady Wrothe d'un ton qui n'admettait aucune contradiction.

Miss Starck n'eut pas le loisir de se montrer plus curieuse. Ils avaient atteint les dernières marches de l'escalier, au pied desquelles les attendait M. Berwick.

— Si ces messieurs et dames veulent participer au spectacle, dit-il, il leur suffit de me suivre.

Le petit groupe lui emboîta le pas, intrigué. Ils parvinrent rapidement devant le lac. Là, ils firent halte devant une embarcation aux allures de gondole vénitienne, dont la proue se dressait fièrement au-dessus des flots et qui était équipée de sièges confortables.

Lady Wrothe monta la première et prit place dans le fauteuil au dossier sculpté placé à la poupe, Coco sur ses genoux.

— On pourrait presque croire que vous vous êtes attachée à cet animal, fit remarquer Kate.

— Elle et moi nous comprenons à la perfection.

Henry gratta l'oreille du chien.

— Et elle est très affectueuse.

— Pas avec moi, répondit Kate. Il n'y a que Freddie qui me regarde de cet air d'adoration absolue. Pour un peu, vous me le feriez regretter.

— Je ne me lasse pas d'être regardée avec adoration, dit lady Wrothe. Que ce soit par la gent masculine ou par la gent canine.

Lord Hathaway s'assit à côté de Kate. Dimsdale, qui les suivait, prit place près de miss Starck. Enfin, lord Wrothe s'installa à côté de son épouse.

— Que faisons-nous sur ce bateau ? demanda miss Starck, le dos bien droit. Ne serions-nous pas mieux sur la berge ? Ce lac est terriblement sombre, en pleine nuit.

Au même instant, un valet alluma une torche fichée sur le rivage, ainsi qu'une autre, fixée à la proue de leur bateau. Les deux flammes s'élevèrent dans l'obscurité... toutes bleues. Miss Starck poussa un petit cri de surprise.

— Pourquoi ont-elles cette couleur ? s'étonna-t-elle.

— Il y a des pigments dans l'huile de la torche, expliqua lord Wrothe. Voyez, les autres bateaux sont aussi éclairés de flammes colorées. Il y en a des rouges et des bleues. Quatre de chaque couleur, si je compte bien.

Dimsdale tapota le bras de sa voisine d'un geste viril.

— Ma fiancée est comme vous, dit-il. Un rien l'effraie.

— Elle n'a pas l'air si inquiète que cela, fit remarquer miss Starck.

168

Kate tenta de se composer un air intimidé, avec un succès très relatif.

— J'ai compris ! s'écria-t-elle. Nous sommes figurants pour un combat naval. Regardez, nous sommes les bleus.

— Très bien, fit lord Hathaway, mais comment allons-nous manœuvrer ?

Au même instant, l'embarcation s'éloigna lentement du rivage, comme poussée par une main invisible. De nouveau, miss Starck cria. De nouveau, Dimsdale lui prit la main pour la tapoter d'un geste rassurant.

— Vous allez finir par lui faire mal, commenta Kate.

— C'est magique ! s'extasia miss Starck, apparemment remise de ses frayeurs.

Lord Hathaway tournait la tête de gauche et de droite.

— Au risque de vous décevoir, miss Starck, c'est plutôt technique. Nous sommes attachés par une corde. Je suppose qu'il doit y avoir quelqu'un de l'autre côté qui tire dessus.

— Voyez, renchérit Kate, les autres bateaux aussi se sont mis en mouvement.

De toute part, des gondoles projetant des flammes bleues ou rouges se dirigeaient lentement vers le centre.

— Et si nous les heurtons ? gémit miss Starck.

— Je sais nager, claironna Dimsdale.

— Tout va bien ! déclara Henry.

Puis, se tournant vers son mari, elle ajouta :

— Cela dit, Leo, si vous devez me ramener à la nage jusqu'au rivage, n'oubliez pas ma Coco chérie ou je vous ferai regretter de ne pas vous être noyé.

Une autre embarcation les frôla, chargée de passagers aux mines hilares. Le prince n'était pas à son bord, constata Kate, avant de se reprocher de prêter attention à un tel détail.

— Ils ne sont pas passés loin, fit remarquer lord Wrothe.

— Tout semble minuté à la perfection, s'émerveilla lord Hathaway. Depuis la berge, le spectacle doit être... eh bien, magique.

Quelques minutes plus tard, tous les bateaux avaient traversé le lac.

— Bravo, mon ami ! s'écria lord Hathaway, félicitant l'homme qui avait tiré leur embarcation. Je suppose que vous vous êtes entraînés pendant longtemps ?

— Plusieurs semaines, monsieur, acquiesça l'homme.

— Et maintenant ?

— Les bateaux vont être tirés de l'autre côté, monsieur.

Dans un soupir de bien-être, Kate ôta un gant et plongea sa main dans l'onde paisible. Si seulement elle ne pensait pas sans cesse au prince Gabriel !

— Vous vous dégantez ? demanda miss Starck d'un air choqué.

— Comme vous le voyez.

D'une pichenette, Kate projeta des gouttes d'eau dans les lueurs bleutées de la torche, avant d'ajouter :

— C'est délicieux.

Les bateaux s'étaient lentement mis en marche pour traverser le lac en sens inverse, suivant leur ballet orchestré avec soin. Kate regarda miss Starck observer ses gants d'un air perplexe, puis croiser les mains sur ses genoux.

— Allez-y, l'encouragea lady Wrothe, avec une bienveillance inhabituelle chez elle. Votre maman n'en saura rien.

— Une dame ne... commença à réciter miss Starck, avant de s'interrompre.

— Une dame, déclara Henry, ne devrait jamais avoir honte d'elle-même. Ne pas assumer ses désirs, c'est s'abaisser.

Miss Starck parut considérer ces paroles... puis elle ôta son gant, qu'elle confia à Dimsdale. Elle poussa un nouveau petit cri effarouché – que cette eau était froide ! – mais elle s'enhardit rapidement. Quand une autre barque croisa leur route, elle projeta même des gouttelettes d'eau dans les lueurs bleues des torches, avant d'éclater de rire devant la mine stupéfaite de ses passagers.

Dont le prince Gabriel ne faisait pas partie, songea une fois de plus Kate avec morosité. Sans doute observait-il le spectacle depuis la rive, entouré de beautés pulpeuses et de riches héritières…

Un second bateau passa près d'eux, tanguant dangereusement.

— Que leur arrive-t-il ? s'enquit Henry d'une voix paresseuse, la tête appuyée sur l'épaule de son mari, le regard perdu dans les étoiles.

— Ils ont du champagne, annonça Dimsdale d'un ton outré.

— Malédiction ! gémit lord Wrothe. Je n'ai pas pris le bon bateau.

Henry se redressa et lui pinça le nez d'un geste tendre. Quant à Dimsdale, il n'avait pas quitté des yeux l'autre embarcation.

— On dirait qu'ils font exprès de balancer leur bateau.

— Cela n'a pas de sens, commenta miss Starck, qui avait à présent le bras dans l'eau jusqu'au coude.

Apparemment, c'était la première fois qu'elle goûtait d'un peu de liberté.

Une troisième embarcation se rapprochait d'eux, tanguant encore plus follement.

— Que des hommes jeunes, fit remarquer lord Hathaway, avant de préciser : Et ivres.

— Ne me dites pas que nous sommes le seul bateau condamné à la sobriété, marmonna lord Wrothe.

— On dirait que… Un homme à l'eau ! s'écria alors Dimsdale en plissant les yeux. C'est bon, il se retient à la corde.

— Ah ! s'esclaffa lord Hathaway. Ils ont l'air malins, à présent !

— Ils ont surtout l'air mouillés, répliqua lord Wrothe avec bon sens.

— Il est en train de regagner la berge à la nage, annonça Dimsdale. Il...

Sa voix fut couverte par un bruit sourd. Une autre gondole venait de les éperonner par le flanc. Leur embarcation pencha, se redressa, avant de basculer de nouveau plus fortement. Kate entendit le cri terrifié de miss Starck... puis elle poussa un juron fleuri en comprenant qu'elle perdait l'équilibre. Une seconde plus tard, elle plongeait dans le lac.

L'eau était fraîche, mais non glacée. Il fallut quelques instants à Kate pour s'orienter. De toutes ses forces, elle se propulsa vers la surface.

Elle émergea dans un soupir, inspira l'air avec avidité, puis pivota sur elle-même à la recherche du bateau. En vain. Depuis sa position, au niveau de l'eau, elle ne voyait que les lueurs vacillantes des torches. Puis elle aperçut enfin la gondole qui s'éloignait rapidement.

— Je savais que vous n'étiez pas une dame, dit une voix amusée juste derrière elle. Une lady ne connaîtrait pas ce juron.

Kate poussa un cri mais le prince Gabriel, car c'était lui, l'avait déjà saisie par la taille pour la plaquer contre son corps puissant.

— Faites moins de bruit ! chuchota-t-il à son oreille. Voulez-vous que les autres vous trouvent ?

— Les autres ? répéta Kate.

— Eh bien, lord Hathaway, par exemple, répondit le prince tout en les entraînant vers le rivage d'un puissant battement de jambes. Ma gondole aussi s'est renversée. Je suppose qu'il aura sauvé une autre demoiselle en détresse.

— Moi qui comptais sur lui pour m'éviter la noyade ! répliqua Kate, faussement contrariée. J'espère que lady Wrothe va bien.

— Lady Wrothe n'est pas tombée à l'eau. Son mari a redressé le bateau au dernier moment. Il me semble que miss Starck a également échappé au bain de minuit.

— Henry doit être folle d'inquiétude pour moi.

— C'est peu probable. Elle m'a vu plonger dans votre direction et m'a fait signe de m'occuper de vous. Je me suis empressé de lui obéir.

— Je peux nager toute seule, protesta Kate.

— Avec toutes vos jupes ? rétorqua le prince d'un ton dubitatif.

Il y eut un silence.

— Sommes-nous près du rivage ? demanda Kate en voyant que les torches des bateaux étaient loin à présent.

— Je crains d'avoir nagé dans la direction opposée.

— Mais... il n'y a aucune embarcation, de ce côté !

— Ne vous plaignez pas. Et cessez de gigoter ; vous pesez si lourd que vous nous ralentissez.

— Réjouissez-vous de ne pas avoir sauvé Victoria, marmonna Kate.

— J'en suis plus heureux que vous ne le croyez, répondit-il, avant de pousser un ahanement d'effort lorsqu'ils atteignirent les degrés de marbre qui cernaient le lac.

— Je peux remonter toute seule, fit Kate en essayant d'échapper à sa poigne solide.

Le prince Gabriel se hissa sur la marche et, prenant sa main, l'aida à sortir avec une facilité déconcertante.

— Merci, dit-elle un peu à contrecœur. Vous m'avez sauvée.

Puis, se mettant à trembler, elle croisa les bras sur sa poitrine et ajouta :

— Qu'il fait froid ! Et nous sommes de l'autre côté du lac...

Comme son compagnon se levait sans même lui répondre, elle le suivit en songeant que les princes n'étaient pas plus gentlemen que les autres hommes. Il aurait au moins pu lui proposer son bras ! Puis elle le vit se pencher et tirer sur une corde.

Agitée de frissons, elle s'approcha de lui.

— Que… Que faites-vous ? Allons-nous… rentrer en bateau ? s'enquit-elle d'une voix entrecoupée de claquements de dents.

Il tirait sur le cordage avec une telle rapidité que celui-ci fouettait l'air derrière lui.

— Faites attention qu'il ne vous frappe pas, dit-il.

Kate vit alors la proue d'une embarcation qui fendait les flots dans leur direction. Elle faillit bondir de joie.

Dans la lueur rouge de la torche qui se rapprochait d'eux à vive allure, elle observa, fascinée, la puissante musculature de son compagnon qui continuait de haler la gondole en respirant puissamment.

Le spectacle était… instructif. Le prince Gabriel était bâti comme un paysan, mais il n'avait rien d'un homme du peuple.

Le bateau toucha le quai de marbre dans un son mat.

— Venez, dit son compagnon, le souffle court.

Il sauta à bord et tendit la main à Kate, qui s'empressa de monter à son tour.

— Asseyez-vous, ordonna-t-il tout en prenant place sur un siège. Ils vont nous ramener de l'autre côté.

— Je… commença-t-elle en claquant des dents.

D'un geste autoritaire, il l'attira à lui et l'installa sur ses genoux. De stupeur, Kate oublia ce qu'elle voulait dire.

Grelottant de froid, elle se blottit contre son large torse. Aussitôt, il referma ses bras autour d'elle, l'enveloppant de sa chaleur. Malgré elle, Kate laissa échapper un petit soupir de bien-être.

— Vous réchauffez-vous ? demanda-t-il après quelques instants.

Elle hocha la tête, mais elle tremblait toujours de froid.

— Je sais ce qu'il vous faut, murmura-t-il d'une voix grave.

Intriguée, Kate leva la tête vers lui… et il prit ses lèvres avec passion. Leur deuxième baiser ! songea-t-elle confusément. Il était différent du premier. Ils s'embrassaient à présent comme s'ils se connaissaient.

Ou plutôt, comme s'ils se reconnaissaient, rectifia-t-elle en son for intérieur, gagnée par une brûlure étrangement familière. Elle s'écarta de lui, un peu effrayée par le brasier qui venait de s'allumer dans ses veines.

Aussitôt, il la serra un peu plus fort contre lui et frotta sa bouche contre la sienne. Puis il passa sa langue sur ses lèvres en un audacieux ballet. Kate émit un petit gémissement assourdi. Comme s'il n'avait attendu que cette invitation, il la mordit doucement.

Oubliant toute pudeur, elle passa les bras autour de son cou et se pressa contre lui avec fièvre. Il lui sembla qu'il riait mais bientôt, sa langue se frotta contre la sienne en une danse effrénée qui lui donna le vertige.

Cette fois, c'est lui qui interrompit leur baiser.

— Nous approchons du rivage, murmura-t-il d'une voix enrouée de désir. On pourrait nous voir.

Kate hocha la tête et le contempla. Dans la lueur irrégulière de la torche, ses iris semblaient plus noirs que la nuit. Il avait ramené en arrière ses cheveux humides et brillants.

Avec ses pommettes hautes et son air farouche, il ressemblait à un guerrier revenant de lointaines batailles et aspirant à d'autres conquêtes… Kate s'empressa de chasser les images qui s'imposaient à elle et se dégagea de son étreinte pour s'asseoir sagement sur le siège voisin.

Et se mit aussitôt à frissonner de froid.

Sans la moindre compassion, son compagnon l'observait d'un air amusé. Ou, plus exactement, il observait son décolleté. Intriguée, elle suivit son regard. Horreur ! L'un des rembourrages de cire avait migré

vers sa taille, probablement lorsque le prince l'avait saisie sans ménagement pour la ramener vers le rivage.

— Pouvez-vous fermer les yeux ? demanda-t-elle
d'une petite voix.

Pendant qu'il s'exécutait, elle ôta prestement les deux
objets de son corsage.

— Un vrai gentleman ne rirait pas comme cela, le
gronda-t-elle.

Quand elle eut fini de remettre de l'ordre dans sa
tenue, ils approchaient de la berge. Déjà, Kate pouvait
apercevoir des visages curieux tournés dans leur
direction.

— Vous pouvez rouvrir les yeux, dit-elle en voyant
qu'il les avait gardés obstinément clos.

Il obéit.

— Et chassez cette expression, je vous prie, maugréa-
t-elle, mortifiée.

— Préféreriez-vous que tout le monde sache exactement à quoi je pense ?

Kate baissa les yeux. Son corsage mouillé plaqué sur
sa peau révélait les contours de sa poitrine aussi sûrement que si elle était nue. Une soudaine brûlure monta
à ses joues.

— Vous feriez mieux de me donner ceci, dit le prince
Gabriel en désignant les paquets de cire d'un coup de
menton. Si les domestiques les trouvent, votre secret
sera vite éventé.

À contrecœur, elle les tendit à son compagnon.

— Vous n'avez nul besoin de tels artifices, reprit-il
d'une voix grave.

M. Berwick se tenait sur le quai de marbre, une couverture à la main.

— Pourriez-vous aller me chercher ce plaid ?
demanda Kate. Je préférerais ne pas me tenir debout
devant tout le monde.

— Parce que votre robe est trempée ou parce que
votre décolleté a fondu ? se moqua-t-il.

Kate darda sur lui un regard assassin. Dans un grand éclat de rire, le prince se leva et alla quérir la couverture.

— Vous avez aussi perdu votre perruque, dit-il tout en l'enveloppant chaudement. Vous avez l'air d'un chat mouillé.

— Et vous...

Devant son regard pétillant de désir et d'espièglerie, elle oublia la réplique cinglante qui lui pendait aux lèvres. À quoi bon ?

— Merci, dit-elle simplement. Sans vous, je me serais sans doute noyée.

Une étrange lueur passa dans son regard.

— Vous devriez me gifler pour avoir profité de vous.

Elle passa devant lui et, juste avant de descendre du bateau, elle lui lança par-dessus son épaule :

— Qui vous dit que ce n'est pas *moi* qui ai profité de vous ?

Il battit des paupières, un instant désarçonné, avant de répliquer :

— Dans ce cas, je regrette que vous ne l'ayez pas fait davantage.

20

Lorsque Kate ouvrit les yeux le lendemain matin, il était déjà tard. Elle avait dormi d'un sommeil agité, peuplé de rêves confus où se mêlaient les souvenirs humiliants du prince éclatant de rire devant ses faux seins de cire et les sensations, plus troublantes, de ses baisers passionnés.

Elle fut réveillée par l'arrivée de Rosalie, qui venait l'informer que miss Starck se proposait de la rejoindre pour prendre le petit déjeuner.

— Lady Wrothe dit que mademoiselle ne doit pas quitter le lit de la journée, ajouta Rosalie d'un air sévère. Mademoiselle est l'héroïne du jour, si je puis me permettre. Ces jeunes vauriens qui ont renversé votre bateau devraient avoir honte de leur comportement.

— Il n'y a pas mort d'homme ! protesta Kate.

— Oh, mais presque. Mademoiselle est la seule à ne pas avoir été aussitôt repêchée, elle a dû nager jusqu'à l'autre bout de ce lac glacé ! Comme une sirène, à ce qu'on dit.

— Une sirène ? répéta Kate, dubitative. J'ai bien peur que non. Le prince a dû me remorquer comme une baleine.

— Inutile de rentrer dans les détails. Quant à miss Starck et lady Wrothe, elles ont été sauvées par les bons réflexes de lord Wrothe, qui a redressé le bateau au dernier instant. À part mademoiselle, seule Coco est tombée à l'eau.

— Va-t-elle bien ?

— Lord Dimsdale a plongé pour venir à la rescousse de mademoiselle, mais du mauvais côté. C'est lui qui a ramené Coco.

— Il s'est occupé d'un chien plutôt que de sa fiancée, marmonna Kate en s'asseyant.

— Lady Wrothe n'était pas très contente, poursuivit Rosalie en ouvrant les rideaux, faisant entrer la lumière d'un jour d'été radieux. Il paraît que ce matin, au petit déjeuner, elle a dit à lord Hathaway devant tout le monde qu'elle lui avait ordonné de vous sauver, et qu'il aurait pu lui obéir au lieu de rester assis dans le bateau.

Kate ne put s'empêcher de sourire. Puis, étouffant un bâillement, elle déclara :

— Je suppose que je devrais me lever, si miss Starck vient me rendre visite.

— Je vais brosser les cheveux de mademoiselle et lui passer une robe de chambre, dit Rosalie. Miss Starck ne s'attend pas à vous voir déjà tout habillée. Au fait, avez-vous de la fièvre ? Le prince Gabriel a proposé d'envoyer son médecin.

— Non merci, fit Kate en se levant pour aller se laver rapidement le visage. Je vais recevoir miss Starck pour le petit déjeuner, et ensuite, je veux prendre un bain et m'habiller. Je ne souffre d'aucun refroidissement.

— Vous ne devez pas vous baigner aujourd'hui ! s'écria Rosalie. Et maintenant, nous allons coiffer ces cheveux. Je vais juste les attacher avec un ruban. Et après le petit déjeuner, mademoiselle doit me promettre de se recoucher.

Manifestement, miss Starck avait décrété que l'épisode de la veille au soir avait fait d'elles les meilleures amies du monde. Une fois assise en face de Kate, de l'autre côté de la petite table où Rosalie leur avait servi le petit déjeuner devant un feu ronflant – malgré la tiédeur de l'air qui entrait par la fenêtre ouverte –, elle entreprit de lui donner un compte rendu détaillé des affres de terreur qu'elle avait endurées lorsque la gondole s'était éloignée sur cet « horrible lac noir et glacé » où Kate avait disparu.

— Nous étions persuadés de ne jamais vous revoir ! s'exclama-t-elle d'un ton théâtral.

— Apparemment, dit Kate en prenant un toast, ma dernière heure n'était pas encore venue.

Elle avait si souvent chevauché dans l'air glacé de l'aube qu'elle n'était plus sensible au froid, mais il était peu probable que miss Starck comprenne cela.

— Quant à lady Wrothe, poursuivit miss Starck, elle était debout sur le pont, folle d'inquiétude pour vous.

— Et Coco ?

— Votre petit chien nageait près du bateau. Si vous aviez vu comme il était minuscule lorsque lord Dimsdale l'a ramené, tout mouillé ! Pas plus gros qu'un rat. Quoi qu'il en soit, lady Wrothe était aussi désespérée que si son propre enfant était tombé à l'eau.

— Et ensuite ?

— Vous avez finalement émergé de l'autre côté du lac. Vous avez eu de la chance de ne pas être heurtée par le bateau qui nous a renversés. Tous ses passagers sont tombés mais ils sont vite remontés à bord, à l'exception du prince Gabriel. C'est lady Wrothe qui vous a vue la première. Elle a hurlé au prince d'aller vous chercher immédiatement.

Miss Starck émit un petit rire et commenta :

— Jamais je n'aurais imaginé que l'on puisse parler sur ce ton à un prince… ni que celui-ci obéisse avec autant d'empressement !

— Comme c'est étrange… murmura Kate. J'ai eu l'impression qu'il ne s'était passé que quelques instants entre le moment où je suis tombée et celui où je suis remontée à la surface pour voir le bateau s'éloigner.

— C'est peut-être le cas. Nous étions toujours halés par le valet, qui ignorait tout de ce qui se passait. Quoi qu'il en soit, cela nous a paru très long, croyez-moi. Maman m'a interdit de m'approcher de nouveau du lac, même pendant le bal.

— Ne me dites pas qu'ils ont l'intention de recommencer !

— Non, mais un autre divertissement est déjà prévu. Il y aura un feu d'artifice ; les fusées partiront depuis les bateaux. Ce sera sûrement magnifique, mais je devrai regarder depuis les marches, parce que maman est affreusement inquiète pour moi.

— Voulez-vous le dernier toast ? proposa Kate.

— Non merci, prenez-le. Vous en avez plus besoin que moi. Après cette terrible maladie qui vous a frappée, et maintenant ce choc et ce coup de froid !

Elle marqua une pause, frissonna, puis ajouta :

— Pourtant, vous n'avez pas l'air d'aller si mal.

Kate lui sourit.

— Je me sens très bien.

— Je n'avais pas vu que vos cheveux étaient si longs. Pourquoi portez-vous toujours une perruque ? Pour ma part, je ne les supporte pas.

— J'adore mes perruques.

— Si je peux me permettre une remarque, votre chevelure est tout simplement superbe. Avec toutes ces nuances d'or et de cuivre... on dirait un coucher de soleil ! Elle est beaucoup plus jolie qu'une perruque.

Miss Starck joua quelques instants avec sa cuiller d'un geste pensif.

— Ils sont tous amoureux de vous, dit-elle. Lord Hathaway aussi...

— Oh, il est fou de vous ! protesta Kate.

— Je n'en suis pas certaine. Vous avez tellement d'esprit !

Elle considéra Kate de son air doux et grave à la fois, avant de préciser :

— Je ne voudrais pas que vous pensiez que je suis éprise de lord Hathaway. Ce n'est pas le cas, Et je ne suis pas du tout pressée de me marier.

— Moi non plus, répondit Kate, avant de tirer le cordon de la sonnette. Je vais nous faire apporter un peu plus de chocolat chaud. Je crois que ce bain de minuit m'a affamée !

— Nous ne nous sommes pas rencontrées, pendant la saison. Personne ne m'avait dit que vous aviez autant d'humour. Je suppose que c'est pour cela que tous les hommes sont fous de vous.

Kate éclata de rire.

— Enfin, pourquoi dites-vous cela ?

— Parce que c'est la vérité, répliqua miss Starck avec ferveur. Lord Dimsdale, lord Hathaway, et même le prince Gabriel... J'ai bien vu son regard affolé quand lady Wrothe lui a dit d'aller vous chercher. Il était mortellement inquiet pour vous.

— Et vous, vous possédez un talent inné pour le mélodrame, rétorqua Kate.

Rosalie apparut à cet instant. Après lui avoir demandé de leur apporter du chocolat et des toasts, Kate s'adossa à son siège dans un soupir d'aise.

— Rien qu'à vous entendre parler de ce lac aux eaux glacées, je frissonne de froid.

— C'était affreux ! insista miss Starck. J'avais l'impression qu'une immense main couverte d'algues vous avait saisie pour vous entraîner vers les profondeurs boueuses.

De nouveau, Kate éclata de rire.

— Il n'y a pas beaucoup d'algues, rectifia-t-elle. Et, au risque de vous décevoir, personne n'est amoureux de moi.

— Sauf lord Dimsdale.

Bon sang, elle avait encore oublié son fiancé !

— Sauf mon cher Algie, bien entendu.

— Vous avez de la chance. J'aimerais tant avoir un fiancé comme lui ! Il est attentif, jeune, beau...

— Ma foi, lord Hathaway n'est pas mal non plus.

— Il est un peu plus vieux.

— Certes, mais il est bel homme. Il a l'air bienveillant et solide.

Miss Starck poussa un petit soupir.

— C'est exactement ce que dit maman.

— Vous n'avez pas l'air très convaincue ?

— Je suppose qu'il fera un excellent mari. Après tout, il n'a pas plongé pour vous sauver.

— Un point pour vous, souligna Kate.

— Il a dit qu'il ne voyait pas l'intérêt de se jeter à l'eau puisqu'il ne vous apercevait pas. Cela semble fort logique, mais ce n'est pas d'un grand romantisme.

— Peut-être aurait-il plongé pour *vous* sauver ?

— J'en doute fort. Je pense qu'il ressent une certaine sympathie à mon égard, mais cela n'a rien à voir avec l'adoration de lord Dimsdale envers vous.

Elle parut hésiter, puis ajouta :

— Avez-vous entendu parler de… ce qui m'est arrivé ?

— Non, dit Kate.

— Cela concerne lord Beckham. Le connaissez-vous ?

Kate secoua négativement la tête. Miss Starck leva les yeux au plafond d'un air peiné.

— Cet homme est fou à lier. Il a fait courir le bruit… Cela va vous choquer, miss Daltry, mais il a dit à tout le monde que je l'avais touché… à un endroit de sa personne que je ne nommerai pas.

— Non ! s'écria Kate.

— Si. La vérité, c'est qu'il a essayé de m'embrasser. Et ensuite, il s'est frotté contre moi de la façon la plus indécente. Je me suis échappée et lui ai dit qu'il n'était qu'un vieux satyre, alors il s'est mis en colère, et il a mis sa main… entre mes cuisses.

— Quel ignoble personnage ! s'indigna Kate.

— Jamais il n'aurait fait cela si mon père était toujours de ce monde, reprit miss Starck. Papa l'aurait poignardé. Je m'en suis chargée moi-même, en quelque

184

sorte ; je me suis emparée d'une fourchette et la lui ai plantée dans la main.

— Vous auriez dû la planter entre ses jambes ! s'écria Kate.

— Le lendemain, il a fait courir cette rumeur humiliante. Tout le monde l'a cru, sauf maman, bien sûr. Nous avons dû nous retirer à la campagne.

— C'est terrible. Je me suis dit que vous étiez une personne honnête dès l'instant où je vous ai rencontrée.

— Alors ma réputation m'avait précédée ! s'écria miss Starck, avant de fondre en larmes.

Kate avait si souvent vu Victoria pleurer qu'elle ne s'en émouvait guère. Elle versa à son amie une tasse de chocolat, que Rosalie venait d'apporter, et lui tapota la main d'un geste affectueux. Puis elle attendit.

Quelques instants plus tard, comme prévu, elle vit Effie s'essuyer les yeux.

— Je suis très nerveuse, dit celle-ci, parce que lord Beckham arrive aujourd'hui. Je ne l'ai plus revu depuis cet épisode.

— Aujourd'hui ? répéta Kate.

— Comme je vous le dis. Quelle malchance, n'est-ce pas ? J'ai réussi à l'éviter toute la saison parce que maman paie l'un de ses valets afin que nous sachions toujours où il se trouve, mais maman dit que nous ne pouvons pas partir maintenant, alors que lord Hathaway est sur le point de demander ma main.

Cette dernière perspective ne semblait pas enthousiasmer miss Starck.

— J'apprécie beaucoup lord Hathaway, dit Kate.

— Moi aussi, s'empressa de répondre son amie, avant de pousser un petit soupir. C'est juste que… Eh bien, il n'est pas très romantique. Il ne m'offrira jamais de fleurs, sauf peut-être s'il marche dessus dans son jardin.

— Vous avez une certaine imagination, s'amusa Kate.

— Je vois déjà la malheureuse qui l'épousera, poursuivit miss Starck. Elle attendra son anniversaire avec impatience en espérant qu'il lui offrira un diamant, ou au moins un châle en cachemire, et il lui achètera des torchons neufs. Elle en aura les larmes aux yeux, mais ravalera sa déception.

— Et elle ira s'acheter un châle en cachemire, conclut Kate. Vous devriez écrire des romans ! Pourquoi ne révélez-vous pas la vérité, au sujet de lord Beckham ? Je suis sûre que tout le monde vous croirait.

Miss Starck secoua la tête.

— Maman dit qu'une dame ne parle pas de ces choses-là. Elle est très émotive, voyez-vous. Elle va garder le lit aujourd'hui, car elle est terriblement choquée après que j'ai évité la mort de justesse, hier soir.

Kate arqua un sourcil intrigué.

— Je sais, marmonna miss Starck d'un air désolé. C'est vous qui avez failli mourir, et non moi.

— Si vous parliez de lord Beckham à lady Wrothe, elle pourrait l'empêcher de nuire.

— Est-il vrai qu'elle aime qu'on l'appelle Henry ? C'est un prénom si étrange, pour une femme.

— Elle s'appelle Henrietta mais elle préfère Henry, confirma Kate.

— C'est charmant. Et tellement…

— Romanesque ? proposa Kate en riant.

Miss Starck rougit.

— Je lis beaucoup de romans, avoua-t-elle. Peut-être un peu trop.

— Pour ma part, j'en ai lu très peu, mais si j'ai bien compris, à la fin, le méchant est toujours puni. Eh bien, c'est ce qui va arriver à lord Beckham. Je vous en donne ma parole. Considérez Henry comme une bonne fée. D'un coup de baguette magique, elle serait bien capable de régler son compte à cet affreux bonhomme.

— Si seulement elle pouvait le transformer en navet ! s'exclama miss Starck d'un ton rêveur.

— Vous verrez. Je vous promets qu'elle va en faire de la purée de navets.

21

— Cet après-midi, tu vas emmener quelques-uns de tes invités à la chasse, murmura Wick à Gabriel après le déjeuner.

— Il n'en est pas question, répliqua aussitôt ce dernier.

— Que t'arrive-t-il ? s'impatienta Wick. Je sais que tu n'as jamais été un modèle de docilité, mais ce n'est pas le moment de perdre la tête ! J'ai un château plein de monde, et le mage de ta tante a déjà plongé la moitié des dames dans le désespoir en leur annonçant des nouvelles catastrophiques.

— Si tu veux voir un vrai désespéré, va parler à l'oncle Ferdinand. J'ai dû l'écouter pleurer hier soir pendant une heure – oui, *pleurer !* – à cause du fiasco de son combat naval.

— Nous n'avions pas prévu que certains passagers seraient ivres, fit remarquer Wick.

— Quoi qu'il en soit, personne ne s'est noyé. Je sais par miss Starck, qui a pris son petit déjeuner avec miss Daltry, que celle-ci est en parfaite santé. Il y a eu plus de peur que de mal.

— Dans ce cas, tu peux bien emmener chasser quelques invités. Cela m'aiderait bien.

— Non. Demande à l'oncle Ferdinand.

— Encore faut-il que je le déloge de la porcherie, grommela Wick en s'éloignant.

Une fois certain que celui-ci n'était plus à portée d'oreille, Gabriel fit signe à un valet de s'approcher et lui donna quelques instructions. Puis il se rendit dans son bureau, ferma la porte à clef et se dirigea vers un petit tableau suspendu au mur. Il le décrocha rapidement et actionna le levier qu'il dissimulait. Aussitôt, une porte dérobée coulissa dans le lambris, révélant un couloir poussiéreux dans lequel il s'engagea.

Ce corridor secret permettait d'espionner ce qui se passait dans les chambres du château. À mesure de sa progression, Gabriel fit halte de temps à autre pour s'orienter en regardant par un judas. Par exemple, ces tentures dorées étaient celles de la chambre de la Reine, où logeait la comtesse Dagobert. Un peu plus loin, il s'approcha d'un autre trou percé dans la muraille... avant de s'en éloigner précipitamment. Diable ! Certains de ses invités avaient mieux à faire que la sieste !

Il passa encore devant trois ou quatre autres chambres avant de regarder de nouveau. Il y était. Roulé en boule au milieu du lit, un petit chien dormait. Freddie, s'il ne se trompait pas. Aucun son ne lui parvenait. Apparemment, la femme de chambre n'était pas là.

Approchant ses lèvres du trou, il murmura :

— Miss Daltry ?

Pas de réponse.

— Katherine ! appela-t-il plus fort.

Un juron lui répondit. Gabriel sourit. Il entendit des pas qui se dirigeaient vers la porte donnant sur le couloir, puis le bruit de la porte que l'on ouvrait. Il ne pouvait pas voir Kate, mais il l'imaginait en train d'observer le corridor vide.

— Allez vers la cheminée et regardez sur votre droite, dit-il.

— Je déteste que l'on m'espionne, marmonna-t-elle.

— Je ne vous espionne pas ! se défendit-il. Tout ce que je vois, c'est votre lit.

Un silence dédaigneux lui répondit.

— Freddie semble très à son aise, reprit-il.

— Freddie est *toujours* à son aise, répliqua-t-elle. Pourquoi espionnez-vous les lits des dames ?

— J'étais juste venu vous proposer une promenade. En toute discrétion.

— Y a-t-il beaucoup de gens qui se baladent dans ce couloir, la nuit ?

— Personne. À part Wick et moi, vous êtes la seule à en connaître l'existence.

— Ainsi que la moitié de vos invités, railla Kate. Non seulement ce n'est pas vous qui avez construit ce château, mais n'oubliez pas que vous êtes en Angleterre.

Soudain, un œil s'encadra dans le judas. L'iris était vert pâle, cerné d'un anneau plus sombre.

— Dois-je actionner un mécanisme pour vous faire entrer ? demanda-t-elle.

— Il n'y a pas d'entrée, expliqua Gabriel.

— On ne peut qu'épier ? ironisa Kate. Comme c'est élégant !

— Un attelage nous attend. Le cocher croit que j'emmène ma tante visiter un couvent.

— Nous emmenons votre tante ? s'enquit Kate, avant de s'éloigner.

De nouveau, Gabriel ne voyait plus que Freddie.

— Non, il n'y aura que vous et moi, répondit-il avant de retenir son souffle.

Une sortie sans bonne, sans chaperon, sans vieille tante ? Aucune jeune femme de bonne naissance n'accepterait cela !

L'œil de Kate réapparut dans le judas.

— Avez-vous l'intention de me séduire ? demanda-t-elle d'une voix un peu contrariée.

— J'adorerais, avoua Gabriel, mais je ne pourrais plus vivre avec ma conscience. Je n'en ferai donc rien.

— Avez-vous donc une conscience pour les gens comme moi ?

— Il est possible que vous soyez de naissance illégitime, même si je n'en suis pas certain, malgré vos connaissances sur les porcheries.

— Je ne le suis pas, répliqua-t-elle avant de disparaître une nouvelle fois.

Il pouvait l'entendre marcher dans la pièce.

— Si j'étais la fille d'un porcher, auriez-vous autant de scrupules ?

— Je n'ai jamais séduit une vierge, protesta Gabriel d'un ton vertueux.

— Admirable, ricana Kate.

— Oh, ce n'est pas que je n'en aie jamais eu envie, reconnut Gabriel. L'occasion ne s'est jamais présentée, voilà tout.

L'iris vert pâle réapparut devant lui.

— Promettez-moi seulement de ne pas essayer de m'embrasser. Je trouve vos baisers terriblement déstabilisants.

— Et si c'était *vous* qui m'embrassiez ? suggéra-t-il.

— Il n'en est pas question. Je dois trouver un mari. Et votre fiancée, au fait ? Ne doit-elle pas arriver ?

— Son bateau a accosté en Angleterre, confirma Gabriel à contrecœur. Elle devrait être là demain.

— Alors pas de baisers, décréta Kate.

Gabriel hocha la tête, avant de se rappeler qu'elle ne pouvait pas le voir.

— Pour être honnête, je deviens folle, enfermée dans cette chambre. Miss Starck m'a apporté de la lecture, mais j'ai horreur des romans. Et ceux qu'elle m'a prêtés sont particulièrement calamiteux. Quant à Henry, elle refuse de me laisser sortir au motif que si l'on me voit en aussi bonne santé après mon plongeon d'hier, on va se poser des questions sur ma prétendue maladie.

— Je vous ai apporté un voile. Personne ne vous reconnaîtra.

— Un voile ? répéta Kate d'un ton dubitatif.

— Ma tante en porte depuis qu'elle est veuve, c'est-à-dire depuis toujours. Je vous attends à la porte de votre chambre dans cinq minutes.

— Puis-je emmener Freddie ? Je le cacherai sous le voile.

— Certainement pas ! Ma tante ne jappe pas.

22

La silhouette qui émergea de la chambre de Kate était drapée de noir de la tête aux pieds.

Envahi d'un inavouable plaisir, Gabriel lui offrit son bras.

— Prenez garde de ne pas trébucher, lui dit-il.

Elle hocha la tête, faisant trembler le voile.

— Je ne vois même pas où je vais. Comment votre tante fait-elle ?

— Voilà très longtemps qu'elle porte le deuil.

— Combien de temps ?

— Un demi-siècle, environ.

Comme Kate ne répondait pas, il reprit :

— Vous trouvez que c'est un peu long ?

— Je ne me permettrais pas de critiquer la conduite d'une princesse, répliqua-t-elle d'un ton trop docile pour être sincère.

— C'est plutôt habile de sa part. Mon frère était prêt à lui trouver un autre mari, mais son chagrin a été si violent que personne n'aurait pu la contraindre à se remarier.

— Voilà une femme intelligente, fit Kate. Qu'aurait-elle dit des filles de porcher ?

— « Ne les fréquentez jamais », récita Gabriel.

— Mon père m'aurait sans doute dit la même chose des princes quasi mariés, rétorqua-t-elle.

Ils approchaient à présent du grand escalier.

— Plus qu'une poignée de valets à dépasser, et à nous la liberté ! l'encouragea Gabriel à mi-voix.

— Ne devrais-je pas marcher d'un pas traînant ?

— Inutile. Seul Wick ferait attention à un tel détail, or il n'est pas là. Je vais vous faire monter dans la voiture et c'est moi qui prendrai les rênes. Je vous préviendrai quand nous ne serons plus visibles depuis le château.

Quelques instants plus tard, Kate arrachait son voile dans un soupir de soulagement.

— Qu'il fait chaud là-dessous ! gémit-elle.

— Encore une nouvelle perruque ? s'écria Gabriel, déçu.

La veille au soir, il n'avait pas pu voir la couleur de ses cheveux.

— J'en porte toujours, déclara-t-elle.

Puis elle chercha son regard et éclata de rire, allumant en Gabriel un violent désir.

— Mes cheveux sont tout ce que j'ai, expliqua-t-elle. Je les garde pour quand je pourrai être moi-même.

— Aujourd'hui, vous êtes Kate, dit Gabriel. Pas Victoria.

— Hélas, non ! Si j'ai accepté cette promenade, c'est parce que ma sœur est une traînée, expliqua-t-elle avec un petit sourire espiègle. Moi-même, je ne ferais jamais une chose pareille.

— Et à quoi vous occupez-vous, au lieu de... jouer à la traînée ? questionna-t-il sans cacher sa curiosité.

— Des choses et d'autres, répondit-elle, évasive.

Il y eut quelques instants de silence tandis qu'il manœuvrait pour quitter la route et engager le cabriolet sur une piste qui contournait le château, juste sous ses murs.

— Quelles sortes de choses ? Vous soignez les cochons ?

— Je ne suis pas tombée aussi bas.

— Que vous est-il donc arrivé ?

— Rien qui ne soit irréparable. Et de toute façon, ma marraine va s'occuper de moi, à présent. Bientôt, je mènerai une respectable existence à Londres, chez elle.

Sans doute lady Wrothe envisageait-elle de la pourvoir d'une dot, songea Gabriel. C'était très noble de sa part. D'un autre côté, il détestait l'idée que Kate flirte avec de stupides Londoniens. En vérité, cela le rendait fou. Cela lui donnait envie de la prendre dans ses bras et...

— On dirait que vous avez chaud, fit-elle remarquer, l'arrachant à ses méditations. Sommes-nous encore loin de ce couvent ?

— Il n'y a pas de couvent. Nous allons simplement faire le tour du château pour nous rendre dans un jardin secret.

— Un jardin secret ? Comment l'avez-vous découvert ?

— On m'en a donné la clef. Et il n'est secret que parce que ses portes ouvrent sur l'extérieur du château, de sorte que personne ne se donne la peine d'y aller. Même Wick ne l'a pas exploré.

Ils continuèrent de longer la muraille pendant quelques minutes, puis Gabriel fit stopper le cheval. Il sauta à bas de son siège, jeta les rênes sur un buisson, prit d'une main le panier de pique-nique qu'il avait fait préparer et tendit l'autre à Kate... avant de s'apercevoir qu'elle était déjà en train de descendre sans son aide.

Il avait envie de se montrer possessif envers elle. De la prendre dans ses bras, de l'étendre dans l'herbe et de...

Bon sang, que lui arrivait-il ?

Il perdait la tête, songea-t-il tout en cheminant derrière la jeune femme qui cueillait des fleurs des champs en chantonnant. Wick avait raison. L'arrivée imminente de la princesse Tatiana et la perspective du mariage avaient dérangé son esprit.

Nom de nom, il était sur le point de convoler en justes noces ! C'était bien le moment de s'amouracher d'une inconnue !

Il avait l'impression de vivre un conte de fées... à la différence que les choses étaient un peu plus compliquées dans la « vraie » vie, et qu'un prince n'épousait pas une fille de porcher !

Même s'il la désirait si violemment qu'il en tremblait de tout son corps...

— Entrons, voulez-vous ? proposa-t-il en déverrouillant le portail de fer forgé.

Le haut mur de brique rouge à demi couvert de lierre se désagrégeait par endroits. Gabriel ouvrit le battant, révélant une petite jungle d'achillées, de coquelicots et de consoudes. De loin en loin, jaillissait un buisson de roses en fleurs au port alangui.

— Oh ! s'écria Kate. Que c'est joli !

Tenant ses jupes, elle fit quelques pas en courant.

— C'est *vraiment* un jardin secret. Il y a même des statues ! Regardez celle-ci, cachée dans les aubépines.

— On dirait une déesse, fit Gabriel, tandis que Kate écartait le lierre qui couvrait les pâles épaules de marbre.

— Comme elle est belle, murmura la jeune femme d'une voix émue.

— Elle pleure, ajouta Gabriel, surpris.

Kate contourna la statue pour dégager... une paire d'ailes repliées.

— C'est un ange, déclara-t-elle.

Le visage de l'être céleste, tourné vers le sol, était plus blanc que la neige et plus triste que l'hiver.

— Seigneur ! s'exclama Gabriel. Ce n'est pas un jardin, c'est un cimetière ! On aurait pu me le dire.

— Dans ce cas, où sont les tombes ? s'étonna sa compagne. Regardez, il n'y a rien d'autre que son piédestal.

— Tant mieux, dit Gabriel, soulagé, mais alors que fait cet ange ici ?

Kate, qui s'était penchée pour écarter le lierre qui couvrait le socle de la statue, fut soudain prise d'un fou rire.

— C'est effectivement un cimetière, annonça-t-elle, riant de plus belle.

Intrigué, Gabriel se baissa et commença à déchiffrer les inscriptions gravées dans le marbre.

— « À la mémoire de mon fidèle Rascal », lut-il.

— Et il n'y a pas que lui. Il y a Dandy et... Freddie ! Il faut absolument que j'emmène *mon* Freddie ici.

— Bon, j'ai un cimetière pour chiens, conclut Gabriel, philosophe. Je devrais peut-être faire installer une statue en mémoire du chien mangeur de pickles de mon oncle...

— Ne dites pas n'importe quoi ! se moqua Kate en lui donnant une petite tape sur le bras.

Pour toute réponse, il lui arracha sa perruque... et en coiffa l'ange en larmes.

— Charmant ! déclara Gabriel d'un ton satisfait.

Il ne parlait pas de l'ange, qui avait pris un air des plus coquins sous sa perruque rose.

Le soleil de l'après-midi jouait dans les cheveux de Kate, révélant leurs nuances d'or et de cuivre. Bien entendu, la jeune femme se mit à lui crier dessus, comme seule aurait pu le faire une femme issue d'un milieu où l'on ignore que personne, jamais, ne gronde un prince.

Dans son enfance, pas une seule fois il n'avait été réprimandé. Même quand il avait déclenché un incendie dans la nursery. Seul Wick lui avait dit qu'il était un idiot. Gabriel lui avait tapé dessus, Wick ne s'était pas laissé faire et les deux garnements avaient roulé sur le sol en se rouant de coups. Par la suite, Gabriel en avait éprouvé un indicible soulagement. Il savait très bien qu'il aurait mérité une correction de la part des adultes.

Si Augustus avait été plus souvent remis à sa place, songea Gabriel, il n'aurait pas été aussi sensible aux arguments de ce prêtre dangereux qui lui promettait le paradis.

Kate ne mentait jamais. Si elle était en colère contre lui, elle le lui faisait savoir avec véhémence.

Étrangement, cela ne faisait qu'accroître son trouble.

Ou peut-être était-ce cette somptueuse crinière qui l'auréolait d'or et de feu ?

— Je voulais juste voir vos cheveux, plaida Gabriel en haussant la voix pour couvrir ses protestations. Vous aviez raison ; ils sont superbes.

— Je vous ai dit, fulmina la jeune femme, que...

— Je sais, l'interrompit-il. Vous ne les montrerez qu'au prince charmant en personne. C'est ridicule.

Les mains sur les hanches, elle le fusillait du regard. Et cependant, jamais Gabriel n'avait été aussi heureux.

— Je vous ai donné mes raisons et vous les balayez d'un revers de la main. Vous vous croyez tout permis !

Gabriel battit des paupières, déstabilisé. Il n'avait qu'une idée, lui voler un baiser... et la faire rouler parmi les herbes folles.

— Et ne vous imaginez pas que je sois dupe, poursuivit-elle. Je sais très bien à quoi vous pensez !

— Je vous écoute ? la défia Gabriel d'une voix enrouée de désir.

— Vous êtes en train de vous dire que vous n'allez pas tenir votre promesse, lança-t-elle en croisant les bras sur sa poitrine. Vous êtes persuadé que j'ai envie que vous m'embrassiez, parce que dans votre petit monde bien confortable, vous...

— Le voulez-vous ? l'interrompit-il.

Il lui sembla que le monde entier retenait son souffle, que les oiseaux interrompaient leur chant, que les abeilles s'immobilisaient dans l'air pour écouter.

— Pour l'amour du Ciel ! s'écria-t-elle avant de lui tourner le dos, telle une reine offensée. Vous ne comprenez donc pas ce que l'on vous dit ?

Ce qu'il comprenait, c'était que la courbe de son cou était plus gracieuse que celle de toutes les femmes qu'il avait croisées.

— Vous me prenez pour un sot, admit-il d'un ton conciliant. Vous avez sans doute raison. Je vous ai donné ma parole de ne pas tenter de vous séduire, et je la tiendrai. En revanche, je n'ai pas promis de ne pas vous enlever votre perruque.

— Épargnez-moi vos justifications laborieuses, jeta-t-elle par-dessus son épaule.

La ligne de son dos était étourdissante, songea Gabriel, qui s'imagina soudain faire courir la pointe de sa langue depuis ses reins jusqu'à sa nuque...

Il devait chasser ces images de son esprit. Cette femme n'était pas pour lui.

— Et si nous déjeunions ? proposa-t-il, furieux de sa propre faiblesse.

Comme elle ne répondait pas, il pivota sur ses talons et se dirigea vers le portail pour prendre le panier du pique-nique, qu'il avait déposé là.

Wick avait raison. Il ne désirait Kate que parce qu'il ne pouvait pas l'épouser. Et s'il n'en faisait pas sa maîtresse... eh bien, c'est parce qu'il était un imbécile.

Un imbécile prétentieux qui arrachait les perruques des femmes par simple caprice. Il était en train de devenir aussi arrogant qu'Augustus.

Depuis toujours, Wick l'avait empêché de se transformer en petit despote fier de son titre ridicule. Manifestement, il n'avait pas réussi à lui éviter de devenir un parfait cuistre !

23

Une fois seule, Kate entreprit de dégager une autre statue, celle d'une toute jeune enfant au visage souriant, assise par terre.

— Salut, vous ! murmura-t-elle.

Elle arracha une branche de lierre et trouva une simple inscription. *À ma chère petite Merry*.

— Vous allez abîmer vos gants, dit une voix mâle derrière elle.

— Ma femme de chambre en a apporté des dizaines, répondit-elle d'un ton insouciant. Regardez, n'est-elle pas adorable avec ses cheveux tout bouclés ?

— Et ses ailes, ajouta Gabriel. Encore un ange.

— Elle me fait penser aux chérubins du couloir nord. Peut-être est-elle aussi l'œuvre de ce sculpteur italien qui s'est enfui en se cachant dans une baratte ? Et cette « petite Merry », s'agissait-il d'un chaton ou bien...

— On ne fait pas une statue pour un chat. Ce doit être un mémorial, et non pas la tombe elle-même.

— Comme c'est triste...

Gabriel se pencha pour écarter une fleur d'achillée de la joue de la fillette de marbre.

— On a souvent tendance à vouloir se rappeler un enfant en train de rire et de jouer, expliqua-t-il. Lors de fouilles en terres sarrasines, il y a deux ans, nous avons trouvé de petites tombes pleines de jouets, pour que leurs occupants puissent jouer dans l'au-delà.

Kate hocha la tête.

— J'ai dans mon bureau un petit pot trouvé à cette occasion, poursuivit-il. Il contenait des osselets qui devaient appartenir au petit garçon enterré là. Je vous le montrerai un de ces jours.

— C'est fascinant ! s'exclama-t-elle avec sincérité.

— Mon vieux professeur Biggitstiff, qui est un parfait crétin, l'a jeté avec son contenu. Une fois qu'il a compris qu'il n'y avait pas d'or dans cette tombe, il l'a simplement fait combler par les ouvriers du chantier de fouilles.

— Il n'y a que l'or qui l'intéresse ?

— Non, il y a aussi la gloire. Ce qu'il cherche, c'est une découverte spectaculaire. Quelque chose d'aussi anodin que la tombe d'un enfant anonyme le laisse parfaitement indifférent. C'est bien ce qui m'inquiète à propos de Carthage. En cherchant la tombe de Didon, il risque de commettre des dégâts irréparables.

Se retournant, Kate vit qu'il était en train d'étendre un plaid sur l'herbe.

— Venez donc manger, l'appela-t-il.

Elle se redressa et le rejoignit.

— C'est un vrai festin ! approuva-t-elle avec ravissement.

— Enlevez ces gants tout sales, ordonna le prince Gabriel en lui tendant une cuisse de poulet.

Kate obéit et mordit à belles dents la cuisse de poulet.

— Hum ! Tout sent toujours tellement meilleur quand on est dehors, vous n'avez pas remarqué ?

En guise de réponse, il lui tendit un verre de vin léger et pétillant.

Ce n'est qu'après avoir englouti sa cuisse de poulet – suivie d'une petite tourte à la viande, d'une part de cheddar et d'un œuf de caille en gelée – que Kate s'aperçut que son compagnon n'avait toujours rien avalé. Nonchalamment accoudé sur le plaid, il se contentait de l'observer et de lui offrir de quoi manger.

Kate prit la part de gâteau aux amandes qu'il lui tendait et le regarda, méfiante.

— Qu'y a-t-il ? demanda-t-elle.

— Rien.

— Que faites-vous ?

— J'essaie de vous remplumer. Vous êtes bien trop maigre, même si vous êtes en excellente santé.

— Je n'ai jamais été ronde, se défendit Kate.

— Certes, mais il vous faudra plus que cette somptueuse chevelure pour capturer un mari dans vos filets, ma belle. En général, les Anglaises sont rondes et voluptueuses. Comme votre marraine, lady Wrothe. Elle est encore très appétissante.

Kate mangea sa part de gâteau tout en se demandant ce qui la contrariait le plus : d'être déçue qu'il ne la trouve pas appétissante... ou d'être aussi sensible à l'opinion qu'il se faisait d'elle.

Le prince Gabriel avait roulé sur le dos et croisé les jambes. Les yeux de Kate parcoururent malgré elle ses cuisses musclées et ses larges épaules. Il avait fermé les paupières, révélant des cils longs et fournis. Cet homme était une véritable invitation au péché ! Même sans son titre, il aurait eu toutes les femmes à ses pieds...

— Puis-je avoir une tartelette, je vous prie ? s'enquit-il en tendant la main.

Sans répondre, elle déposa une petite tourte à la viande dans sa large paume.

— Un sou pour vos pensées ? demanda-t-il après un silence.

— Je parie que vous avez déjà une bonne dizaine d'enfants illégitimes, ne put-elle s'empêcher d'avouer.

— Le spécialiste en la matière, c'est mon frère Rupert. Il est assez beau garçon.

— Oh, mais vous êtes...

— Moins séduisant que lui, l'interrompit-il. Vous devriez le voir dans sa tenue d'apparat ! Il vous rendrait littéralement folle.

— Vraiment ? fit Kate, dubitative.

Un homme pouvait-il être plus séduisant que le prince Gabriel ?

— Il ressemble à un prince de contes de fées et se conduit comme certains personnages des livres de l'Arétin, expliqua son compagnon en s'accoudant négligemment dans l'herbe.

— L'Arétin ? Le nom me dit quelque chose, mais...

— Impossible, la coupa-t-il. Les dames ne lisent pas cet auteur. C'était un Italien qui écrivait des choses assez osées. J'ai beaucoup appris grâce à lui. Mon père possédait un exemplaire traduit en anglais. Vous demanderez à votre futur époux de vous expliquer tout cela...

Kate ravala un sourire. Elle connaissait l'œuvre de l'Arétin. Elle avait découvert, deux ans plus tôt, *La puttana errante* dans l'enfer de la bibliothèque paternelle... Les illustrations parlaient d'elles-mêmes.

— Tenez, dit le prince, prenez donc un peu de vin.

Il versa dans son verre un liquide ambré aux effluves enivrants.

— J'ai peur que le titre et le physique de Rupert n'aient exercé une très mauvaise influence sur son caractère, reprit-il.

Puis, avec un petit sourire en coin, il ajouta :

— Même si vous refusez d'admettre qu'un titre de noblesse puisse avoir un effet négatif sur quelqu'un.

Kate éclata de rire. Lorsqu'il se moquait ainsi de lui-même, le prince Gabriel était irrésistible. Elle tenta de chasser un petit pincement au cœur.

— À quatorze ans, il s'exerçait à séduire les femmes de la maisonnée. Il a rapidement étendu son champ d'action aux campagnes alentour. Notre père trouvait cela très drôle.

— Pas vous, releva Kate.

— Rupert n'a jamais imaginé que ses conquêtes aient simplement eu peur de refuser. Pour lui, ce n'est qu'un jeu. Je ne doute pas qu'il soit capable de satisfaire une femme, mais...

— Et ses enfants ?

— Nous en avons un certain nombre au château. Avec leurs mères, bien entendu. Quand Augustus a mis à la porte ce qu'il appelle les « femmes déchues », il ne s'est pas posé la question de savoir *qui* les avait fait déchoir.

— C'est injuste, fit Kate en mordant dans une poire confite. Donc, vous n'avez pas d'enfant illégitime.

Elle en avait maintenant l'intime conviction. Le prince Gabriel était aussi arrogant qu'un homme pouvait l'être, mais il était habité par un sens profond de ses responsabilités.

— Wick me tuerait si je commençais à semer des petits bâtards ici et là, dit-il d'un ton paresseux. Sinon, je serais déjà en train de séduire une jolie femme...

Son regard disait très clairement à quelle jolie femme il faisait allusion.

— Alors, c'est M. Berwick qui vous garde dans le droit chemin ? Cet homme est admirable.

Gabriel vida son verre.

— Croyez-le ou non, belle Katherine, je ne séduis que les femmes qui veulent de moi. Sinon...

Il lui décocha un sourire que le diable en personne aurait envié.

— Sinon, je vous aurais déjà fait rouler sur l'herbe pour trousser vos jupons.

Elle le regarda, bouche bée.

— Vil arrogant ! s'exclama-t-elle, outrée.

— Ce n'est que de la franchise, rien de plus.

— Je vois... Et votre franchise s'applique-t-elle également à vous-même ?

— Absolument. Assenez-moi donc quelques vérités que vous pensez que je n'aimerais pas entendre.

— Je suppose que ce ne sera pas difficile à trouver ! répliqua-t-elle sans dissimuler une pointe d'ironie.

— Si vous vous apprêtez à me dire que je suis beau à tomber par terre, je sais que ce n'est pas vrai.

Kate se mordit les lèvres pour ne pas sourire.

— Eh bien, je trouve que vous êtes…

— Arrogant ?

— Cela, vous le savez déjà. Je pense que vous allez briser le cœur de votre épouse.

Il sursauta, manifestement surpris.

— Et pourquoi donc ? s'enquit-il.

— Parce que vous avez l'intention de la quitter pour aller fouiller cette fameuse cité antique.

— Ça, je vous l'ai dit moi-même. Vous n'avez pas eu à le deviner.

— Vous allez partir pour Carthage, poursuivit Kate avec fermeté, et ce n'est pas juste. Vous n'honorerez pas vos vœux de mariage.

Il arqua un sourcil intrigué.

— « L'aimer et la chérir », lui rappela-t-elle. « L'honorer et la garder, dans la maladie et la santé… » Si elle est souffrante lorsque vous serez à Carthage, qui vous le dira ? Et si elle meurt en couches ?

— Je ne quitterai pas Tatiana si elle attend un enfant ! protesta Gabriel.

— Comment le saurez-vous ? Les femmes ne s'en aperçoivent parfois qu'après plusieurs semaines ! À moins que vous ayez l'intention de ne pas la toucher trois mois avant votre départ ?

Il se redressa et s'assit dans l'herbe.

— Certaines femmes n'ont pas envie d'avoir leur mari auprès d'elles tout le temps, voyez-vous. Vous semblez avoir une vision du mariage très romanesque. Je vous assure que la réalité est assez différente dans les familles princières.

— Je sais. Il n'y a qu'à voir notre roi Jacques, qui vivait séparé de sa femme et lui préférait le duc de Buckingham.

— Cette fois, c'est vous qui me choquez, railla-t-il.

Pourtant, il fuyait son regard.

— Vous ne le ferez pas ! s'écria Kate, comprenant soudain qu'elle s'était trompée. Vous ne la quitterez pas.

— Bien sûr que si, insista-t-il tel un gamin capricieux.

— Oh, non. Ce n'est pas dans votre tempérament, Votre Altesse. Vous êtes trop noble pour cela.

— Noble ? répéta-t-il d'une voix exaspérée.

Tout à coup, d'un mouvement fluide, il se jeta sur elle et la plaqua sur l'herbe.

— Ouf ! gémit Kate tandis que ses poumons se vidaient.

Il lui décocha un regard surpris. Comme s'il n'était pas étendu sur elle de la façon la plus intime.

— Ceci est tout à fait inconvenant, marmonna Kate, luttant contre une folle envie de se blottir contre lui.

Puis, serrant les dents, elle ordonna :

— Laissez-moi, maintenant. Vous m'avez donné votre parole.

— Seulement de ne pas vous embrasser, rectifia-t-il. Et je tiendrai ma promesse.

Elle tenta de le repousser, en vain. Approchant ses lèvres de son cou, il murmura :

— Nous autres séducteurs ne perdons pas de temps en baisers...

Pour ponctuer ses paroles, il traça de la pointe de sa langue un sillon de feu sur la gorge de Kate.

— Oh ! s'écria la jeune femme, parcourue par un frisson de plaisir. Laissez-moi ! Vous m'avez promis de ne pas...

Il donna un nouveau coup de langue, cette fois à la naissance de ses seins. Kate eut toutes les peines du monde à réprimer un gémissement.

— Vos baisers sont-ils comme vos cheveux ? demanda-t-il dans un murmure si tendre qu'elle l'entendit à peine. Exclusivement réservés à votre époux ?

— Exactement, dit-elle en tentant de le repousser.

— Et les caresses ?

Son cœur battait si fort qu'elle distinguait à peine sa voix. Son parfum l'enivrait. Les hommes embaumaient-ils tous cette odeur de cuir, de santal et de feu de bois ?

— Me laisser voir vos cheveux ne va pas compromettre votre bonheur domestique, croyez-moi, lui murmura-t-il à l'oreille. Cette idée est parfaitement absurde.

Son souffle lui brûlait la peau.

Il redressa la tête et plongea son regard dans le sien.

— N'est-ce pas ?

Kate savait que cet homme était dangereux. Et cependant...

— Je suppose, répondit-elle, ne sachant pas exactement à quoi elle acquiesçait.

— Ce n'est que pure superstition, reprit-il avant de faire courir la pointe de sa langue dans son cou.

Malgré elle, Kate tourna la tête pour mieux s'offrir à ses caresses.

— Vous aimez cela, constata-t-il avec des intonations rauques.

La voix du diable, ne put s'empêcher de songer Kate...

— Si je vous promets de ne pas vous séduire, puis-je vous embrasser ? S'il vous plaît, Kate !

Enivrée par son contact viril et par la douceur de ses paroles, la jeune femme avait du mal à penser avec clarté. Était-ce grave d'embrasser un prince dans un jardin, loin des yeux du monde ? Cela risquait-il de l'empêcher de trouver un bon mari ?

Non, sans doute pas. Pas un simple baiser.

— Je vous interdis de me séduire, répondit-elle, surprise par le son de sa propre voix – feutrée, profonde, sensuelle.

Elle se reconnaissait à peine !

Il devait l'avoir remarqué lui aussi, car il sembla à Kate qu'il se faisait plus lourd sur elle. Il s'accouda, libérant ses bras, mais elle n'en profita pas pour le repousser. Elle se contenta de le regarder, éblouie par la lumière du soleil, enivrée par le parfum des fleurs d'été autour d'eux.

— Je vous interdis de me séduire, répéta-t-elle en raffermissant sa voix. Je suis... Je suis vierge, et j'ai bien l'intention de le rester jusqu'à ma nuit de noces.

Il hocha la tête, faisant tomber une mèche sombre devant son front. Il était si beau, si viril, qu'elle en avait la gorge nouée.

— Je ne vous prendrai pas votre vertu, promit-il.

De ses lèvres, il effleura sa bouche.

— Même si vous me suppliez de le faire, ajouta-t-il.

— Vous n'êtes qu'un arrogant personnage ! marmonna-t-elle. Pourquoi n'êtes-vous pas avec vos invités ?

— Pour une raison que j'ignore, je suis fou de vos baisers, Kate.

Elle le dévisagea, hypnotisée.

— Je ne m'explique pas ce qui m'arrive, reprit-il, mais je pense tout le temps à vous. Depuis que je me suis levé ce matin, je n'ai qu'une envie. Vous embrasser.

Kate battit des paupières, perdue.

— Je crois que j'ai rêvé de notre baiser, dans le bateau, quand vous étiez toute mouillée et blottie dans mes bras. J'avais envie de lécher chaque goutte d'eau sur votre corps. Si vous étiez mienne, je vous aurais enveloppée dans des couvertures bien chaudes, avant de vous les enlever devant un bon feu de cheminée.

Kate chercha une réponse, en vain. Elle était emportée par un torrent de sensations – le timbre enroué de sa voix, le poids affolant de son corps, le trille enchanteur d'une alouette non loin d'eux...

— Je ne pensais qu'à cela, Kate. Vous embrasser. Comme un gamin. Au cas où vous n'en seriez pas avertie, ce n'est pas à *cela* qu'un homme pense le matin à son réveil.

Elle le regarda sans comprendre.

— Pour l'amour du Ciel ! marmonna-t-il. J'oubliais que vous êtes vierge.

— Il n'y a rien de mal à cela, se défendit-elle, un peu froissée. Et maintenant, si vous en avez terminé avec vos déclarations sans intérêt, auriez-vous la bonté de me libérer ? Je ne suis pas l'une de vos maîtresses.

— En effet. Si c'était le cas, ma belle, vous seriez en train de crier de plaisir.

Kate ricana.

— Y a-t-il une limite à votre vanité ?

— Est-ce une invitation à prouver ce que j'affirme ?

— Certainement pas ! s'écria Kate, trouvant enfin la force de le repousser et de s'éloigner de lui.

24

Gabriel ne se donna pas la peine de se redresser. Il resta nonchalamment étendu aux pieds de Kate, le sourire aux lèvres.

— Vous... commença-t-elle, avant de secouer la tête, renonçant à se fâcher.

— J'ai perdu la raison, acheva-t-il à sa place. C'est aussi ce que me dit Wick.

Il croisa les mains derrière la tête en souriant.

— Je ne pense qu'à vous.

— C'est absurde, grommela Kate.

Elle s'interrompit avant d'ajouter qu'elle était trop maigre et pratiquement vieille fille.

— Non seulement votre château regorge de beautés, mais je ne doute pas que votre fiancée les éclipsera toutes. Pourquoi ne pensez-vous pas à la princesse Tatiana, plutôt ?

— Parce qu'il y a en vous quelque chose d'irrésistiblement séduisant, Kate. Je suis sûr que vous êtes bien plus belle que la pulpeuse Victoria. Et pourtant, tout le monde me vante sa beauté.

— Avant d'entonner une ode funèbre à sa fraîcheur perdue, railla Kate.

— Ces gens sont des sots. Vous êtes belle comme un ange. Saviez-vous que vos lèvres ont la couleur des framboises ?

— Mmm, soupira Kate.

Elle aurait dû interrompre ses compliments, mais elle n'en trouvait pas la force. Ils étaient comme un baume sur les années d'humiliations qu'elle avait subies.

— J'adore les framboises, poursuivit le prince d'un ton faussement naïf. D'abord, je les suce doucement, puis je les croque pour en goûter la saveur. Je les aime de toutes les façons : fraîches, en confiture, sur les tartes, mais ce que je préfère...

Kate réprima un petit rire nerveux et s'assit sur le coin le plus éloigné de la couverture.

— ... c'est le sirop de framboise. J'en suis fou.

Il éclata d'un rire gourmand. Kate tenta de se remémorer les illustrations du livre de l'Arétin, en vain. À quoi faisait-il donc allusion ?

Elle but une gorgée de vin. Elle ne devait pas se laisser emporter par la passion. Car c'était bien cela – cette chaleur entre ses cuisses, cette envie de se jeter sur lui, cette facilité avec laquelle toute une vie de bonne moralité était balayée par une folle tentation de...

— Non !

Il ouvrit les yeux.

— Vous ai-je demandé quoi que ce soit ? s'étonna-t-il.

— Pourquoi avez-vous perdu la raison ? Vous en ai-je donné l'autorisation ?

— Possible.

Kate le fusilla du regard.

— Proposez-moi d'être votre maîtresse et je vous poignarde.

— Rassurez-vous, mes conquêtes sont rondes et voluptueuses, répliqua-t-il en lui décochant un coup d'œil espiègle.

— Si je suis un jour la maîtresse d'un homme, il sera blond comme les blés et il aura les yeux bleus comme... bleus comme des saphirs.

— Votre dandy s'intéressera plus à sa propre beauté qu'à la vôtre, ironisa le prince tout en prenant une pomme.

— Pas du tout, protesta Kate. Ce sera un parfait gentilhomme ! Modeste, attentif et d'une irréprochable moralité. Il sera tellement épris de moi que si je menace de le quitter, il se jettera...

— ... sur un bûcher funéraire ! railla le prince.

— ... à mes pieds, rectifia Kate. Pour me demander pardon. Et d'ailleurs, je ne serai pas sa maîtresse, car il m'épousera.

— Si je comprends bien, résuma Gabriel sans émotion, vous voulez un mari avec des cheveux blonds, des yeux bleus et la force de caractère d'un pudding ? Hathaway vous comblera.

— J'y pense, justement. Puis-je avoir encore un peu de vin, s'il vous plaît ?

Gabriel prit la bouteille et les servit tous les deux.

— Lord Hathaway n'est pas si mal que cela, dit-il d'un ton conciliant.

— Je sais. Le seul problème, c'est que miss Starck elle aussi voudrait l'épouser.

— Cette jeune femme qui était avec vous sur le bateau, hier soir ?

Kate hocha la tête.

— Hathaway devrait se méfier, reprit Gabriel. Il paraît qu'elle a blessé l'un de ses soupirants avec une fourchette.

— Parce qu'il essayait de l'embrasser d'une façon terriblement impudique.

— Vous voulez dire... comme vous et moi ? s'enquit le prince en dénouant sa lavallière, révélant le haut de son torse musclé.

Kate s'empressa de détourner les yeux.

— Nous avons peut-être échangé un baiser, rétorqua-t-elle d'un ton volontairement léger, mais...

— Nous nous sommes embrassés comme deux possédés, corrigea le prince. Comme si notre vie en dépendait. Comme si...

— Je vous en prie ! Lord Beckham s'est frotté contre elle de la façon la plus choquante qui soit.

— Comme je le fais avec vous, répondit Gabriel. Au fait, avez-vous levé l'interdiction à propos des baisers ? Je ne me souviens plus.

— Certainement pas. Quoi qu'il en soit, miss Starck a traité lord Beckham de vieux débauché, ou quelque chose comme cela.

— Alors la ressemblance avec nous s'arrête là, admit Gabriel. Tout ce que j'ai entendu de votre part, c'étaient de petits soupirs d'encouragement.

Kate décida de l'ignorer.

— Lord Beckham s'est fâché et a mis la main sur... eh bien, sur *elle*.

— Ne l'avait-il pas déjà fait ? s'étonna Gabriel.

— Entre ses cuisses, précisa Kate. La pauvre miss Starck en est encore affreusement choquée.

— Ma foi, soupira Gabriel, j'en ferais bien autant...

Kate s'empara d'une fourchette d'un geste menaçant.

— À la réflexion, s'empressa-t-il d'ajouter, je crois que je vais m'abstenir. Donc, c'est pour cela qu'elle l'a poignardé ?

— Oui, mais il a fait courir le bruit qu'elle avait mis sa main sur... hum... son entrejambe.

Il la regarda de sous ses paupières mi-closes.

— N'en ferez-vous pas autant pour moi, ma Kate ?

— Je ne suis pas votre Kate, répliqua-t-elle en réprimant un sourire, furieuse de sa propre faiblesse.

— Oh, mais si, dit-il en s'étendant de nouveau sur le dos. Vous l'êtes.

Kate porta son verre à ses lèvres pour se donner une contenance... et s'interdire de se pencher vers lui pour l'embrasser.

— Lord Beckham a délibérément sali la réputation de miss Starck, reprit-elle, mais lord Hathaway n'est pas dupe. C'est un honnête homme.

— Alors il serait cruel de votre part de le voler à miss Starck. À moins que vous ne soyez très éprise de lui, mais dans ce cas, songez que la vie matrimoniale avec lord Hathaway promet d'être affreusement ennuyeuse. Un homme honnête n'apprécie pas que son épouse lui prodigue des caresses impudiques sous la table.

— Une femme honnête ne fait pas ce genre de choses, protesta Kate en ravalant un fou rire.

— Eh bien, je le ferai inscrire sur le contrat de mariage. Je serais au désespoir que mon épouse me refuse cela.

— Oh, non, vous ne seriez pas désespéré. Vous...

Elle laissa sa voix s'étrangler dans sa gorge.

— Oui ? l'encouragea-t-il.

Kate détourna les yeux, mais elle songea qu'elle n'avait rien à perdre à dire la vérité.

— Vous iriez simplement voir une autre femme.

Un éclair passa dans ses yeux sombres, si fugitif qu'elle n'eut pas le temps de le déchiffrer.

— Ah. Voilà mon titre princier qui montre de nouveau son vilain nez.

— Cela n'a rien à voir avec votre position sociale. Tous les maris font cela. Ils ont des amies.

Kate joua avec sa fourchette, indécise, avant d'ajouter :

— Mon père était un homme très... amical.

Gabriel hocha la tête.

— Le mien également. Wick en est la preuve vivante.

Puis il se leva d'un bond et se tourna vers elle.

— Et si nous partions à la recherche d'autres statues cachées dans le jardin ?

Non sans soulagement, Kate prit la main qu'il lui tendait pour l'aider à se relever. Cette conversation était si intime que c'en était inconfortable.

— Je vois deux monticules de lierre qui pourraient dissimuler quelque chose, indiqua son compagnon. Là-bas, contre le mur du fond.

L'un des deux amas de verdure se révéla n'abriter qu'un tas de briques.

— Je me demande ce que c'était, dit Kate.

— Impossible de le savoir… Je crois que je vais faire bâtir un kiosque, ici. Ce sera un endroit parfait pour des dîners en tête à tête.

— En espérant que vous puissiez en profiter. Le château est plein de gens qui exigent votre attention ! Vous arrive-t-il d'être seul ?

— Bien sûr, répondit-il avec une gravité inattendue.

Tout en s'attelant à arracher le lierre du second monticule, il déclara :

— Vous devriez vous trouver un autre mari que lord Hathaway, ou miss Starck risque de finir vieille fille.

— Sauf si quelqu'un oblige lord Beckham à avouer publiquement qu'il a menti. J'ai l'intention de demander son aide à lady Wrothe.

— Votre marraine sera incontestablement un formidable champion de la cause de miss Starck, mais que voulez-vous qu'elle fasse, au juste ?

— Je n'en sais rien, avoua Kate.

Gabriel tira sur une lourde masse de lierre, qui lui retomba sur les épaules, telle une toge végétale.

— Vous ressemblez à un satyre ! s'exclama Kate en éclatant de rire.

— Où sont le vin et les nymphes ? répliqua-t-il en la couvant d'un regard gourmand.

— Arrière, démon, ou je vous marche sur la queue ! gronda Kate.

— Vous savez à quoi ressemble un faune ? s'étonna Gabriel. Je croyais que vous n'aviez aucune éducation.

— Je sais lire. Mon père possédait une bibliothèque assez complète. J'ai lu le *Panthéon* de Boyse. Ainsi que les ouvrages de l'Arétin.

Gabriel s'ébroua, faisant voler alentour les branchages de lierre, puis il jeta un regard brûlant sur Kate.

— Ne jouez pas avec mes nerfs, ma belle, l'avertit-il d'un ton faussement calme.

— Je ne… s'entendit-elle protester d'une petite voix étranglée.

Elle n'eut pas le temps d'en dire plus. Leur baiser fut exactement tel que Gabriel l'avait décrit. Comme s'ils étaient possédés. Comme si leur vie en dépendait. Incapable de la moindre pensée rationnelle, Kate s'abandonna entre ses bras et lui offrit ses lèvres tandis qu'il faisait courir ses mains le long de son dos, vers ses reins, toujours plus bas...

— Vous avez promis ! gémit-elle en essayant de le repousser.

— C'était avant que vous ne vous vantiez d'avoir lu les livres de l'Arétin, se justifia Gabriel.

— Je ne vois pas où est le rapport !

Il éclata de rire.

— Ma chère Kate, vous êtes une perle rare. Une jeune femme pleine de curiosité et de désir.

Les joues de Kate s'enflammèrent.

— Je n'ai pas lu ce livre, mentit-elle vertueusement. Je l'ai ouvert par hasard, avant de le ranger en constatant que ce n'était pas une lecture appropriée. Et à ce sujet, il est grand temps que je rentre. Voyons ce qui se cache sous ce lierre et allons-y.

Gabriel ôta les dernières branches de verdure, révélant une haute porte cintrée peinte en rouge sombre, aux ferrures élaborées.

— On dirait l'entrée d'une église, fit remarquer Kate.

À ces mots, le visage de son compagnon s'éclaira.

— Mais bien sûr ! Ce doit être la porte qui donne sur l'arrière de la chapelle.

Il tourna la poignée, mais le battant ne bougea pas.

— Elle est fermée à double tour, murmura-t-il. Et je n'ai aucune idée de ce qu'est devenue la clef.

— Elle doit se trouver dans la chapelle, répliqua Kate, retrouvant son sens pratique. Je veux que vous me fassiez une promesse.

— Tout ce que vous voudrez.

À ces mots, le cœur de Kate – maudit soit-il ! – battit un peu plus fort.

— Je ne veux plus que vous vous promeniez dans ce couloir de l'autre côté de ma chambre, dit-elle en se dirigeant vers le panier du pique-nique.

— Alors il faut aussi me promettre quelque chose, lança-t-il sans bouger.

Kate pivota sur ses talons.

— Je vous écoute ?

— Si je parviens à faire avouer la vérité à lord Beckham et à laver la réputation de miss Starck…

— Eh bien ?

D'un pas, il fut près d'elle.

— Vous me devrez un baiser.

— Ma foi, en comptant celui que vous m'avez déjà volé, nous serons quittes.

— Pas *ce genre* de baiser, protesta-t-il d'une voix enrouée de passion.

Kate se figea, indécise. Que voulait-il dire ?

— Vous garderez votre virginité, Kate, je vous en fais le serment sur l'honneur, mais laissez-moi vous donner du plaisir. Vous aimer.

— M'aim…

Il la fit taire d'un baiser aussi sauvage que le jardin autour d'eux. Un baiser comme une étreinte, impudique et brûlant, promesse de volupté partagée, d'extases sans fin.

Et c'est ainsi que leur accord fut scellé.

25

Beckham était manifestement un homme sans scrupules. Or, Gabriel le savait d'expérience, les rustres montrent souvent leur vrai visage lorsqu'ils ont bu.

Il confia à Wick une partie de son plan et lui demanda de faire servir ce soir-là du champagne en abondance. Wick fit les gros yeux devant cette nouvelle dépense mais, au dîner, Gabriel put constater que les valets s'affairaient plus activement que jamais à remplir les verres des convives.

Son idée eut un effet remarqué sur sa propre tablée. Lady Arabella, la fille de lady Dagobert, cessa de couver Gabriel de regards énamourés pour reporter ses attentions sur le jeune lord Partridge, assis à sa gauche. Au quatrième service, ses joues avaient pris une charmante nuance de rose, et elle avait une nette tendance à se pencher d'un peu trop près vers l'épaule de son voisin.

Sa mère, en revanche, avait le teint brique et se tenait toujours droite comme un I. Au fil des plats, et alors que le vin continuait de couler à flots, elle se lança dans un interminable monologue au sujet d'une tante hypocondriaque de Tunbridge Wells.

Si Gabriel en jugeait aux éclats de rire qui provenaient de la table de Kate, la conversation y était incomparablement plus joyeuse. La seule fois où il regarda par-dessus son épaule, il vit lord Hathaway penché si près d'elle qu'il devait avoir une vue imprenable sur son décolleté.

Ce spectacle le plongea dans une telle rage qu'il dut rougir, car lady Dagobert lui demanda s'il était pris de convulsions.

— Ma tante, confia-t-elle, affirme qu'elle souffre de convulsions tous les jours à midi moins le quart. Je lui ai répondu qu'elle finirait par faire une crise d'apoplexie à l'heure du déjeuner.

Amusé malgré lui, Gabriel se pencha vers sa voisine pour lui demander, d'un ton de conspirateur :

— Vous qui connaissez tout le monde à Londres, que pensez-vous de lord Beckham ?

Apparemment friande de commérages, lady Dagobert afficha une mine gourmande.

— Eh bien, c'est un neveu du duc de Festicle, comme Votre Altesse le sait sans doute.

— Festicle, répéta Gabriel. Charmant patronyme !

— Il n'est pas du tout fréquentable, protesta la comtesse. Pour ma part, je désapprouve totalement la conduite de ce jeune homme.

Ils y étaient !

— C'est exactement mon avis, déclara Gabriel, à qui lord Beckham n'avait pas encore été présenté. C'est un libertin.

— Un décadent, renchérit lady Dagobert avant de redresser son turban, qui menaçait de tomber sur son saumon.

— N'exagérez-vous pas un peu ? fit Gabriel d'un ton faussement innocent.

— Votre Altesse ignore-t-elle qu'il a ruiné la réputation de plus d'une jeune femme ? Certes, elles s'étaient peut-être montrées un peu trop généreuses de leurs charmes, mais pour ma part, si j'étais jeune et un peu trop délurée – ce que je n'ai jamais été –, je me tiendrais à distance, si vous voyez ce que je veux dire.

— Vous êtes remarquablement avisée, madame, conclut Gabriel.

Puis, pris d'une humeur machiavélique, il fit signe à un valet de resservir du champagne. Avec une coupe de plus, lady Arabella irait-elle jusqu'à se jeter dans les bras de lord Partridge ?

Une fois que ses invités eurent quitté le salon de réception, certains soutenus par des domestiques, Gabriel rejoignit Beckham dans la salle de billard.

Ce dernier était assis dans un fauteuil, en train de regarder le sieur Toloose battre Dimsdale avec une précision militaire. Apparemment, Toloose était le seul à ne pas avoir bu une goutte d'alcool.

À son entrée, tout le monde le salua. La révérence de Dimsdale était la plus profonde de toutes… et la plus vacillante. Il ne restait qu'à lui souhaiter qu'il ne joue pas pour de l'argent.

Gabriel salua les gentlemen en retour et regarda Beckham. L'homme, qui devait avoir une quarantaine d'années, n'avait pas de menton, le cou un peu trop fin et une petite moustache qu'il faisait visiblement teindre.

— Quand la fiancée de Son Altesse doit-elle arriver ? demanda Beckham.

— Espérons qu'elle sera là avant le bal ! s'exclama Toloose en essuyant sa queue de billard. Toutes les plus jolies fleurs d'Angleterre sont ici, rêvant d'être cueillies par Son Altesse, et elles ne renonceront pas tant que la princesse ne sera pas à Pomeroy Castle.

Beckham éclata de rire.

— Vous choquez notre hôte, Toloose ! Votre Altesse, excusez-le. Il est assez grivois, mais il ne pensait pas à mal.

Gabriel croisa le regard de Toloose par-dessus l'épaule de Beckham.

— Je ne connais pas encore la fiancée que mon frère a choisie pour moi. Nous aurons quelques semaines pour faire connaissance et prendre notre décision.

— Ce qui laisse à Votre Altesse le loisir de profiter des charmes de nos beautés anglaises, ricana Beckham.

Gabriel retint une soudaine envie de le gifler.

— Les jeunes ladies anglaises sont exquises comme des roses, comme le dit si bien M. Toloose, rétorqua-t-il. D'ailleurs, il m'a présenté ce matin une charmante demoiselle. Miss... Quel est son prénom ? Elsie ? Emmy ? Elle a de très beaux yeux bleus. Très séduisante.

Du coin de l'œil, Gabriel vit Toloose arquer un sourcil intrigué. En effet, jamais celui-ci ne lui avait présenté Effie Starck.

Un silence gêné tomba sur la petite assemblée.

— Effie Starck n'est plus de première fraîcheur, ironisa Beckham. Elle a au moins vingt ans.

— Sa réputation a été ternie par certains bruits, bien que je n'y aie jamais réellement cru en ce qui me concerne, expliqua lord Dewberry en mâchonnant son cigare, le regard vrillé sur Beckham. Ce doit être un malentendu.

— Absolument, renchérit lord Wrothe en s'approchant d'eux. Qui pourrait croire que miss Starck s'en soit ainsi prise à Beckham ?

Il avait sans doute bu plus que son compte, mais il semblait étonnamment ferme sur ses jambes et sa voix était posée.

— J'ai quelques admiratrices, se défendit Beckham en s'empourprant.

— Que s'est-il passé, au juste ? questionna Dimsdale avec sa maladresse habituelle. Vous aurait-elle donné un baiser, Beckham ?

— Dieu du ciel ! renchérit Gabriel. Elle vous a embrassé de force, lord Beckham ? Heureux homme !

— Elle a fait plus que cela, marmonna celui-ci, paraissant enfin s'aviser que l'atmosphère n'était pas très chaleureuse à son égard.

Gabriel fit signe à un valet.

— Apportez du champagne pour mes invités !

— D'après ce que j'ai compris, expliqua Toloose depuis la table de billard, tout en disposant les boules pour une nouvelle partie, elle a été tellement affolée par votre séduction, Beckham, qu'elle aurait tenté de vous palper les parties intimes.

Gabriel parcourut d'un regard dubitatif le crâne dégarni de l'intéressé, son petit menton fuyant, les épaulettes rembourrées de sa veste et ses souliers à boucle.

— Très étrange... murmura-t-il. N'y voyez aucune insulte, Beckham, mais les jeunes femmes sont si frivoles, d'ordinaire ! Elles ont tendance à se contenter des apparences plutôt que de s'assurer de la... valeur d'un homme.

— À mon avis, intervint Dewberry, le plus étrange, c'est que miss Starck n'est pas la seule dans ce cas. La fille de l'un de mes cousins a entendu une histoire similaire en Écosse. La demoiselle, une dénommée Delia, avait paraît-il entraîné de force Beckham dans un placard.

Celui-ci jeta un regard désespéré vers la porte, mais Gabriel lui barrait le chemin.

— Décidément, les roses anglaises sont bien délurées, commenta-t-il. Elles ont pourtant l'air si sérieuses !

— Cette Delia n'avait rien d'une croqueuse d'hommes, précisa Dewberry. Et sa version des faits n'était pas exactement la même.

— Tiens donc ? fit Gabriel. Beckham, vous avez eu de la chance que son père ne vous provoque pas en duel. Sur le Continent, nous sommes plus prompts à dégainer l'épée.

— Delia était déjà fiancée. Aujourd'hui, elle a deux enfants, expliqua Dewberry. C'est une chance, car elle n'a plus son père pour la protéger. Tout comme miss Starck, d'ailleurs.

— J'ai du mal à voir le rapport avec la question de Son Altesse, protesta Beckham de sa voix haut perchée.

L'élégance éveille toujours l'intérêt des femmes. Si ces messieurs désirent quelques conseils pour plaire aux dames, je leur en donnerai volontiers.

C'était bien essayé, pensa Gabriel.

— Seriez-vous en train de suggérer que c'est votre mise qui a excité la passion de miss Starck ? s'enquit Toloose d'une voix nonchalante, tout en s'approchant de Gabriel. Pardonnez-moi, mais dans ce cas, je m'étonne qu'elle n'ait jamais posé les yeux sur ma personne.

Toloose était sans conteste l'homme le plus élégant à des lieues à la ronde, songea Gabriel. Même son frère Rupert aurait regardé avec envie sa veste à queue de pie et ses manchettes à revers.

— Je ne comprends pas, gémit Dimsdale. Miss Starck a-t-elle entraîné Beckham dans un placard, oui ou non ?

— Non, bougonna Beckham.

— C'était Delia, précisa Gabriel.

— Je me disais, aussi ! s'écria Dimsdale. Miss Starck est bien trop menue pour faire une chose pareille. Elle n'a pas la carrure.

— Je crois qu'il y en a eu une troisième, murmura Wrothe. N'est-ce pas, Beckham ? Cette femme qui s'en est prise à vous il y a quelques années, à l'Almack ?

— Incroyable ! s'exclama Gabriel. Voilà un homme qui a eu la chance de faire perdre la raison à trois jeunes femmes ?

— Seulement voilà, fit Dimsdale d'une voix un peu pâteuse, avait-elle un papa ? Je veux dire, un papa encore en vie ?

— Excellente question, mon neveu, le félicita Gabriel. Lord Wrothe, vous souvenez-vous du nom de cette jeune personne ?

Puis, se tournant vers Beckham, il reprit :

— Ou vous, lord Beckham ? On n'oublie pas une telle aventure.

Beckham haussa les épaules d'un air indifférent.

— Suis-je supposé me rappeler toutes les coquettes que j'ai croisées dans ma vie ? L'Almack grouille de dévergondées !

Il vida sa coupe et ajouta :

— Et maintenant, si vous voulez bien m'excuser, je vais me retirer.

— Allons, pas de façons entre nous, lord Beckham ! protesta Gabriel. Vous souvenez-vous, oui ou non, du nom de cette jeune femme qui vous aurait fait des avances malvenues ?

Beckham serra les dents.

— Je sais ! s'écria Wrothe. Elle s'appelait Wodderspoon.

— La fille de sir Patrick Wodderspoon ? demanda Dewberry en fronçant les sourcils. J'étais à Eton avec lui. Il est mort voici plusieurs années.

— Pas de papa, gémit Dimsdale d'un ton désolé. Elle n'avait pas de papa.

— Bonté divine ! s'exclama Gabriel. L'Angleterre est décidément pleine d'orphelines aux mœurs légères !

— C'est bon, grommela Beckham en faisant signe au valet de lui verser du champagne dans sa coupe.

Il avala celle-ci dans un silence glacé et regarda la petite assemblée.

— Elles veulent toutes la même chose, reprit-il. Grattez le vernis de n'importe quelle prétendue lady et vous ne trouverez qu'une traînée.

À ces mots, Gabriel se tourna vers le valet.

— Faites appeler M. Berwick. Lord Beckham nous quittera plus tôt que prévu.

— Il aurait pu faire cela à ma Victoria, gémit Dimsdale en regardant Beckham d'un air horrifié. Elle n'a pas de papa, elle non plus. Sa réputation aurait été ruinée !

— Il est trop tard pour aider miss Wodderspoon, déclara Dewberry en croisant les bras. Quant à Delia, elle est mariée. En revanche, dans le cas de miss

Starck… Je suppose que plus aucun jeune homme ne lui adresse la parole, maintenant ?

— Il n'a qu'à l'épouser, suggéra Dimsdale. Et promettre sur l'honneur de ne plus jamais faire courir ce genre de bruits.

— Beckham n'a pas d'honneur, dit platement Dewberry.

— Et je doute que miss Starck veuille de lui, ajouta Wrothe.

Les joues de Beckham avaient pris une vilaine nuance brique. Il esquissa une révérence guindée en direction de Gabriel :

— Je crois qu'il serait préférable que je m'en aille, Votre Altesse.

— En effet, mais pas tant que nous n'aurons pas réglé la question de vos excuses à miss Starck.

Beckham émit un petit rire outré.

— Parfait. Je vais dire à tout le monde que cette traînée embrasse comme un poisson mort et que j'ai préféré épargner cette épreuve aux autres.

Ce fut plus fort que lui. Le poing de Gabriel s'abattit sur la mâchoire de Beckham. Ce dernier recula en vacillant, heurta la table de billard et roula sur le sol.

— S'est-il évanoui ? demanda Toloose, comme Beckham ne se relevait pas.

— Non, répondit Dimsdale en se penchant. Je crois que ses paupières bougent.

Gabriel remit Beckham sur ses pieds sans ménagement.

— Eh bien, reprit-il. Que comptez-vous dire au sujet de miss Starck ?

Une étincelle de rage passa dans les yeux de Beckham.

— Que le prince m'a contraint par la violence à laver la réputation de sa petite protégée ?

Cette fois, Beckham vola dans les airs avant d'atterrir sur la table de billard.

Dimsdale tenta de l'aider à se redresser, en vain.

— Ceci est assez lassant, fit remarquer Gabriel, mais je pense qu'il est prêt à dire la vérité.

Il se tourna vers un valet :

— Veuillez demander à lady Dagobert de nous rejoindre ici de toute urgence.

Dewberry le regarda, bouche bée, tandis que Toloose éclatait de rire.

Quelques instants plus tard, Beckham se redressa enfin dans un gémissement douloureux.

— La comtesse Dagobert sera ici dans quelques instants pour entendre votre confession, déclara froidement Gabriel. Me fais-je bien comprendre ?

— Impossible, protesta Beckham en se massant la joue. Je serai mis au ban de la bonne société. Vous ne connaissez pas l'Angleterre ! Plus personne ne me parlera. Je devrai vivre en reclus à la campagne.

— Jusqu'à la fin de vos jours, renchérit Dewberry avec malice.

— Très bien. Je vais épouser cette fille ! proposa Beckham en jetant des regards éperdus d'un visage à l'autre. C'est le mieux que je puisse faire. Croyez-moi, elle va sauter sur l'occasion, mais je veux bien y consentir pour prouver que je suis un gentleman et que...

— Miss Starck n'a aucune envie de vous épouser, l'interrompit Gabriel.

— J'ai une superbe propriété ! plaida Beckham, les yeux fous d'angoisse. Cette fille peut se réjouir de son sort. Je...

La porte s'ouvrit à cet instant. Lady Dagobert, coiffée d'un bonnet de nuit et drapée d'une vaste robe de chambre, fit son entrée.

— Je croyais qu'il y avait un incendie ! Et tout ce que je vois, c'est une poignée de gentlemen en état d'ébriété. Peut-on m'expliquer... ?

— Mes hommages, milady, fit Gabriel. Je crois que lord Beckham souhaiterait soulager sa conscience, et vous êtes la seule à pouvoir l'entendre.

— Une confession ? Je ne suis pas une papiste ! glapit la comtesse.

Puis, dans un soupir de résignation, elle se tourna vers Beckham.

— Eh bien, qu'avez-vous à dire, mon garçon ?

— Miss Starck a refusé mes avances, énonça-t-il d'un trait. Elle m'a blessé avec sa fourchette pour repousser un geste audacieux de ma part.

Dans un silence de mort, lady Dagobert arqua un sourcil dégoûté.

— Monsieur, vous êtes un méprisable personnage. J'espère ne plus jamais croiser votre chemin.

Beckham déglutit. Manifestement, c'était aussi son souhait le plus cher.

— Je rétablirai dès demain la réputation de miss Starck, déclara la comtesse. J'ai la faiblesse de croire que la bonne société accorde quelque crédit à ma parole.

Personne, dans la pièce, ne douta un instant que le nom de miss Starck serait désormais aussi pur que celui d'un nouveau-né.

Lady Dagobert se tourna vers Gabriel :

— Votre Altesse a bien dit que lord Beckham devait partir pour raisons de santé ?

— En effet, confirma Gabriel, hilare.

— Je conseille un voyage en Jamaïque. À ce que l'on dit, seule une personne sur deux s'y fait dévorer par les requins. Cela lui laisse des chances raisonnables de s'en sortir.

Gabriel la salua d'un hochement de tête.

— Vos désirs sont des ordres, madame.

Elle émit un ricanement désabusé.

— Que Votre Altesse m'épargne ses flatteries.

Et, sur ces mots, elle quitta la pièce.

— En Jamaïque ? protesta Beckham d'une voix blanche. Il n'en est pas question ! Je veux bien me retirer à la campagne jusqu'à l'automne, mais c'est déjà un énorme sacrifice. On va me regretter.

Gabriel regarda par-dessus son épaule. Wick était arrivé, escorté de plusieurs valets. Quelques instants plus tard, Beckham s'en allait, encadré par le major-dome et les domestiques.

— Je savais que quelque chose clochait dans cette affaire, mais je n'ai jamais pris le temps d'y réfléchir, marmonna Dewberry d'un air contrarié. J'ai honte de moi.

— Peut-être fallait-il seulement qu'un homme s'inté-resse de près à l'une de ces jeunes femmes pour que toute la lumière soit faite sur ces histoires, commenta Toloose. Miss Starck a bien de la chance d'avoir ren-contré Votre Altesse.

— Je ne l'ai jamais croisée, avoua Gabriel. Je voulais seulement forcer Beckham à révéler sa vraie nature.

— Quelle bonté d'âme ! s'exclama Toloose en arquant un sourcil amusé.

Puis, lui tendant une queue de billard, il ajouta :

— Je suis presque désolé de devoir battre un homme aussi vertueux.

— Me battre ? répéta Gabriel en enduisant de craie l'extrémité de la canne.

— Pour l'honneur de mon pays, se défendit Toloose.

Puis, désignant la table de billard d'un regard de connaisseur :

— J'ignorais que ce château possédait une aussi splendide pièce.

— Elle n'appartient pas au château, dit Gabriel.

— Ah non ? s'étonna Dimsdale en s'approchant. Alors d'où vient-elle ?

— C'est le seul meuble que j'ai apporté dans mes bagages quand j'ai quitté le Marburg, révéla Gabriel en décochant à son adversaire un sourire carnassier. Combien misez-vous, Toloose ?

Celui-ci éclata d'un rire joyeux.

26

La campagne de réhabilitation menée par lady Dagobert s'avéra efficace. Kate apprit la disgrâce de lord Beckham le lendemain matin à son réveil, lorsque Rosalie vint lui apporter son chocolat. Elle en eut la confirmation dans l'après-midi quand, sur l'invitation de lady Arabella, elle retrouva d'autres jeunes femmes dans le petit salon rose.

Toutes ces demoiselles étaient d'accord : jamais elles n'avaient eu confiance en lord Beckham. Quant à miss Starck, elle était à présent plus pure que la colombe.

— Montrez-nous donc comment vous l'avez embroché avec votre fourchette, demanda Henry.

Elle en prit une sur le plateau du thé et poursuivit :

— Je ferais bien de m'entraîner, cela me sera peut-être utile. Comme ceci ? Comme cela ?

Kate éclata de rire en la voyant agiter sa fourchette dans les airs tel un escrimeur.

— Je ne saurais dire, répondit miss Starck, les joues roses d'excitation. Cela s'est passé si vite ! Tout ce que je savais, c'est que je devais me protéger.

— Quant à moi, déclara lady Wrothe, j'espère simplement ne pas avoir atteint l'âge où les gentlemen pourraient hésiter à se montrer entreprenants. Là, je crois que je maîtrise mon arme. Je pourrais être très dangereuse. À condition que quelqu'un m'en donne l'opportunité. Je devrais peut-être demander à lord Wrothe de me servir de cobaye ?

Lady Dagobert leva les yeux du petit secrétaire où elle était occupée à écrire des missives à « tous les gens qui comptaient », comme elle le formulait elle-même.

— Je considère que transpercer son mari à l'aide d'une fourchette dénote un déplorable manque de moralité, décréta-t-elle.

— Parce qu'*elle*, chuchota Henry à Kate, assassinerait lord Dagobert du premier coup.

— Parlons plutôt du bal de demain soir, proposa lady Arabella après avoir jeté un bref regard en direction de sa mère. Qu'allez-vous porter, miss Daltry ? Vous qui avez toujours un goût si parfait, aurez-vous vos pantoufles de verre ?

Kate chercha une réponse, mais sa marraine bondit à son secours.

— Des pantoufles de verre ? Qu'est-ce que cela ? Une nouveauté qui m'aura échappé à cause de ce voyage à l'étranger au printemps, je suppose ?

— Ce sont les plus adorables escarpins que l'on puisse imaginer, roucoula lady Arabella. Miss Daltry en a lancé la mode. Je rêverais d'en avoir une paire, mais maman est inflexible.

— Au prix qu'ils coûtent, ils doivent être en diamant, marmonna lady Dagobert, levant de nouveau la tête. C'est une dépense extravagante.

— Ils ne risquent pas de se casser et de vous couper le pied ? s'enquit Henry avec intérêt. Je suis peut-être un peu trop forte pour prendre ce risque.

— Ils ne sont pas réellement en verre, expliqua Kate tout en cherchant désespérément à se rappeler ce que Rosalie lui avait dit à ce sujet. Et pour répondre à votre question, oui, j'en porterai.

— Suivre la dernière mode est toujours terriblement dispendieux, commenta Henry. L'an dernier, à cause de cette folie pour les plumes d'autruche, ma chambre en était jonchée.

— Pour ma part, annonça lady Dagobert, je porterai une robe de satin blanc drapée de dentelle de Bruxelles dorée. Avec huit plumes d'autruche blanches.

— Du blanc, encore du blanc, toujours du blanc... murmura Henry. Il faudrait que quelqu'un lui dise qu'elle n'est plus une débutante.

Kate réprima un fou rire.

— Moi, déclara lady Starck, j'aurai une tunique drapée. Et vous, miss Daltry ? Vous êtes toujours si inspirée !

Kate n'en avait pas la moindre idée.

— Oh, répondit-elle d'un ton léger, j'ai apporté trois ou quatre tenues. Je me décide toujours au dernier moment.

— Et votre coiffure ? questionna lady Arabella.

— Je n'en ai aucune idée, répliqua Kate en jetant un regard désespéré à sa marraine. En ce moment, je ne peux plus me passer de mes perruques.

— J'en ai apporté une superbe, dit lady Arabella.

— Les gentlemen n'aiment pas que les jeunes femmes portent des postiches, décréta lady Dagobert. Combien de fois vous l'ai-je déjà répété, Arabella ? Ils veulent voir leurs cheveux pour savoir quelle mère elle sera.

Un silence tomba sur la petite assemblée.

— Alors c'est une bonne chose que j'aime les perruques, fit lady Wrothe, faisant allusion au fait qu'elle n'avait pas eu d'enfant. Sinon, aucun de mes trois maris ne m'aurait regardée.

— Veuillez excuser les paroles de ma mère, murmura lady Arabella.

— Je vous ai entendue, ma fille ! s'écria lady Dagobert. S'il y a des excuses à présenter, c'est à moi de le faire.

Puis, se tournant vers lady Wrothe, elle reprit :

— Veuillez me pardonner, Henry. Je n'aurais pas dû évoquer ce sujet devant vous.

— C'est du passé, répondit lady Wrothe avec un petit haussement d'épaules. Savez-vous, Mabel, je crois bien que c'est la première fois que vous m'appelez par mon prénom.

— Et la dernière, rétorqua celle-ci en reprenant sa correspondance. L'usage du nom de baptême dans la conversation est effroyablement vulgaire. Et je ne parle pas de ce surnom ridicule.

— Je savais que j'avais une bonne raison d'adorer mon prénom, murmura lady Wrothe. C'est à cause de mon incurable vulgarité.

— Je vais vous dire ce qui est vraiment vulgaire, répliqua la comtesse. C'est la façon dont cette Emily Gill fait les yeux doux au prince. Car il faut se rappeler que cet homme est un prince.

— Et très séduisant, ajouta Henry.

— Certes, mais c'est aussi un étranger, et c'est notre hôte. Et il y a une princesse qui doit arriver aujourd'hui pour l'épouser. Miss Gill le dévisage comme s'il était un dieu.

— Bah ! ricana Henry. Les dieux ne portent pas de vêtements. Du moins, pas ceux des marbres d'Elgin, au British Museum. J'ai consacré assez de temps à les étudier pour le savoir.

— Ma foi, prenez-le comme il vous plaira... marmonna lady Dagobert.

— Miss Gill est très éprise, intervint lady Arabella. Elle m'a dit hier que le prince lui avait souri. Son cœur a battu si fort qu'elle a failli perdre connaissance.

— Même si sa fiancée n'était pas sur le point d'arriver, jamais il ne l'épouserait, objecta lady Dagobert. Ce château doit coûter une fortune à entretenir. Rien que les frais du personnel doivent s'élever à plusieurs milliers de livres par an.

— J'aimerais bien posséder une fortune, soupira lady Arabella. Il est si beau !

— Je ne vous donnerai pas à un chasseur de dot, marmonna sa mère en paraphant sa lettre d'une élégante volute.

Puis, faisant signe à un valet, elle lui tendit le pli en lui demandant de le mettre au courrier du soir.

— Vous êtes très attentive à votre fille, la complimenta timidement miss Starck. Je sais que maman aurait dit la même chose à votre place, mais elle a été si choquée par le départ de lord Beckham qu'elle doit garder le lit toute la journée.

— Votre mère possède la résistance nerveuse d'un poulet sous la pluie, commenta lady Dagobert. Quant à ce vaurien, même s'il revient vivant de son périple aux Caraïbes, il ne montrera plus son nez dans la bonne société. J'ai écrit à toutes les personnes que je connais. Et celles que je ne connais pas ne comptent pas.

— Vous êtes la bonté même, la remercia miss Starck.

— J'ai également écrit à l'ancienne miss Wodderspoon. L'une des premières jeunes femmes qu'il a agressées. Par chance, ses fiançailles avaient été arrangées dès le berceau. Savez-vous qui elle est, aujourd'hui ?

Henry fronça les sourcils. Lady Arabella, miss Starck et Kate secouèrent la tête.

— La duchesse de Calvert, annonça lady Dagobert d'un ton triomphal. Je lui ai écrit, ainsi qu'au duc, que j'ai connu en culottes courtes. J'ai pensé qu'il était important qu'il apprenne la vérité au sujet de son épouse.

— Croyez-en mon expérience, riposta Henry, un homme apprend la vérité au sujet de son épouse dans les semaines, si ce n'est dans les heures, qui suivent le mariage.

— Tout à fait d'accord, admit la comtesse, mais cela ne peut pas faire de mal. Si lord Beckham ose montrer de nouveau son vilain nez en Angleterre, le duc le lui coupera. Il y a juste une petite chose que j'aimerais savoir.

Tous les regards se tournèrent vers elle. Lady Dagobert avait tellement l'habitude de tout savoir que son aveu d'ignorance surprit tout le monde.

— Pourquoi a-t-il fait cela ? demanda-t-elle.

— Les hommes de son acabit ne peuvent pas se retenir ! répliqua lady Wrothe avec dédain. J'en ai connu d'autres que celui-ci. Lord Beckham n'a jamais réussi à séduire une femme, alors il a détruit celles qui ont eu l'audace de l'éconduire, comme notre courageuse miss Starck.

— Pas *lui*, rectifia lady Dagobert. Le prince. Pourquoi s'en est-il ainsi pris à lord Beckham ?

— Son Altesse est un vrai souverain, s'exclama lady Arabella avec dévotion. Il a vu une injustice et l'a réparée, comme le roi Salomon.

— Le prince est un homme d'une grande moralité, renchérit miss Starck avec des inflexions dramatiques. Il ne supporte pas les malfaisants. Tel un ange de la vengeance, il a dégainé son épée céleste pour en frapper l'envoyé du diable !

— Ce n'est tout de même pas saint André ! ironisa la comtesse en fronçant les sourcils. Ne me donnez pas envie de parler de vos idées folles à votre mère, ou elle vous obligera à lire la Bible ce soir.

— Je vous en prie, ne dites rien à maman ! la supplia miss Starck. Elle est déjà très inquiète à l'idée que je sois fatiguée, si l'on danse ce soir. Je suis tellement impatiente de voir la princesse russe ! Il paraît qu'elle sera là pour le dîner.

— On doit danser, ce soir ? s'étonna la comtesse. Sans parler du bal de demain ! Nous ferions mieux de prendre un peu de repos, Arabella. Toute cette correspondance m'a épuisée. Venez avec nous, miss Starck.

Miss Starck et lady Arabella se levèrent docilement et quittèrent la pièce à la suite de lady Dagobert, tels deux petits bateaux escortant un navire royal.

27

Lady Wrothe les regarda partir et se tourna vers Kate.

— Je suppose que *vous* n'avez aucune explication à la soudaine manie du prince de jouer les redresseurs de torts ?

— J'ai peut-être mentionné le calvaire de miss Starck, répondit Kate avec prudence.

— Et il a enfourché son blanc destrier pour sauver l'orpheline en détresse... Voilà qui est curieux, ma chère enfant. Très curieux. À votre place, je me tiendrais sur mes gardes. Lorsqu'un homme commence à se comporter comme un chevalier de la Table ronde, c'est qu'il a l'intention de froisser des draps. Les vôtres, en l'occurrence.

— Oh, non, protesta faiblement Kate.

Ses joues s'empourprèrent tandis qu'une vision s'imposait à son esprit – le prince Gabriel se glissant entre ses draps pour l'attirer dans ses bras et...

— Oh, si, répliqua sa marraine. Et un conseil : ne jouez jamais pour de l'argent, ma belle. Vos péchés se lisent sur votre visage.

— Mes péchés ? répéta Kate. Je n'ai pas...

— Vos *futurs* péchés, rectifia Henry, un éclat amusé dans les yeux. Prenez juste vos précautions. Vous savez comment faire pour ne pas avoir de bébé ?

— Bien entendu, marmonna Kate, rougissant de plus belle, mais je n'en ai nul besoin. Je lui ai dit...

Elle se mordit les lèvres.

— Fascinant, murmura lady Wrothe. Malheureusement, sa future épouse sera ici d'un moment à l'autre. Voudriez-vous sa place, si on vous l'offrait ?

— Certainement pas, assura Kate avant de prendre la tasse de thé que Henry lui tendait.

— Pourquoi ? Il a fort belle mine, il sait se tenir et il sent bon. Vous pourriez trouver pire.

— C'est le portrait de mon père, répondit Kate sans s'émouvoir. Jusqu'au fait qu'il va se marier pour de l'argent. Ce n'est peut-être pas sa faute, de même que ce n'était pas celle de mon père, mais je n'ai pas l'intention de me coucher seule pendant que mon mari ira avec une autre.

Henry fit la grimace.

— Voilà que je me sens coupable. Vous devez savoir que ce n'est pas le genre d'émotions que je nourris, en général.

— Je ne parlais pas de vous ! protesta Kate. Et, entre nous, j'aurais préféré qu'il faute avec vous plutôt qu'avec Mariana. Ce que je veux dire, c'est qu'il n'aimait pas ma mère. Il ne l'honorait pas et ne la chérissait pas. Je veux un *vrai* mariage, Henry.

— Un vrai mariage ? Je ne vois pas ce que vous entendez par là, ma chère. Le mariage est une affaire complexe.

— Sauf s'il est basé sur l'amour et le respect.

— Qui vous dit que le prince n'en éprouve pas à votre égard ?

— Il ne ressent rien d'autre que du désir, répliqua Kate sans détour. Cela ne signifie pas grand-chose.

— Sans le désir, il n'y a rien. Je veux dire, entre un homme et une femme… Regardez « votre fiancé », lord Dimsdale. Si une femme a eu la chance d'éprouver de l'attirance pour lui, l'affection suivra probablement. Sinon… je n'en jurerais pas.

238

— Le prince Gabriel n'aime pas l'idée d'être contraint de se marier pour l'argent. Ce n'est pas dans sa nature. Voilà pourquoi il recherche mes faveurs, à ses moments perdus. Il voudrait faire de moi sa maîtresse. Il joue au prince amoureux d'une bergère.

Il y eut un silence.

— Voilà une vision assez froide du personnage, dit finalement Henry. Pour ma part, je pense que c'est un homme passionné. Capable de renoncer à tout s'il rencontre la femme qui est faite pour lui.

— Un prince ne peut pas faire cela, protesta Kate. Son mariage est une affaire d'État, pas une question privée.

— Alors, sous ce rapport, vous ne pouvez pas dire qu'il est exactement comme Victor.

— C'est vous que mon père aurait dû épouser, soupira Kate.

— Dans ce cas, vous ne seriez pas ici, lui fit remarquer Henry. Et qui plus est, j'adorais mon premier mari. Et j'aime aussi Leo de tout mon cœur. Mon deuxième époux ne m'a pas laissé un souvenir impérissable, mais moi-même, je n'étais pas aussi enthousiaste. Quoi qu'il en soit, ne vous imaginez pas que Juliette pleure Roméo jusqu'à la fin de ses jours. Du moins, ce n'est pas mon cas.

Kate éclata de rire.

— Je ne vous vois pas vous lamenter.

— Précisément. Cela ne sert à rien.

— Tout ce que je voudrais, reprit Kate, c'est me marier sans faire attention à la question de l'argent.

— Prenez surtout garde de ne pas tomber amoureuse d'un homme qui se marie en faisant attention à la question de l'argent.

— Je vous le promets.

— J'aimerais vous croire, marmonna Henry. Pour ma part, si j'avais votre âge, je serais folle du prince Gabriel.

— Je vais plutôt commencer par chercher un homme qui m'aime pour ce que je suis. Et ensuite, je tomberai amoureuse de lui.

Lady Wrothe poussa un soupir navré.

— Je suppose que mon pauvre Dante n'est plus dans la course, n'est-ce pas ? J'ai peur qu'il se soit pris d'une grande affection pour vous.

— Lord Hathaway est un homme merveilleux,

— Lord Hathaway est un homme *ennuyeux*, rectifia Henry. Ce pauvre cher Dante, avec ses histoires de corbeaux et de vicaire... Il finira avec miss Starck, tout compte fait. Cela dit, je dois avouer que je la trouve nettement plus sympathique que je ne l'aurais cru.

— Il a de la chance de l'avoir rencontrée. Elle saura toujours l'amuser. Savez-vous qu'elle possède un vrai talent pour les histoires romanesques ?

— Il est vrai qu'elle sait manier les mots. Si vous aviez vu la tête de lady Dagobert quand elle a décrit le prince Gabriel comme un ange de la vengeance !

Henry se leva, avant de déclarer :

— La soirée promet d'être passionnante. J'espère que cette princesse russe est une beauté. Dans son propre intérêt.

28

Tout en quittant le salon en compagnie de sa marraine, Kate songea que celle-ci était en dessous de la vérité.

Existait-il seulement un terme pour décrire l'intense excitation qui s'emparait d'elle à mesure que la soirée approchait ?

Depuis qu'elle avait ouvert les yeux ce matin-là, elle ne pensait qu'à la promesse de Gabriel de lui donner du plaisir. N'avait-il pas dit... de *l'aimer* ? À quoi avait-il fait allusion ?

Son impatience n'avait fait que croître lorsqu'elle avait compris qu'il avait rempli sa part du marché. Lord Beckham avait été disgracié. La réputation de miss Starck était lavée.

Kate devait maintenant tenir sa promesse et accorder au prince ce qu'il désirait.

Tandis que lady Wrothe partait retrouver son mari, Kate gravit l'escalier en cherchant désespérément à mettre de l'ordre dans ses pensées.

Vous donner du plaisir... Ces mots éveillaient en elle un trouble indéfinissable. Il lui semblait qu'un incendie courait dans ses veines, attisé par un vent brûlant... Elle ne pouvait s'empêcher de chercher Gabriel, persuadée qu'il allait apparaître au détour d'un couloir.

Il lui fallut faire appel à toute sa volonté pour ne pas redescendre les marches et s'attarder dans le salon, en espérant le croiser. Ou, plus humiliant encore, aller demander à M. Berwick où se trouvait le prince.

Sa fierté piquée au vif par cette perspective, elle remonta rapidement le couloir qui menait à l'aile ouest.

Elle le laisserait l'embrasser. En revanche, elle n'avait nul besoin de se ridiculiser en lui montrant le trouble qui était le sien !

Elle allait simplement lui offrir ce qu'il attendait d'elle et le quitter en ayant conservé sa dignité intacte. Le cœur battant la chamade, elle hâta le pas.

Voilà pourquoi il ne fut guère étonnant qu'au tournant de la galerie des portraits, elle heurte quelqu'un qui venait en sens inverse.

Quelqu'un qui n'était *pas* Gabriel. Elle le comprit immédiatement, car elle connaissait par cœur le parfum de cuir et de santal qui émanait du prince. Celui qu'elle avait failli renverser sentait l'enclos à cochons et le savon.

— Votre Altesse ! s'écria-t-elle en plongeant dans une profonde révérence devant le prince Ferdinand, l'oncle de Gabriel. Je vous présente mes excuses, je ne regardais pas où j'allais.

— Miss Daltry, n'est-ce pas ? demanda-t-il en l'examinant avec attention.

Ses cheveux gris semblaient jaillir de son crâne et il portait ses besicles tout au bout de son nez.

— Il n'y a pas de mal, ma chère. J'étais en train d'examiner ces portraits dans l'espoir de reconstituer la généalogie de la famille Pomeroy. L'histoire est extrêmement importante, savez-vous ?

D'un geste, il désigna le patriarche au long nez qui posait dans le cadre le plus proche de lui :

— Voici leur ancêtre. Apparemment, c'est ce gaillard qui a construit le château au XVe siècle.

— Depuis combien de temps n'y a-t-il plus de Pomeroy ici ? questionna Kate, sa curiosité prenant le pas sur son embarras.

— Des siècles. J'ai consulté ce matin un ouvrage de généalogie qui se trouve dans la bibliothèque. La lignée des Pomeroy s'est éteinte sous les Tudor.

Le prince Ferdinand fit quelques pas.

— Voyez-vous cette jeune femme ? C'est la dernière d'entre eux.

Il se tenait devant le portrait d'une lady au visage doux, assise avec une petite fille sur ses genoux. Elle portait une collerette de dentelle rigide, et un petit chien s'était réfugié sous son siège.

— C'était la dernière duchesse ? s'étonna Kate, tout en se demandant si le chien était Rascal, Dandy ou Freddie.

— La famille ne portait pas le titre ducal, rectifia le prince Ferdinand. Ils n'étaient que barons, rien de plus. Des barons très à l'aise, cependant. Avec un château de cette taille, ils devaient probablement aider la Couronne en fournissant des soldats et de rudes travailleurs. On en avait besoin à l'époque, en Angleterre.

— Comment s'appelait-elle ?

Le prince Ferdinand parcourut le grand feuillet couvert d'une écriture tremblotante qu'il tenait à la main.

— Églantine, dit-il après quelques instants. Ou peut-être est-ce le prénom de l'enfant ? Non, c'est bien lady Églantine. Voyons si je trouve le nom de sa fille… Je sais que je l'ai écrit quelque part.

— Cela pourrait-il être Merry ? demanda Kate tout en soulignant d'un doigt léger la joue de l'enfant souriante.

— C'est bien possible, répondit le prince en retournant sa feuille la tête en bas. Oui, je l'ai noté ici. Née en 1594, morte en 1597. Elle n'a vécu que trois ans, la pauvre petite.

— Il y a une statue à sa mémoire dans le jardin, dit Kate.

— Elle doit être inhumée dans la chapelle. J'ai cherché la clef, mais je ne l'ai pas trouvée. Mon neveu doit l'avoir cachée quelque part et Berwick ignore où elle est. Nous n'avons pas de chapelain, voyez-vous. Les personnes pieuses sont toutes restées au Marburg. Seuls les mécréants ont pris le bateau pour l'Angleterre.

Kate s'arracha à la contemplation de la mère et de l'enfant.

— Qui était l'époux de lady Églantine ? Ce gentleman ?

D'un geste, elle désigna un homme à l'allure fière, une main posée sur son épée.

— Aussi choquant que cela puisse paraître, je crois qu'elle ne s'est jamais mariée, répondit le vieil homme en passant une main dans ses cheveux, qu'il ne fit que hérisser davantage. Cet homme est son frère, le dernier lord Pomeroy. Il est mort en duel, sans laisser d'héritier. Il n'était d'ailleurs pas marié. Quant à lady Églantine, elle n'aurait pas hérité du titre, bien entendu. Le château est passé aux mains d'un lointain cousin, un dénommé Fitzclarence, dont les descendants ont vécu ici. Le château est la propriété du grand-duché du Marburg depuis deux ans.

— De quelle façon ?

— Mon frère, le grand-duc Albrecht de Warl-Marburg-Baalsfeld, est parent des Fitzclarence par la fille aînée du roi Frederick William II de Prusse, la princesse Frederica Charlotte, récita-t-il, comme s'il disait son catéchisme. Bref, Albrecht a hérité du château. Ce genre de choses arrive plus souvent que vous ne le pensez.

Kate, qui n'avait aucune opinion à ce sujet, garda le silence.

— Il est probable que personne ne se serait occupé de Pomeroy Castle, poursuivit le prince Ferdinand, et qu'il aurait fini par tomber en ruine, si Augustus n'avait cherché un endroit où exiler les brebis galeuses.

— L'Angleterre est un pays plutôt agréable, dit Kate, conciliante. Il y pleut souvent, mais nous sommes des gens fréquentables.

— C'est bien mon avis, assura le prince Ferdinand, et je ne voulais pas être désagréable. Nous subissons tous à l'occasion des revers de fortune. C'est surtout pour le jeune Gabriel que je m'inquiète. Vous ne le devineriez pas à le voir comme cela, mais il est remarquablement intelligent.

— Ah oui ? fit Kate en se mordant les lèvres pour ne pas rire.

— Il a obtenu un très bon diplôme chez vous, à Oxford. Il a même publié un mémoire sur la façon de fouiller un site antique sans le détruire. Tout le monde n'a pas ce souci.

— Je crois qu'il est heureux d'être ici avec vous, dit-elle.

— Et moi, je crois qu'il serait plus heureux en terre étrangère, à la recherche de tombes royales et de cités disparues. Seulement, je suis assez vieux pour savoir que la vie ne vous donne pas toujours ce que vous espériez.

— Préféreriez-vous être au Marburg ?

— Plus maintenant. Ces fanatiques religieux sont des gens pénibles. Toujours à vous demander d'apprendre par cœur tel ou tel verset !

Il lui décocha un petit sourire.

— Et surtout, j'ai découvert que même si vous apprenez la Bible par cœur, cela ne fera pas de vous quelqu'un de bon.

Puis, sans prévenir, il la salua d'un bref hochement de tête et s'éloigna en trottinant, laissant Kate au milieu de la galerie.

Sur un dernier regard à lady Églantine et sa fille, elle reprit son chemin vers sa chambre, pensive.

Quand le prince Gabriel viendrait-il réclamer son baiser ? Sans doute avant l'arrivée de sa fiancée. À cette idée, le brasier se raviva dans ses veines.

Elle allait prendre un bain parfumé. Après tant d'années au service de Mariana, il lui semblait qu'un tel luxe était le plus grand plaisir dans la vie d'une lady.

Ensuite, elle dirait à Rosalie ce qu'elle pensait de ses faux seins de cire, qui lui donnaient la pénible impression d'offrir son décolleté sur un plateau.

Quoique ! Toute la question était de savoir à *qui* elle les offrait...

Elle poussa la porte de sa chambre, se dirigea d'un pas rapide vers le cordon afin d'appeler Rosalie... et pila net.

Elle n'était pas seule.

29

Il était assis dans un fauteuil près de la fenêtre, en train de lire. Dans les rayons du soleil, des étincelles d'or illuminaient ses mèches fauves.

— À votre place, dit-il en désignant le cordon d'un regard, je n'en ferais rien.

Il tourna une page tandis qu'un sourire espiègle étirait les coins de ses lèvres.

— Votre femme de chambre risquerait d'être choquée.

— Gabriel ! s'écria-t-elle, le cœur battant. Que faites-vous dans ma chambre ?

— Je vous attendais. Vous avez une dette envers moi, au cas où vous l'auriez oublié.

— Il me semble avoir entendu quelque chose de ce genre, marmonna-t-elle en s'éloignant de lui.

Il prenait tant de place que la pièce lui semblait soudain étouffante.

— Où est Freddie ? s'enquit-elle.

— C'est au sujet de César qu'il faudrait vous inquiéter. Il est aussi colérique que ma tante Sophonisba, et ce n'est pas peu dire.

— Qu'avez-vous fait de mes chiens ? demanda-t-elle, alarmée.

— Ce fainéant de Freddie est ici, répondit-il en montrant l'animal, roulé en boule sur ses genoux.

Kate éclata de rire, soulagée.

— Et César ?

— Enfermé dans l'armoire. Il m'a pris pour un intrus.

— Vous *êtes* un intrus ! s'exclama-t-elle en allant libérer le chien.

— J'ai bien cru qu'il allait faire une crise d'apoplexie, répliqua Gabriel.

César gronda en direction des bottes de Gabriel, puis garda le silence.

Kate se pencha pour le prendre dans ses bras.

— Tu es un bon chien de garde, le félicita-t-elle. Tu savais que ce vilain prince risquait de briser ma réputation en entrant dans ma chambre, alors tu as tenté de donner l'alerte, n'est-ce pas ?

César émit un petit jappement.

— On pourrait presque croire que vous aimez cet animal, fit remarquer Gabriel en posant son livre.

Kate leva les yeux vers lui.

— Vous devriez quitter cette pièce, dit-elle. Si quelqu'un apprend que vous êtes venu ici...

— Je sais.

Il sortit un carré de dentelle noire.

— J'ai apporté un voile, ajouta-t-il. Personne ne vous reconnaîtra quand nous sortirons d'ici.

— Je ne vais nulle part avec vous. Je veux prendre un bain et me reposer avant ce soir. Au fait, votre fiancée est-elle arrivée ?

— Elle devrait être là dans quelques heures. Wick a mis tous les domestiques sur le pied de guerre.

Kate l'observa, intriguée.

— Êtes-vous excité à la perspective de la rencontrer ?

— Positivement fou de joie, rétorqua-t-il d'un ton morne. On dansera ce soir, et vous ne dansez pas.

— Je peux essayer, répondit-elle, un peu vexée.

— Pas tant que vous n'aurez pas pris quelques leçons. Et pas si vous ne voulez pas que tout le monde devine que vous n'êtes pas Victoria. Par chance, avec l'arrivée de la princesse Tatiana, personne ne s'apercevra de votre absence.

— En revanche, on risque de remarquer la vôtre, répliqua-t-elle.

— Je devrai faire quelques apparitions, concéda-t-il.

Kate le regarda, méfiante.

— Je ne vous ai promis qu'un baiser. N'en faites pas toute une affaire.

— J'ai mis ma vie en danger hier pour combattre ce traître, protesta Gabriel. J'espère que vous allez passer un peu de temps avec moi.

— Passer du temps... où ? Et d'ailleurs, vous êtes-vous vraiment mis en danger ?

Il lui montra sa main. Kate vit une minuscule éraflure sur son doigt.

— Juste Ciel ! Je frémis en songeant aux périls que vous avez affrontés.

— Et si nous y allions, à présent ? J'enverrai quelqu'un tout à l'heure pour promener vos chiens.

— Je ne vais nulle part. Je vous l'ai dit, je veux prendre un bain.

— Pas de problème. Ce sera difficile, mais je vous laisserai barboter tranquillement.

— Ici, insista Kate.

— Mes appartements sont dans la tour, dit-il simplement.

Kate s'apprêtait à refuser lorsqu'elle vit dans ses yeux une lueur inédite. Comme s'il doutait soudain de lui.

— S'il vous plaît, ajouta-t-il.

— Ma femme de chambre va bientôt venir m'aider à m'habiller, avança Kate, cherchant un prétexte pour refuser.

— J'ai demandé à Wick de la distraire.

— Vous avez demandé à...

Elle le fixa, furieuse.

— Que lui avez-vous dit exactement ?

— Croyez-moi, j'ai plus peur de lui que de Beckham. Il était fou de rage quand je lui ai dit que…

— Vous lui avez tout dit ? l'interrompit Kate, abasourdie. Tout le monde saura que je suis une prostituée avant la fin de la soirée !

Gabriel serra les mâchoires.

— Wick est mon frère. Il est ma main droite et mon meilleur ami. Il ne dira jamais rien à personne, ne serait-ce que parce qu'il désapprouve totalement.

— Il a bien raison. Je n'irai pas dans vos appartements. Le seul fait d'être vue à proximité suffirait à ruiner ma réputation.

— Personne ne vous verra. Ma tante loge dans la même tour et vous porterez le même voile qu'elle.

— C'est trop dangereux, insista Kate. Et si nous croisons une connaissance ?

— Wick a déjà informé lady Wrothe et Dimsdale que vous êtes indisposée.

— Vous avez tout prévu, grommela-t-elle.

— Kate. S'il vous plaît.

À ces mots, la résistance de la jeune femme fondit comme neige au soleil.

— Eh bien… J'adorerais voir ce coffret à osselets dont vous m'avez parlé. Je suppose que je peux vous rendre visite, concéda-t-elle. Une heure, pas plus.

Il lui tendit le voile.

— Tenez, mon cœur.

— Ne m'appelez pas comme cela, maugréa-t-elle tout en se drapant du voile et en le suivant dans le couloir. Je ne suis pas votre cœur. Je suis juste… eh bien…

— Je vous écoute, dit-il avant de lui prendre le bras. Qui êtes-vous ? Quand Wick m'a posé la question et que je lui ai répondu que vous étiez la plus jolie femme que j'aie eu envie de séduire, il a menacé de m'étrangler de ses mains si je le faisais.

— Je regrette qu'il ne l'ait pas fait. Je suis sûre que tout ceci va mal finir.

— Alors tout le monde croira que j'ai flirté avec miss Daltry. Miss *Victoria* Daltry.

— C'est déjà ce qu'ils pensent, gémit Kate. Victoria va être furieuse contre moi.

— Parce que vous aurez terni sa réputation ?

— Parce qu'elle n'aura pas connu le plaisir de flirter. Cela dit, elle est follement éprise de Dimsdale...

— Aussi incroyable que cela puisse paraître. Figurez-vous qu'il m'a dit hier qu'il devait aller à Oxford mais qu'il a renoncé, estimant que c'était une perte de temps.

— C'est tout lui, fit Kate dans un soupir. Je suis désolée.

— Pourquoi ? Il est de *ma* famille, après tout.

Au même instant, Kate entendit une voix familière s'élever non loin d'eux. Une voix qui chantait, avec des inflexions un brin pâteuses, une chanson à boire... avant de s'interrompre brusquement.

Kate tenta de voir à travers son épais voile noir, mais elle ne distingua que deux silhouettes sombres.

— Ma tante, dit Gabriel, permettez-moi de vous présenter lord Dewberry et lord Dimsdale.

Kate les salua d'un petit hochement de tête.

— C'est un honneur de faire la connaissance de Votre Altesse, déclara lord Dewberry.

Dimsdale, qui avait plongé jusqu'au plancher, n'avait pas encore entamé sa remontée.

Le cœur de Kate battait si fort qu'elle craignait qu'on ne l'entende. Si Dimsdale la reconnaissait, ce ne serait pas bien grave, mais si c'était lord Dewberry...

— J'espère que vous vous portez bien, Votre Altesse, fit Dimsdale d'un ton hilare.

— La princesse Maria-Therese est choquée par vos chansons de corps de garde, décréta froidement Gabriel. Auriez-vous abusé de la dive bouteille, vicomte ?

— L'excellent M. Berwick nous a montré les caves, ronronna Dimsdale. Votre Altesse possède un superbe cellier.

— Merci. Et maintenant, messieurs, si vous voulez bien nous excuser…

Sans un mot de plus, il entraîna Kate dans le couloir.

Alors qu'ils avaient fait quelques pas, elle entendit Dimsdale déclarer :

— Elle ressemble à un spectre, avec ce voile sur la tête.

Il y eut un murmure véhément, puis Dimsdale reprit, un ton plus bas :

— Je vous assure qu'elle doit faire peur aux petits enfants.

La main de Gabriel tremblait sur le bras de Kate.

— Allez-vous cesser de rire ? siffla-t-elle entre ses dents.

— C'est plus fort que moi ! chuchota-t-il. On ne devrait jamais fréquenter de trop près les gens de sa propre famille. Quand je pense que Dimsdale figure sur mon arbre généalogique ! Croyez-moi, mon amour-propre en prend un sacré coup.

30

Kate gravit les marches de pierre de l'escalier circulaire tout en essayant de ne pas se prendre les pieds dans son suaire... et de ne pas penser à la folie qu'elle était en train de commettre.

Le prince avait l'intention de la séduire. Elle ne pouvait en douter. Alors pourquoi se laissait-elle entraîner dans son repaire ? Voulait-elle, comme Victoria, ternir la mémoire paternelle en se retrouvant enceinte avant le mariage ?

En admettant que la mémoire paternelle puisse encore être ternie, songea-t-elle avec une pointe d'amertume. En vérité, le beau Victor s'en était chargé lui-même !

Elle laisserait Gabriel l'embrasser, mais rien de plus. Et cela, uniquement parce que – elle pouvait bien se l'avouer – elle avait un faible pour cet homme.

C'était sans doute monnaie courante pour lui, mais comme elle n'avait pas l'intention de le rendre encore plus arrogant qu'il ne l'était déjà, elle ne lui avouerait ses sentiments pour rien au monde.

Voilà pourquoi, lorsqu'elle put enfin ôter son voile, elle se composa un masque désabusé. Comme si elle visitait régulièrement les chambres des gentlemen...

Et comme si, par la seule force de sa volonté, elle pouvait se préserver de la fièvre de leurs baisers.

Au demeurant, la force de sa volonté avait été trempée dans l'acier de sept ans de chagrin, de privations et de travail acharné. Kate se savait assez solide pour sortir intacte de l'emprise du beau Gabriel.

— Jolie pièce ! s'exclama-t-elle en pivotant lentement sur elle-même.

De l'extérieur, les deux tours du château semblaient massives, mais les pièces qu'elles abritaient étaient vastes et claires, presque aériennes.

— La vue est superbe, dit-elle en admirant la vaste pelouse qui s'étendait jusqu'à un bosquet de hêtres. Et le labyrinthe paraît simple, vu d'en haut ! Quand je pense que lady Wrothe et moi nous y sommes perdues !

— Je vous montrerai comment parvenir au centre, promit Gabriel qui, adossé au mur, la couvait des yeux.

Sous la caresse de ce regard, un frisson parcourut la peau de Kate, éveillant une tiédeur coupable entre ses cuisses.

Pourquoi l'observait-il ainsi ? Et pourquoi lui faisait-il des promesses ? Seul l'instant présent comptait, pour un séducteur !

— Je ne peux rester que quelques minutes, lui rappela-t-elle.

— Venez voir de ce côté, dit-il en lui faisant traverser la pièce.

Les fenêtres du mur opposé donnaient sur une route qui serpentait entre les collines jusqu'à l'horizon noyé de brumes mauves.

— On se croirait dans un conte de fées ! s'émerveilla Kate.

— Le genre de conte où le prince se jette aux pieds de la bergère ? demanda-t-il d'un ton trop léger pour être honnête.

Se souvenant que la fiancée de Gabriel était supposée arriver par cette route, Kate pivota sur ses talons, traversa vivement la chambre, pila net en découvrant l'immense lit à baldaquin et recula comme si elle s'était brûlée, avant de revenir précipitamment là d'où elle venait.

— Bon, dit-elle, si nous passions à ce baiser ?

— Pas encore, fit Gabriel.

Indécise, elle prit place sur un fauteuil tendu de velours corail, lissa ses jupes et leva son regard vers son compagnon. Elle était lasse de leurs assauts de bons mots et de reparties subtiles. Ce jeu était trop sophistiqué pour elle.

— Vous m'avez posé une question, tout à l'heure. Qui suis-je ?

Sans la quitter des yeux, il s'assit en face d'elle.

— Je suis la fille aînée de mon père, Victor Daltry. Il était le fils cadet d'un comte et possédait une confortable propriété, achetée avec la dot de ma mère. Après le décès de celle-ci, il a légué le domaine à ma belle-mère, Mariana, qui la destine à sa fille Victoria.

— Alors, vous n'êtes pas illégitime.

— Non. Mes parents étaient mariés.

Et votre grand-père était comte.

— Je n'ai pas de dot. Mariana a congédié ma gouvernante et la majeure partie du personnel après la mort de mon père, il y a sept ans. J'ai appris à discuter la facture du pain et à réparer des bas, mais pas à danser la polonaise.

Gabriel lui prit la main avec une tendresse inattendue.

— Je suis désolé.

— J'aurais dû partir il y a longtemps, mais je n'ai pas eu le cœur d'abandonner les domestiques et les fermiers de mon père. Ma belle-mère a même chassé le régisseur, mais moi, elle ne pouvait pas me donner mon congé.

Il porta sa paume à ses lèvres pour y déposer un baiser.

— Continuez...

— Il n'y a pas grand-chose de plus à dire. À présent, j'ai décidé de m'en aller. Il est probable que Mariana mettra les fermiers à la porte, alors qu'ils sont déjà dans la misère. Les récoltes de l'an dernier ont été maigres.

Il hocha la tête.

— Votre fiancée... commença-t-elle. C'est une princesse.

Avec une grâce inattendue, il tomba à genoux auprès d'elle.

— Exact, dit-il simplement.

— Vous avez une famille et du personnel à entretenir. Je sais ce que c'est que d'avoir de lourdes responsabilités.

Il ferma brièvement les paupières, et le cœur de Kate se serra. Jamais elle n'oublierait cet homme. Non pas à cause de son regard de braise ou de sa chevelure somptueuse, mais pour ce qu'il était. Pour la générosité avec laquelle il avait pris sous son aile ses parents un peu fantasques, la ménagerie, le diseur de bonne aventure de sa tante, et même l'autruche et le chien mangeur de pickles. Pour sa façon de la regarder comme si elle comptait plus que tout. Pour son rire inimitable. Pour la douceur avec laquelle il avait ôté les herbes folles du visage de Merry.

Et pour l'humilité qui le faisait tomber à genoux devant elle. Même lorsqu'elle serait vieille et grisonnante, elle se souviendrait encore de cet instant magique.

— Si je n'étais pas un prince, voudriez-vous de moi ? demanda-t-il d'une voix si basse qu'elle l'entendit à peine. Si vous aviez des milliers de livres, m'achèteriez-vous ? Car c'est à cela que tout se résume, voyez-vous. J'ai besoin d'une épouse qui m'accorde assez de valeur. Mon frère en a trouvé une pour moi en Russie.

— Ne me demandez pas cela, murmura-t-elle. Ma mère a acheté mon père et il ne l'a jamais rendue heureuse. Jamais je ne ferais une chose pareille.

— Ma question était stupide. Pardonnez-moi.

— Pourquoi l'avez-vous posée ?

— Vous ne savez pas ce que c'est que d'être un prince ! s'écria-t-il tandis qu'un pli amer se dessinait au coin de sa bouche. Je ne suis pas libre de mes choix. Je ne peux pas épouser qui je veux.

Kate se mordit les lèvres.

— J'ai été éduqué à faire passer mon honneur et ma maison avant tout. C'est peut-être le poids de ses devoirs qui a rendu fou mon frère Augustus. Il a la charge de tant d'âmes !

— Je suis désolée.

— Pour une fois, une seule, j'aimerais qu'une femme me voie autrement que comme un prince. Je voudrais être un homme, rien de plus.

D'un geste tendre, Kate lui caressa la joue.

— Chut, murmura-t-elle.

Ses lèvres étaient douces sous les siennes. L'espace d'un instant, il n'y eut que cela. Un baiser. Innocent et pur.

Puis le parfum viril de Gabriel vint lui chatouiller les narines, l'enveloppa tout entière, et ses lèvres se firent plus exigeantes. Malgré elle, Kate entrouvrit la bouche pour s'offrir à lui. Et soudain, les mains solides de son amant furent autour de sa taille, l'enlaçant étroitement.

D'un geste fluide, il la souleva dans ses bras et reprit ses lèvres. Il l'embrassait avec tant de douceur qu'elle en aurait pleuré, mais en même temps, la chaleur entre ses cuisses avait pris les proportions d'un incendie.

Dans un murmure inarticulé, elle passa les bras autour du cou de Gabriel.

— Oui, chuchota-t-il d'une voix embrasée de passion. Entre nous, c'est ainsi... N'est-ce pas ?

Elle ne trouva pas la force de répondre. Tout son être ne pouvait qu'attendre un autre baiser.

— S'il vous plaît, gémit-elle.

Il éclata d'un rire sauvage et joyeux qui la fit frissonner.

— Vous êtes à moi pour cette heure, Kate. M'entendez-vous ?

Levant la tête, elle croisa son regard.

— Non pas un prince mais un homme, acquiesça-t-elle en passant sa main dans ses cheveux, faisant tomber le ruban qui les retenait.

Sa crinière fauve se déploya sur ses larges épaules.

— Et vous êtes ma Kate.

Ses lèvres effleurèrent les siennes.

— Je ne vous volerai pas votre virginité, car c'est à vous de l'offrir et non à moi de la prendre, mais je vous avertis, Kate. Je veux tout le reste. Et je l'aurai.

Dans son regard, elle vit s'allumer une lueur sensuelle.

— Qui vous dit, répliqua-t-elle avec des inflexions gourmandes qu'elle ne se connaissait pas, que je n'ai pas les mêmes intentions à votre égard ?

Il ferma les paupières un bref instant, comme pour contenir une bouffée de passion.

— Je n'en doute pas un instant, répondit-il d'une voix enrouée.

S'approchant de lui, elle referma les lèvres sur son cou et le mordilla délicatement. Un long frisson le parcourut et il se redressa, tout en la tenant contre lui. Kate craignit qu'il ne la jette sur le lit pour lui arracher ses vêtements, mais il la déposa avec douceur sur le fauteuil de velours corail.

— Ne bougez pas, ordonna-t-il.

— N'allez-vous pas... N'allez-vous pas m'embrasser encore ? le supplia-t-elle.

Puis, comme elle n'avait jamais su obéir, elle se leva.

— C'est *ma* soirée, rétorqua Gabriel. Je sais exactement comment je veux qu'elle se déroule.

Kate posa les poings sur les hanches, outrée... et en même temps ivre de joie et de désir.

— Parce que vous vous imaginez que je vais me plier à vos caprices ?

— Je vais devoir faire quelques apparitions en public, répondit-il en souriant, mais savez-vous ce que je veux ?

Elle secoua la tête.

— Des crimes inavouables, sans aucun doute ?

— Je veux vous rendre folle, dit-il sur le ton de la conversation. Vous embrasser, vous explorer, vous exciter... et vous laisser. Puis je reviendrai et je recommencerai. Et encore.

Elle le regarda, bouche bée.

— Vraiment ?

Pour son plus grand embarras, elle s'aperçut qu'elle était plus curieuse que scandalisée.

Gabriel recula d'un pas.

— Je croyais que vous aviez besoin de repos. Que voulez-vous d'abord, un bain ou une sieste ?

Kate parcourut du regard la vaste pièce circulaire.

— Dormir ? Ici ? Maintenant ?

Avait-il seulement idée de l'incendie qui courait dans ses veines ?

— Je vois. Plus tard, peut-être ? Eh bien, j'ai peur de devoir m'habiller pour le dîner. Je vous en prie, asseyez-vous. Je n'en aurai pas pour longtemps.

Kate battit des paupières, perdue. Il n'avait pas l'intention de se dévêtir devant elle, tout de même ?

— Et votre valet ?

— Je l'ai envoyé aider Wick, ce soir, répondit-il en dénouant sa cravate. Je vais devoir me débrouiller sans lui.

Kate écarquilla les yeux tandis qu'un triangle de peau dorée apparaissait à la base de sa gorge. Fascinée, elle le vit ôter d'un geste fluide sa veste qu'il jeta sur le lit. Il portait une jaquette près du corps qui soulignait son torse viril et une culotte de daim qui révélait ses cuisses musclées.

Puis, avec grâce, il lui tendit la main.

— Je veux bien de l'aide pour défaire mes boutons de manchette, expliqua-t-il.

Les doigts tremblants, Kate s'exécuta. Sans un mot, il lui présenta son autre poignet. Alors qu'elle détachait les petits boutons de rubis, elle aperçut une cicatrice sur son avant-bras.

— Comment vous êtes-vous fait cela ?

— Une morsure de serpent, alors que j'étais sur un chantier en Égypte. J'ai dû entailler la peau avec un couteau pour que le sang emporte le venin. J'ai eu de la chance.

Puis, sous son regard littéralement hypnotisé, il entreprit de déboutonner sa jaquette avec des gestes lents. La bouche sèche, Kate suivit chacun de ses gestes. En dessous, une chemise de linon, si fine qu'elle était translucide, laissait deviner sa puissante musculature. Sans un mot, il écarta les pans de la jaquette, qui rejoignit sa veste sur le lit. Du coin de l'œil, Kate vit le vêtement glisser sur le plancher. Pourtant, elle était incapable de détacher les yeux de Gabriel.

— Il fait chaud ici, ne trouvez-vous pas ? demanda-t-il d'une voix amusée.

Elle hocha la tête.

— J'ai peur d'avoir oublié mon éventail, répondit-elle en se composant un ton blasé.

— Tenez, dit-il en prenant un éventail sur une grande table non loin d'eux.

C'était un exquis petit accessoire pour dame, manifestement de grande valeur. Dans un douloureux serrement de cœur, Kate comprit qu'elle n'était pas la première femme à entrer dans cette chambre, ni à regarder le prince Gabriel se dévêtir.

— Ce n'est pas ce que vous croyez, lança-t-il comme s'il avait lu dans ses pensées. Cet article appartenait à une aristocrate allemande du XVIIe siècle. Il est orné de peintures intéressantes. Je l'ai trouvé à Bamberg.

— Oh, fit stupidement Kate, avant de l'ouvrir avec des gestes prudents.

— Ce cygne représente Zeus, expliqua-t-il. Et voici Léda, sur la droite, dans la tenue d'une épouse de *Burgmeister*, c'est-à-dire le bourgmestre. C'est cette peinture qui m'a intéressé.

Kate approcha l'éventail de son visage, juste en dessous de ses yeux. Cela lui donnait plus de courage.

— N'alliez-vous pas retirer votre chemise ? demanda-t-elle.

— En général, je commence par le bas.

— Faites donc, s'étrangla-t-elle.

Il retira ses bottes, se mit pieds nus et se débarrassa de sa culotte de daim, puis de sa chemise. Quelques instants plus tard, il se tenait devant elle, nu comme Adam.

Un Adam plus que prêt pour les jeux de l'amour...

Kate battit des paupières tout en essayant de se souvenir des gravures du livre de l'Arétin, dans leurs plus petits détails.

Oui, c'était le mot. Les « détails » étaient exactement cela. *Petits*. Ridiculement petits.

Par chance, l'éventail dissimulait sa stupéfaction. Kate croyait savoir à quoi ressemblait l'anatomie masculine, mais les attributs virils du prince Gabriel, fièrement érigés, étaient considérablement plus volumineux que ceux des images qu'elle avait vues.

Une lueur amusée passa dans le regard de son compagnon, puis il pivota sur ses talons, offrant aux regards affolés de Kate ses larges épaules, son dos puissant, sa taille étroite et ses fesses admirablement musclées.

— J'ai demandé à mon valet de préparer mes affaires pour ce soir, annonça-t-il d'un ton léger. Vous ai-je dit que l'on devait danser ?

— Oui, s'entendit répondre Kate d'une voix méconnaissable.

Il se pencha pour prendre une tenue disposée sur une console.

— En général, expliqua-t-il, j'ai horreur des caleçons, mais sous une culotte de soie, cela s'impose. Surtout dans mon état.

— Bien entendu, approuva Kate tout en essayant de chasser de son esprit des visions où, comme sur les gravures du livre de l'Arétin, le prince Gabriel et elle-même s'enlaçaient dans les postures les plus inconvenantes.

Elle le regarda passer sa culotte et se tourner de nouveau vers elle... et réprima un hoquet de stupeur. La soie l'enserrait si étroitement qu'elle ne dissimulait aucun détail de sa personne.

— Vous ne pouvez pas sortir comme cela ! s'écria-t-elle.

— Vous n'aimez pas ?

— Je peux voir... N'importe qui peut voir...

Elle acheva sa phrase en désignant d'un geste sa virilité triomphante.

— Ce sera bientôt calmé. Je vais penser à quelque chose de particulièrement ennuyeux et tout rentrera dans l'ordre.

Il enfila ensuite une chemise à jabot, puis s'approcha de Kate.

— Si ma dame veut bien m'accorder cette faveur... demanda-t-il en lui tendant de nouveau son poignet.

Plus confuse que jamais, elle fit passer les attaches de rubis dans leurs boutonnières.

— Voilà, dit-elle, une octave trop haut.

Puis le prince se dirigea vers une psyché pour nouer sa cravate avec des gestes rapides et précis. Il endossa ensuite une jaquette vert sombre rehaussée de passementerie noire, puis compléta le tout par une veste de la même étoffe et une paire de souliers à boucle. Enfin, il rassembla sa lourde masse de cheveux dorés qu'il retint par un ruban de velours sombre.

— Mon épée... murmura-t-il en attachant son fourreau à sa ceinture. Mes gants...

Il attrapa ceux-ci sur la console et retourna devant le miroir.

— Mais pas de perruque, décida-t-il. Cela ira comme ça.

En un tournemain, le dieu de l'Amour s'était métamorphosé en un prince de conte de fées. Il s'approcha de Kate, la salua d'une gracieuse courbette :

— Madame, je vais devoir vous abandonner.

Kate se leva et lui tendit sa main, qu'il porta à ses lèvres d'un geste langoureux avant de lui décocher un sourire à damner une sainte.

— Je reviens dès que possible, promit-il avant de pivoter sur ses talons, faisant voler les pans de sa veste.

Il traversa la pièce en quelques puissantes enjambées, puis se retourna.

— J'oubliais. De quoi vous occuper utilement pendant mon absence…

Il prit un petit livre et le lui lança. Kate ne l'attrapa que par pur automatisme.

— Excellents réflexes ! la félicita-t-il.

La porte se referma derrière lui.

Kate demeura immobile un long moment, puis elle baissa les yeux vers l'ouvrage. Elle fit courir ses doigts sur la couverture de velours, l'ouvrit lentement et lut le frontispice.

La puttana errante.

31

Gabriel fit halte au premier tournant de l'escalier et s'efforça d'apaiser sa tension. Ses reins étaient en feu et il ne parvenait pas à chasser de sa mémoire le regard de Kate lorsqu'elle avait posé les yeux sur sa virilité.

Elle n'avait pas cédé à la panique. Elle n'était pas de ces femmes qui se terrent sous les draps en attendant d'accomplir leur devoir conjugal. Avec elle, un homme pouvait vivre longtemps sans que sa curiosité et son désir s'épuisent…

Il s'adossa contre le mur d'épais moellons. Son cœur lui martelait sourdement la poitrine et la tentation était forte de revenir sur ses pas et de prendre les lèvres de Kate.

Seulement, elle n'était pas pour lui. Elle ne le serait jamais. Cette froide vérité s'insinua lentement en lui, telle une pluie glacée.

Kate ne pouvait être sienne à cause de ce maudit château. Il devait descendre cet escalier et aller à la rencontre de Tatiana… et de ses coffres de roubles sonnants et trébuchants. Il devait lui sourire. La charmer. La faire danser. Puis, le lendemain, ouvrir avec elle leur bal de fiançailles.

Et l'épouser.

Ayant ainsi éteint le brasier dans ses reins, il se remit en marche.

Il ne lui restait plus que cette nuit avant d'être officiellement engagé. Sa dernière nuit.

Il allait assister aux premiers services du dîner puis, sous un quelconque prétexte, il s'éclipserait pour retrouver Kate.

Un sourire sardonique étira ses lèvres.

Il savait très exactement ce qu'il voulait d'elle.

À peine avait-il posé le pied dans le hall que Wick se rua vers lui et l'attira dans une pièce, avant de fermer la porte derrière eux.

— Où étais-tu passé, nom de nom ? La princesse Tatiana est arrivée voici une heure et tu n'étais pas là pour l'accueillir ! Son oncle, le prince Dimitri, semblait très contrarié.

— Désolé. Je vais aller lui présenter mes excuses.

Wick plissa les yeux d'un air méfiant.

— Tu ne me demandes pas à quoi ressemble ta future épouse ?

Gabriel réfléchit quelques instants, puis il secoua la tête.

Ayant marmonné un juron, Wick reprit :

— Ils parlent tous les deux un anglais parfait. La princesse Sophonisba dînera avec vous.

— Bonté divine ! gémit Gabriel.

— Au fait, qu'as-tu fait de miss Daltry ?

— Elle est dans ma chambre. En train de lire, précisa-t-il d'un ton vertueux.

Wick arqua un sourcil dubitatif.

— J'ai trouvé la femme que j'attendais depuis toujours, dit Gabriel d'une voix qui ne trahissait aucune émotion. Et je vais en épouser une autre.

Comme son frère le regardait d'un air déconcerté, il précisa :

— C'est ainsi, mon vieux Wick. La vie n'est pas toujours juste. Tu es mieux placé que moi pour le savoir.

Kate... miss Daltry est réduite à la domesticité par sa belle-mère et ne reste chez elle que pour essayer de protéger les métayers des caprices de cette marâtre. Elle comprend pourquoi je dois me marier avec Tatiana.

— Alors épouse-la, marmonna Wick.

— Il nous reste à peine de quoi nourrir le lion, lui rappela Gabriel. J'ai besoin d'une épouse fortunée.

— Es-tu vraiment obligé de te sacrifier ? protesta Wick, qui semblait soudain bouleversé.

— Comment veux-tu que je fasse vivre tout le monde au château ?

— Les fermes du domaine...

— J'ai lu et relu les livres de comptes. Elles peuvent rapporter du profit, mais elles ont été négligées trop longtemps. Les enfants des métayers ont faim. Ce n'est pas d'une dot que j'ai besoin, mais de deux ou trois !

Son frère ravala un juron.

— Je finirai par oublier miss Daltry, mentit Gabriel.

Wick sourit, mais il n'était pas dupe.

— Je ne t'ai jamais dit combien j'étais honoré d'être ton frère, murmura-t-il d'une voix enrouée par l'émotion.

Gabriel lui décocha un sourire chaleureux.

— J'en ai autant à ton service, mon vieux Wick. Et maintenant, allons-y.

À peine Gabriel était-il entré dans le salon de réception que les portes s'ouvrirent derrière lui tandis que Wick annonçait d'une voix forte :

— Son Altesse royale la princesse Tatiana ! Son Altesse royale le prince Dimitri !

Carrant les épaules, Gabriel pivota sur ses talons.

Sa fiancée se tenait sur le seuil de la pièce, vêtue d'une somptueuse robe de couleur claire brodée de fleurs. Ses yeux étaient grands et humides, ses lèvres d'un délicat rose pâle, sa peau laiteuse et ses longues boucles noires lustrées.

Gabriel s'approcha d'elle et la salua d'une profonde révérence, avant de prendre sa main pour y déposer un baiser. Elle lui répondit par un sourire très doux, un peu timide.

En un mot, Tatiana était une beauté. Son décolleté affirmait clairement son statut de femme désirable. Contrairement à Kate, elle n'avait nul besoin de faux seins de cire. En vérité, elle était tout ce que celle-ci n'était pas : modeste, élégante... et très riche.

Gabriel, qui s'était vaguement attendu à la détester, n'avait même plus ce recours. Un seul regard suffisait à comprendre qu'elle était d'un naturel aimable et paisible. Jamais elle ne crierait sur lui comme une poissonnière.

L'oncle Dimitri les observait d'un air satisfait.

— Cette demoiselle est la prunelle des yeux de son père... commença-t-il.

Un petit soupir échappa à Tatiana. En se tournant vers elle, Gabriel constata qu'elle avait légèrement rougi. Il la rassura d'un sourire.

— Je dois procéder à une petite mise au point, ma chère, dit Dimitri à sa nièce. Votre Altesse, nous sommes du royaume de Kouban. Je suppose que vous n'en avez jamais entendu parler ?

Gabriel secoua la tête.

— Mon frère a aidé les Cosaques à s'établir sur les rivages de la mer d'Azov. Notre famille n'a été anoblie que très récemment.

Gabriel acquiesça avec respect.

— Le père de Tatiana ne voulait pas qu'elle soit contrainte au mariage. Si elle vous aime, elle reste. Sinon, nous repartons comme nous sommes venus.

Il lui sourit, dévoilant une dentition parfaite, et l'espace d'un instant, Gabriel aperçut le Cosaque derrière le prince en costume de velours.

Gabriel accueillit ces déclarations d'un hochement de tête et offrit son coude à la princesse Tatiana.

— Puis-je vous escorter jusqu'à la salle à manger ?

Elle lui adressa un sourire gracieux et prit le bras qu'il lui tendait. Elle avait l'étoffe d'une souveraine, comprit Gabriel. En un mot, elle était absolument parfaite.

Le prince Dimitri leur emboîta le pas, avec la princesse Sophonisba à son bras, et tous les invités les suivirent dans le froissement des soieries et des velours et les éclats scintillants des pierres précieuses. Tout ce que la région comptait de femmes exquises et d'hommes raffinés était là, mais la seule femme dont Gabriel avait envie se trouvait en haut, avec sa robe trop ample pour elle, sa perruque criarde et ses faux seins de cire…

Si Gabriel avait espéré avoir une conversation avec Tatiana une fois installés à table, il dut vite y renoncer. La tante Sophonisba, qui avait passé l'âge de se soucier des règles de bienséance, soumit la princesse à un interrogatoire en règle.

— Alors, vous êtes la dernière de quatre enfants ? récapitula-t-elle lorsque le premier plat fut desservi. Nous, nous étions huit. La nursery était une maison de fous.

Tatiana sourit. Si elle était un peu surprise par les manières rugueuses de la tante Sophonisba, elle avait assez de cœur pour ne rien en montrer.

— Vous êtes vraiment très jolie, la complimenta l'aïeule tout en agitant dans les airs une cuisse de poulet, comme si elle n'avait jamais appris l'existence des couverts.

Puis, se tournant vers Gabriel, elle aboya :

— Eh bien, que regardez-vous ? Si la reine Marguerite le fait, pourquoi pas moi ?

Tatiana étouffa un fou rire.

— *La regina Marherita mangia il pollo con le dita*, déclara Sophonisba. Pouvez-vous traduire, ma fille ?

— J'ai peur que mon italien ne soit pas parfait, répliqua Tatiana, mais je crois comprendre que la reine Marguerite mange le poulet avec les doigts.

— Excellent, approuva Sophonisba. Combien de langues parlez-vous ?

— Cinq ! répondit à sa place l'oncle Dimitri. Tatiana est la plus intelligente des enfants de la famille. N'est-ce pas, mon petit chou ?

— Oncle Dimitri !

— Je n'ai plus le droit de l'appeler « mon petit chou », expliqua le prince. Pourtant, nous adorons le chou, en Russie. Plus que les roubles !

La princesse Tatiana leva les yeux au plafond.

— Je ne me suis jamais mariée, déclara alors la tante Sophonisba. Mon frère a éconduit tous mes prétendants. Pourtant, j'aurais pu séduire n'importe qui !

Elle darda autour d'elle des regards de défi.

En vérité, elle avait été fiancée à un prince allemand qui avait fui au bout de quelques jours, et le grand-duc avait renoncé à arranger une autre alliance pour elle.

— Ma tante était une célèbre beauté, expliqua Gabriel à Tatiana.

— Et je le suis toujours, déclara l'intéressée. Ce n'est pas une question d'âge.

— Ma grand-mère dit toujours que les jolies femmes de son époque étaient si couvertes de poudre et de mouches de taffetas qu'on ne les aurait pas distinguées d'un cheval, dit alors Tatiana.

Un silence gêné accueillit ces paroles. La tante Sophonisba était couverte de poudre et de mouches de taffetas. Tatiana se mordit les lèvres, rouge comme une pivoine.

— Je ne parlais pas de vous, Votre Altesse, reprit-elle d'une petite voix.

— Je n'étais pas née à l'époque de votre grand-mère, mentit effrontément Sophonisba... avant de s'intéresser à la conversation entre le prince Dimitri et lady Dagobert.

— Je suis désolée, murmura Tatiana à Gabriel. J'ai l'art de dire ce qu'il ne faut pas.

— Ma tante ne s'est pas vexée, la rassura-t-il.

— Gabriel ! aboya celle-ci au même instant. Ma vessie va exploser !

Il bondit sur ses pieds.

— Si vous voulez bien m'excuser, dit-il à la cantonade. Je vais escorter ma tante jusqu'à ses appartements.

Sophonisba agita sa canne en direction de Wick, qui vint l'aider à se lever. Sans façons, elle lui pinça la joue comme à un garnement.

— Il n'a pas été légitimé, mais il est aussi beau que son prince de frère, n'est-ce pas ? lança-t-elle tandis que son regard passait de Wick à Gabriel.

Lady Dagobert rougit d'indignation alors que le prince Dimitri se mordait les lèvres pour ne pas éclater de rire. Gabriel se pencha brièvement vers Tatiana pour murmurer à son oreille :

— Vous voyez, rien de ce que vous pouvez dire ne m'embarrassera jamais.

Elle leva vers lui un regard charmant. Les manières extravagantes de la tante Sophonisba ne la choquaient pas. Et en plus, elle parlait cinq langues…

Décidément, la princesse idéale.

La tante Sophonisba logeait à l'étage juste en dessous de Gabriel. Quelques minutes après avoir quitté celle-ci, Gabriel gravit quatre à quatre les marches qui menaient à ses appartements.

Il était parti depuis plus de deux heures. Kate avait eu le temps d'apprendre par cœur toutes les gravures du livre de l'Arétin.

32

Après le départ de Gabriel, Kate ouvrit le petit volume, le parcourut juste assez pour avoir confirmation que les hommes représentés sur les images ne pouvaient pas rivaliser avec lui sur un point crucial, puis le referma. Elle n'avait aucune envie de regarder des couples enlacés dans des lits. Ou sur des fauteuils. Ou n'importe où.

Rien d'autre ne l'intéressait que les images du corps nu de Gabriel.

Posant le livre, elle se dirigea vers une grande table installée sous une fenêtre. Gabriel avait oublié de lui montrer le fameux pot brisé, mais elle devinait qu'il s'agissait de ces tessons disposés avec soin, près d'un feuillet couvert de notes.

Il y avait également un autre éventail au papier écaillé, un petit ouvrage intitulé *La Plus Étrange Aventure jamais arrivée, dans les âges passés ou présents*, une pile de pièces antiques aux formes irrégulières, une carte décrivant le mouvement des sept planètes principales et un minuscule flacon dont l'étiquette affichait *Diacatholicon Aureum*. Kate l'ouvrit et le huma, mais l'odeur ne lui disait rien.

Finalement, elle prit un journal intitulé *Antiquités ioniennes*, revint au fauteuil tendu de velours corail et commença à lire. Vingt minutes plus tard, après avoir pris connaissance d'une discussion érudite sur *Les*

Édifices antiques de Rome, d'un certain Desgodet, elle alla s'étendre sur le lit.

Dès que Gabriel ouvrirait la porte et que ses pas résonneraient, elle se lèverait afin de ne pas donner l'impression de l'inviter à la rejoindre.

Lorsque Gabriel poussa la porte, Kate était étendue sur le lit. Sa perruque de travers révélait des mèches dorées. Elle avait ôté ses souliers mais gardé sa robe.

Elle était d'une beauté à se damner. Sa peau était de miel, ses pommettes hautes et sculptées, ses lèvres roses, comme si elle s'était mordue dans son sommeil.

Et les reins de Gabriel étaient de nouveau en feu...

Ravalant un juron, il pivota sur ses talons. Il n'avait droit qu'à une nuit avec elle. Cette nuit.

Traversant la pièce à pas de loup, il alla ouvrir une petite porte logée à mi-hauteur dans le mur et tira un cordon relié directement aux cuisines.

Quelques instants plus tard, il entendit un petit roulement. Bientôt, un seau empli d'eau bouillante fut hissé jusqu'à l'ouverture devant lui. Gabriel le prit, alla le vider dans la baignoire et le renvoya par le même chemin.

Il faillit éclabousser ses vêtements avec le second seau. Comme il devait retourner parmi ses invités, il ôta sa veste pour ne pas la mouiller, ainsi que sa jaquette, sa chemise et sa culotte de soie. Il décida de garder son caleçon. C'était au tour de Kate de se dénuder, à présent.

Quelques minutes plus tard, il regarda la salle de bains, satisfait. Il avait allumé des bougies et placé un verre de vin près de la baignoire emplie d'eau chaude.

Ayant pris une serviette, il retourna auprès de Kate et s'assit sur le lit. Le visage de celle-ci était détendu, comme si elle était plongée dans un beau rêve.

Il ôta une épingle de sa perruque. La jeune femme ne bougea pas. Il en retira une seconde, puis une troisième, jusqu'à ce qu'il n'en voie plus aucune. Puis il tira doucement sur la perruque.

Kate battit des cils, roula sur le côté, lui tournant le dos... et parut se rendormir.

Parfaitement éveillée, Kate s'obligeait à respirer avec régularité tout en se demandant ce qu'elle devait faire. Elle avait eu le temps d'entrevoir un torse nu et musclé se pencher vers elle.

Une fièvre inconnue lui ordonnait d'ouvrir les yeux, d'enrouler ses bras autour du cou de Gabriel pour l'attirer à elle et laisser courir ses mains sur sa large poitrine. Rien que d'y penser, elle en avait le cœur battant.

Pourtant, elle était figée de peur, les paupières solidement closes, essayant désespérément de convaincre Gabriel qu'elle dormait.

Il était bien trop tendre dans sa façon de retirer ses épingles, comme s'il craignait de la réveiller.

Il était bien trop beau, assis près d'elle, presque nu, dans la lueur dorée des bougies.

Il était bien trop... tout !

Dans un pincement de cœur, elle comprit ce qui l'effrayait tant. Elle était terrifiée à l'idée que, sans lui, la vie ne vaille plus la peine d'être vécue.

— Kate, murmura-t-il à son oreille. Je vous ai préparé un bain chaud.

— Hum... Oh ! marmonna-t-elle avec maladresse.

Toutefois, elle demeura immobile. Il lui avait ôté sa perruque et lui caressait les cheveux, puis le dos, d'un geste si doux, si sensuel qu'elle était incapable du moindre mouvement.

Lorsqu'elle comprit ce qu'il était en train de faire, il était trop tard. D'une main habile, il avait dégrafé sa robe de haut en bas.

Elle s'assit en plaquant le vêtement devant elle.

— Gabriel ! fit-elle mine de se fâcher.

— Vous m'avez promis que je pourrais vous embrasser où je voudrais, plaida-t-il en tirant doucement sur la robe pour l'écarter.

— Je ne me souviens pas d'avoir fait une telle promesse. Et pourquoi vous êtes-vous déshabillé ?

— Je porte encore mon caleçon, rectifia-t-il d'un ton vertueux. Il n'y a rien d'intéressant à voir. Enfin, presque.

Dans un réflexe, Kate baissa les yeux, s'aperçut qu'une part de sa virilité jaillissait, triomphante, du sous-vêtement, et releva la tête, les joues brûlantes.

Elle voulut protester contre ses manières, mais il la fit taire d'un baiser.

— Je pourrais vous embrasser toute la nuit, chuchota-t-il, ses lèvres contre les siennes.

Elle se rappela qu'elle lui avait promis un baiser… même si elle n'avait pas pensé qu'il serait nu, et elle à moitié dévêtue.

Sa volonté cédait peu à peu. Elle referma les bras autour de son cou. Comme s'il n'attendait que cela, Gabriel la serra contre son torse nu. Aussitôt, elle se mit à trembler de tous ses membres tandis qu'il continuait de l'embrasser avec passion.

— Gabriel, je…

— Chut ! coupa-t-il avant de l'écarter avec douceur. Je vais retirer votre robe.

Sans attendre son autorisation, il fit glisser le corsage jusqu'à sa taille. Hypnotisée, Kate le regarda délacer son corset d'une main adroite et l'écarter. Ses seins, remontés par le corset, retombèrent entre ses mains viriles comme deux fruits mûrs à souhait.

Gabriel se figea, puis il plaqua la fine chemise de soie transparente sur sa poitrine.

— Seigneur ! gémit-il d'une voix enrouée de désir. Jamais je n'ai rien vu d'aussi beau.

Kate voulut protester, mais c'est un cri étouffé qui monta de ses lèvres quand il passa avec lenteur son pouce sur son téton durci par le désir.

— Il faut que je vous goûte, murmura-t-il.

Soudain, il prit sa chemise entre ses mains et tira d'un coup sec. La soie se déchira, telle une pêche fendue d'un coup de lame.

— Gabriel ! s'écria-t-elle.

Il ne parut pas l'entendre. Ses yeux étaient rivés sur sa poitrine, brillants de convoitise. Dans ses paumes, ses seins ne semblaient plus si petits. Ils étaient ronds et fermes, infiniment désirables.

Puis il se pencha pour refermer les lèvres sur son mamelon. Perdant toute notion de la réalité, elle se cambra pour mieux s'offrir à lui alors qu'un long gémissement jaillissait de sa gorge.

— Je le savais, chuchota-t-il. Je...

Le reste de sa phrase se perdit tandis qu'il se penchait sur son autre sein pour lui prodiguer les mêmes caresses. Quant à Kate, muette de plaisir, elle ne pouvait que s'arc-bouter contre lui dans un halètement de volupté.

Lorsqu'il leva enfin la tête, elle était pantelante de désir et tout son corps était en feu.

— Gabriel... supplia-t-elle.

Il prit de nouveau ses lèvres pour un baiser impérieux, la plongeant une fois de plus dans un brasier de passion.

Puis elle s'écarta de lui, parcourut d'un regard frustré son torse qu'elle ne pouvait pas toucher car ses bras étaient toujours emprisonnés par la robe.

— S'il vous plaît, murmura-t-elle. Je ne peux plus bouger.

Sans un mot, il s'écarta d'elle et la libéra.

Elle s'assit sur le rebord du lit, se leva et, avec une lenteur délibérée, laissa tomber sa robe sur le plancher, avant de serrer contre elle les pans de sa chemise déchirée. Au contact de la soie sur ses seins durcis par les baisers de son amant, elle fut parcourue d'un long frisson.

Gabriel fit mine de se jeter sur elle, mais elle le retint d'un geste.

— Vous vous êtes dévêtu pour moi, dit-elle. À mon tour, maintenant.

Toutefois, elle prit le temps de laisser sa main descendre le long de sa gorge, sur son sein, puis vers sa taille et enfin sur les courbes de ses hanches que dissimulait à peine la soie arachnéenne de la chemise.

— S'il vous plaît, gémit Gabriel d'une voix enrouée de passion.

Sortant gracieusement de sa robe, en tas sur le plancher, elle lui tourna le dos et se dirigea vers la grande table.

— On dirait que vous avez chaud, Votre Altesse, dit-elle en prenant l'éventail qu'il lui avait prêté un peu plus tôt et en revenant vers lui.

Elle l'ouvrit délicatement pour s'éventer le visage.

— Je m'en sers toujours lorsque j'ai trop chaud, reprit-elle avant de le descendre à la hauteur de ses seins emperlés de sueur.

Elle continua sa lente progression vers le bas, faisant onduler les pans de sa chemise sous la légère brise.

— Je ne sais pas ce qui m'arrive, roucoula-t-elle, mais tout mon corps est brûlant…

— Kate, gronda Gabriel. Vous n'êtes pas vierge. Dites-moi que vous n'êtes pas vierge !

Le sourire de Kate se figea et l'éventail tomba de ses mains. Aussitôt, Gabriel fondit sur elle pour la prendre dans ses bras.

— Ce n'est pas ce que je voulais dire ! s'écria-t-il.

Elle chercha en vain une réponse. Le contact de son corps viril lui interdisait toute pensée cohérente. Il était dur comme le roc, fou de désir, et tout son être vibrait d'une telle fièvre qu'elle était prise de vertiges.

— Vous êtes vierge. Pas un instant je n'en ai douté, reprit-il, ses lèvres contre ses cheveux. C'était juste le cri d'un homme qui voudrait que les choses soient différentes.

Elle se blottit contre lui, émue de sentir son cœur cogner sourdement dans sa large poitrine.

— Ce soir, lui rappela-t-elle en relevant la tête pour le regarder droit dans les yeux, vous n'êtes qu'un homme. Pas un prince. Et moi, j'aimerais être la femme dont vous rêvez.

— À condition que je survive à cette nuit, répondit-il d'une voix saccadée.

Un petit sourire aux lèvres, Kate s'écarta de lui.

— Je n'ai pas fini de me dévêtir. Auriez-vous l'intention d'expirer avant que j'aie terminé ?

Il se contenta de secouer la tête, les yeux brillants.

Kate laissa tomber ce qui restait de sa chemise et ôta les dernières épingles qui retenaient son chignon. Puis elle passa les mains dans ses boucles dorées pour les faire cascader jusqu'au creux de ses reins, savourant leur caresse soyeuse sur sa peau nue.

— Que vous êtes belle, murmura Gabriel.

— Je crois que c'est l'heure de mon bain, annonça-t-elle en lui tournant le dos.

Puis, le regardant par-dessus son épaule, elle ajouta :

— Vous m'avez bien dit qu'il était prêt, n'est-ce pas ?

Sans un mot, il bondit et ouvrit un rideau de velours qui dissimulait une salle de bains.

— Comme c'est charmant ! s'exclama-t-elle en apercevant la baignoire d'où montait une douce vapeur et les bougies qui projetaient leurs lueurs ambrées alentour.

Elle enjamba le rebord et, avec un soupir de bien-être, s'immergea dans l'eau chaude, en prenant soin de laisser sa longue chevelure pendre à l'extérieur.

On n'entendait plus que le clapotis de l'eau… et le souffle haletant de Gabriel. Kate ne put réprimer un sourire. Ce soir, tout était possible.

Ce soir, elle serait la femme dont Gabriel rêvait.

— Avez-vous du savon ? demanda-t-elle en tendant la main.

Toujours sans un mot, il déposa dans sa paume une savonnette odorante.

— Hmm ! s'écria-t-elle en la humant. Fleur d'oranger ?

— Bergamote, rectifia-t-il avec des inflexions gourmandes.

Elle entreprit de savonner son bras gauche.

— Ne devriez-vous pas vous rhabiller ? J'ai peur que l'on s'inquiète de votre absence.

Le regard de Gabriel était fixé sur ses mains.

— Gabriel ? l'appela-t-elle, faussement innocente, tout en passant la savonnette sur ses seins. Vous avez bien dit que vous devriez retourner auprès de vos invités ?

Son regard était si brûlant que Kate s'étonna que l'eau du bain ne s'évapore pas.

— Pas avant de vous avoir offert mon assistance, proposa-t-il.

Elle posa un pied sur le rebord de la baignoire.

— Ma foi, peut-être pourriez-vous m'aider à laver cette jambe ?

Il acquiesça d'un hochement de tête et entreprit de lui savonner la cheville, mais l'interprétation qu'il avait du mot « jambe » était fort différente de la sienne. À peine Kate s'était-elle de nouveau adossée contre la baignoire qu'elle comprit son erreur. Sa main virile, qui avait remonté le long de son genou, poursuivit son chemin à l'intérieur de sa cuisse... toujours plus haut.

— Gabriel ! s'écria-t-elle en se redressant prestement.

— Chut !

Puis, sans prévenir, il se mit à la caresser. Ceci n'était pas un baiser, songea Kate. Elle devait lui dire d'arrêter immédiatement.

Hélas ! Malgré sa volonté, ses jambes s'ouvrirent en une invitation des plus explicites, et ses reins se creusèrent pour mieux venir à la rencontre de sa main.

Soudain, il introduisit un doigt entre les replis secrets de sa féminité. Le plaisir fut immédiat. Kate poussa un cri de volupté tandis qu'un long spasme de jouissance secouait tout son être.

Lorsqu'elle revint à elle, ses bras étaient autour du cou de Gabriel et ses paupières étaient closes.

— Dieu du ciel ! gronda-t-il en retirant délicatement sa main.

Elle demeura immobile, mortifiée, alors que ses gémissements impudiques résonnaient encore à ses oreilles.

De son autre main, Gabriel lui caressa le dos, puis les hanches.

— C'est *là* que je veux vous embrasser, murmura-t-il.

De stupeur, elle rouvrit les yeux.

— Vous n'y pensez pas !

— Je ne pense qu'à ça, répondit-il sur le ton de la conversation, avant d'écarter avec tendresse ses bras noués autour de son cou. Je dois descendre pour ouvrir le bal, mais à mon retour…

Il se redressa. Malgré elle, le regard de Kate se posa sur son membre, plus rigide que jamais.

— Cela ne va-t-il pas être… inconfortable ? demanda-t-elle.

Sans la quitter des yeux, il épongea son torse humide à l'aide d'une serviette.

— Si, dit-il simplement.

Elle comprit alors que ce qui se passait entre eux, aussi intime cela fût-il, était tout à fait naturel entre un homme et une femme. Rassurée, elle s'adossa de nouveau, jambes écartées, et fit courir sa main à l'intérieur de sa cuisse.

— Et si j'ai envie que vous m'embrassiez maintenant ? chuchota-t-elle.

Rien que d'y penser, elle frémissait d'impatience.

— Vous allez me tuer, grommela-t-il d'une voix rauque. Il faut que je descende, Kate. Vous le savez.

Elle lui décocha un sourire enjôleur.

— Très bien. Tant que vous n'oubliez pas que je vous attends...

Puis, fermant les paupières, elle renversa la tête en arrière contre le rebord de la baignoire, ses seins jaillissant hors de l'eau.

Elle entendit un petit son étranglé, le bruit de pas qui s'éloignaient et, quelques minutes plus tard, la porte qui se refermait.

Elle sourit, le cœur battant de joie. Gabriel était impatient de la retrouver.

33

— Tu as failli rater la première danse, siffla Wick entre ses dents. J'ai demandé aux musiciens d'attendre aussi longtemps que j'ai pu, en prétextant que la tante Sophonisba était souffrante.

Gabriel avait l'impression d'évoluer dans un rêve. Son corps était ici mais ses pensées étaient restées là-haut, auprès de cette femme de miel et de soie qui l'attendait, nue dans un bain parfumé.

— Je suis là, répliqua-t-il d'une voix tendue.

Avisant la princesse Tatiana et son oncle au milieu d'un petit cercle de gentlemen, il les rejoignit.

— Veuillez m'excuser, dit-il simplement.

C'est le prince Dimitri qui lui répondit.

— Un homme qui s'occupe aussi bien d'une vieille tante a toute notre estime. Chez nous, en Russie, la famille passe avant tout.

Gabriel acquiesça d'un hochement de tête et se tourna vers la princesse pour l'inviter à ouvrir le bal avec lui.

Tatiana dansait avec toute la grâce d'une jeune femme ayant reçu la meilleure éducation, et Gabriel était lui-même un danseur accompli. Ivre de frustration, il savoura avec un plaisir amer la parfaite harmonie qui régnait entre sa partenaire et lui.

— Peut-être pourrions-nous danser de nouveau ? lui proposa-t-il.

Elle eut un sourire radieux.

— Avec plaisir, Votre Altesse.

— Que diriez-vous d'une valse ? reprit-il, avec la désagréable impression de creuser sa propre tombe.

Elle parut aussi ravie que surprise. La valse était une danse si sensuelle qu'elle avait pratiquement valeur de contrat de mariage.

— Oui, si j'ai la permission de mon oncle, répondit-elle avec modestie.

Gabriel prit une profonde inspiration. Il allait ordonner à l'orchestre de jouer deux ou trois danses, puis la valse la plus courte qu'il avait dans son répertoire. Ensuite, il prétendrait avoir trop bu et se retirerait dans ses appartements.

Alors que la musique reprenait, quelqu'un lui tapota le bras de son éventail.

— Lady Wrothe, fit Gabriel en la saluant d'un hochement de tête. Auriez-vous l'amabilité de…

— Oui, je veux bien aller m'asseoir quelques instants avec Votre Altesse, l'interrompit-elle d'un ton sec. C'est bien aimable. Je me suis foulé la cheville avec ces maudits talons.

Sans attendre sa réponse, elle l'entraîna vers une alcôve qui abritait un canapé. À peine étaient-ils installés qu'elle demanda sans préambule :

— Eh bien, où est ma filleule ? Je sais qu'elle n'est pas souffrante. Kate n'est jamais malade. Je serais surprise qu'elle ait passé une seule journée de sa vie au lit.

Gabriel serra les mâchoires tandis que son imagination lui représentait avec un luxe de détails comment Kate et lui pourraient passer une journée au lit.

— J'ai peur de ne pouvoir vous aider, dit-il.

— Pouvoir, ou vouloir ? marmonna lady Wrothe. Je ne suis pas née de la dernière pluie, Votre Altesse. Ma filleule étant orpheline, elle est sous ma responsabilité.

Elle lui décocha un sourire de tigresse et ajouta :

— Si son cœur était brisé, je ne serais pas contente du tout.

— Moi non plus.

— On ne dirait pas, à voir Votre Altesse danser au bras de cette Russe pulpeuse, railla-t-elle.

— Lady Wrothe, ce mariage est un échange. Sa dot faramineuse contre mon titre. Je ne peux pas épouser miss Daltry.

— Dans ce cas, pourquoi la cacher comme une prostituée ? Il y a ici des gentlemen qui seraient ravis de l'épouser, dot ou non. Tous n'ont pas un livre de comptes à la place du cœur.

Gabriel prit une profonde respiration pour se calmer.

— Si vous voulez bien m'excuser, dit-il en commençant à se lever.

D'un geste, elle l'obligea à se rasseoir.

— Vous avez le choix, Votre Altesse. Faites le bon, ou vous n'aurez pas assez de votre vie pour vous le reprocher.

Gabriel se mit debout et s'éloigna à grandes enjambées, fou de rage et de frustration. Devant lui, tout le monde s'écarta respectueusement.

Seul Wick eut le courage de lui barrer le chemin.

— J'ai dit à Tatiana que je la ferais valser, murmura Gabriel à son oreille. Trouve-la et excuse-moi.

— Une valse ? répéta Wick. Je vais devoir prétendre que tu es très malade.

— C'est le cas, grommela Gabriel. Mortellement malade.

34

Kate finit de s'essuyer, examina ce qui restait de sa chemise et ramassa sa robe pour la poser sur le dossier d'un fauteuil. Avisant un peignoir accroché à une patère, elle l'enfila. Le contact de la soie passa sur sa peau comme une caresse.

Elle parcourut ensuite de nouveau les *Antiquités ioniennes*, et lut avec intérêt, dans le courrier des lecteurs, une lettre aussi érudite que peu amène signée d'un certain Gabriel. Elle reprit le livre de l'Arétin, mais ses gravures étaient à des lieues de la tendresse incandescente que Gabriel lui avait manifestée.

C'est alors qu'elle s'aperçut qu'elle venait de prendre une décision.

Elle allait s'offrir à lui.

Elle lui ferait don de sa virginité avant de s'en aller à Londres. À cette seule idée, ses jambes tremblaient. Jamais elle n'avait rien désiré avec autant de force.

La porte s'ouvrit au même instant, et Gabriel entra. En voyant son expression désespérée, Kate s'approcha vivement de lui.

— Gabriel ! s'écria-t-elle. Que s'est-il passé ?

Il la parcourut d'un regard vibrant d'une émotion qu'elle ne savait pas déchiffrer.

— Savez-vous ce que j'ai fait, Kate ?

— Vous avez dansé ?

— Pas seulement. J'ai dansé avec ma future épouse. Elle est très gracieuse et parle cinq langues. Je lui ai promis une valse.

Kate comprit pour la première fois ce que voulait dire l'expression « recevoir un coup de poignard dans le cœur ». Jusqu'à présent, elle avait réussi à oublier Tatiana, mais une valse... Il n'y avait rien de plus intime !

— Je vois, répondit-elle, envahie par la tristesse et la confusion. Je suppose que je dois vous présenter mes félicitations ?

À ces mots, il darda sur elle un regard de braise.

— Oseriez-vous faire cela ? siffla-t-il entre ses dents.

D'une main tremblante, Kate lissa le devant de son peignoir.

— Je crois que je ferais mieux de retourner dans ma chambre.

Aussitôt, il bondit sur elle tel un fauve.

— Je vous interdis de me quitter !

C'est alors qu'elle sut quelles émotions elle avait lues dans son regard. De la rage. Du désespoir.

Et de l'amour.

— Gabriel ! s'écria-t-elle dans un hoquet de stupeur.

— Je vous interdis...

— Chut ! l'interrompit-elle en posant une main sur sa joue. Chut... Je crois que je ne vous aimerais pas autant si vous n'étiez pas l'homme que vous êtes.

— Vous... commença-t-il d'une voix étranglée.

— Je vous aime, murmura-t-elle avant de l'embrasser avec toute la douceur dont elle était capable. Et vous êtes à moi. Dans mon cœur, vous serez toujours à moi.

Étouffant un grondement, il la prit dans ses bras. Elle enfouit son visage contre son torse pour humer son parfum enivrant, puis elle s'écarta de lui, la tête haute.

— Vous ne pouvez pas m'épouser, dit-elle. Vous allez vous marier avec Tatiana, non seulement parce que c'est celle que l'on a choisie pour vous, mais aussi parce que vous *méritez* une épouse qui danse avec grâce, parle cinq langues et vous apporte une dot princière.

— Si le monde était différent...

La voix de Gabriel se brisa.

— Il ne l'est pas, répondit Kate avec fermeté. Les choses sont ce qu'elles sont. Vous avez un château avec tous ses habitants à nourrir. Et je préfère vous aimer aujourd'hui que de vous briser en vous détournant de votre devoir.

— Vous êtes presque effrayante, murmura-t-il après un long silence.

Toutefois, son regard avait retrouvé un peu de son éclat.

— Pendant que je vous attendais, reprit-elle en commençant à dénouer la ceinture de son peignoir avec des gestes lents, j'ai pris une décision.

Il sembla s'arracher avec difficulté à la contemplation de ses mains et leva les yeux vers les siens.

— Oui ?

— Ce qui se passe entre Tatiana et vous ne compte pas. Pas ce soir. Cette nuit est pour nous. Demain sera pour Tatiana, pour le monde entier... J'assisterai à votre val de fiançailles, puis je partirai à Londres avec ma marraine. Je ne rentrerai pas chez Mariana. Il n'y a plus rien pour moi, là-bas.

Gabriel hocha la tête.

— Lady Wrothe s'occupera bien de vous.

Kate sourit.

— Oui. Elle a aimé mon père, savez-vous ? Elle l'a passionnément aimé, mais il en a épousé une autre. Alors elle a vécu sans lui. Et elle n'a pas été malheureuse.

Gabriel serra les poings.

— Je refuse de vous imaginer avec un autre.

C'était bien un homme ! songea Kate. Cela ne lui posait aucun problème de parler de Tatiana, mais la réciproque, en revanche, n'était pas vraie...

— Vous serez ici et moi à Londres, reprit-elle, mais ce soir…

Enfin, elle défit le nœud de sa ceinture et la laissa glisser sur le plancher.

— Ce soir, enchaîna-t-elle, je vous veux. Je veux tout de vous.

— Que cela signifie-t-il ? demanda-t-il d'une voix enrouée de désir.

Kate laissa glisser l'une des manches du peignoir sur son épaule, révélant son sein nu.

— J'ai décidé de vous offrir ma virginité. C'est un cadeau que je vous fais, Gabriel.

Il secoua la tête, comme s'il ne pouvait accepter. Kate fit tomber l'autre côté du peignoir pour dénuder tout son buste.

— Je ne demande rien en échange… sinon que vous preniez toutes les précautions voulues, ajouta-t-elle.

À son soulagement, son expression s'adoucit. Elle laissa le peignoir descendre jusqu'à ses coudes.

— Je n'ai pas le droit, protesta Gabriel. Un gentleman ne doit pas…

— Ce soir, l'interrompit-elle, vous n'êtes pas un gentleman. Vous êtes un homme et je suis une femme. Pas de titres, pas de dots, pas d'étiquette.

— Vous me tuez ! gémit-il, avant de la plaquer contre lui avec une telle force qu'elle en eut le souffle coupé.

Si Kate en jugeait à la vigueur de son désir, il était plutôt plein de vie.

— Vraiment ? minauda-t-elle en se frottant lascivement contre lui.

Dans son mouvement, elle fit tomber le peignoir. Le contraste entre sa nudité et la tenue d'apparat de Gabriel était délicieusement érotique.

Étouffant un gémissement, il recula d'un pas et arracha ses vêtements, faisant voler les boutons.

— Gabriel ? murmura-t-elle.

Pour toute réponse, il la souleva entre ses bras et l'emporta vers le lit, avant de s'allonger sur elle. Surprise par son poids, par sa chaleur, par l'étrange sensation de son corps puissant, elle laissa échapper un petit cri. Aussitôt, il se figea, accoudé au-dessus d'elle.

Comme il ne bougeait plus, elle chuchota :

— N'allez-vous pas...

— Oui ? l'encouragea-t-il d'un air innocent.

Kate se mordit les lèvres, hésitante.

— Vous savez bien, insista-t-elle.

— Dites-moi, répondit-il d'une voix suave. Vous avez eu tout le temps de vous instruire pendant mon départ.

— Je n'ai pas lu... *ce* livre. J'ai étudié les *Antiquités ioniennes*. Ainsi que votre lettre à l'éditeur, qui est très percutante. Même s'il n'était peut-être pas indispensable de le traiter de crétin. Au demeurant, je...

— Kate.

— Oui ?

— Taisez-vous.

Puis il se pencha vers elle et referma les lèvres sur son sein.

Kate ne put pas se taire. Au contraire, elle laissa échapper un long gémissement de plaisir. Il lui semblait qu'une digue venait de se briser en elle, libérant ses pulsions les plus sauvages. Ses reins se creusèrent, ses cuisses s'ouvrirent... et quelque chose de dur se pressa contre son bassin.

— Gabriel ! s'écria-t-elle.

Il aspira doucement son téton, lui faisant perdre le peu de décence qu'il lui restait. Elle voulut l'attirer à lui, mais il libéra l'une de ses mains et la fit lentement remonter le long de sa jambe jusque...

Jusque... *là*.

— Je ne pense pas que ce soit... articula-t-elle avec peine.

Sa voix s'étrangla lorsque, prenant son autre sein dans sa bouche, il introduisit un doigt entre les boucles humides de sa toison.

Embrasée d'une fièvre inconnue, elle se cambra, serrant convulsivement les épaules de son amant, avant de haleter :

— Je veux...

— Oui ? demanda-t-il avec un flegme imperturbable.

Elle ouvrit les yeux et, s'efforçant d'ignorer ce qu'il était en train de faire avec sa main, elle lui embrassa la joue, puis la lécha. Un frémissement le parcourut. Enhardie par ce premier succès, elle lécha le coin de ses lèvres et les mordit doucement.

Gabriel ne parut pas y voir d'objection.

Ensuite, elle laissa ses mains courir le long de son large dos, jusqu'à ses fesses musclées. Il lui sembla que son membre durcissait encore, si cela était possible.

— Embrassez-moi, le supplia-t-elle.

Il captura sa bouche avec passion et ne la libéra qu'après de longues minutes.

— Kate, j'aimerais faire durer cela toute la nuit, mais si vous continuez de vous frotter ainsi contre moi, j'ai peur que votre première fois ne soit aussi brève que décevante.

— J'aime cela, protesta-t-elle. J'ai l'impression d'être si chaude, si douce et si... humide ! ajouta-t-elle, les joues en feu.

Il lui prit le visage entre les mains, effleura ses lèvres des siennes et, soudain, son membre se plaqua contre l'orée de sa féminité.

— Oui ! murmura-t-elle.

Plus rien n'existait que la fièvre qui courait dans ses veines et allumait un véritable brasier entre ses cuisses. Les yeux de Gabriel étaient assombris de désir, mais il s'était immobilisé.

— Gabriel ? l'appela-t-elle. Que faites-vous ?

— Je prends mes précautions, comme vous me l'avez ordonné, madame, répondit-il en saisissant quelque chose sur sa table de nuit.

Et un instant plus tard...

Il commença à entrer en elle. Avant de s'arrêter aussitôt en marmonnant des paroles qu'elle ne comprit pas.

— Continuez ! l'encouragea-t-elle en se cambrant pour venir à sa rencontre.

Elle entendit un gémissement qui était presque un rire... et il poursuivit sa prudente progression.

Kate poussa un petit cri, mais elle n'avait pas mal. C'était simplement la sensation d'être possédée, d'être prise par cet homme.

Il recula aussitôt.

— Vous ai-je fait mal ? s'inquiéta-t-il. Répondez-moi, Kate. Nous ne sommes pas obligés de continuer. Je peux...

— S'il vous plaît !

— Je comprends, assura-t-il en se retirant avec douceur.

— Non ! protesta-t-elle. Revenez. Maintenant !

Joignant le geste à la parole, elle l'attira à elle avec passion.

Un sourire de pure béatitude se peignit sur les traits de son amant... qui s'empressa d'obéir.

Kate se cambra mais il était trop grand pour elle, trop dur, trop... parfait.

— Encore, gémit-elle.

De nouveau, il parut se faire un plaisir d'obtempérer. Et encore. Et encore. Et encore...

Il bougea en elle jusqu'à ce que leurs souffles haletants se mêlent, jusqu'à ce que leurs corps se couvrent de sueur.

Puis Kate eut l'idée de contracter ses muscles autour de lui. Il eut un gémissement de plaisir. Elle recommença. Il gémit une nouvelle fois.

Ivre de volupté, elle s'arc-bouta sous ses coups de reins...

Une vague de jouissance la submergea, puis une autre, et une troisième, jusqu'à ce qu'elle retombe sur le matelas dans un long feulement de plaisir.

35

Ils avaient pris un bain et fait de nouveau l'amour, longuement, passionnément, avant de se réfugier sous les couvertures pour se protéger de la fraîcheur de la nuit.

— Il faut que je m'en aille, dit Kate.

— Non, répliqua-t-il d'un ton bougon.

Kate éclata de rire et se blottit plus étroitement contre lui. Jamais elle n'avait ressenti une telle impression de bonheur et de sécurité.

Je ne t'oublierai jamais, murmura-t-elle. Je n'oublierai jamais cette nuit.

Il la serra un peu plus fort contre lui.

— J'ai l'impression de rejouer *Roméo et Juliette*, dit-il avant de marmonner un juron.

— Roméo ne jure pas, lui rappela Kate. Un prince ne jure pas.

— Avec toi, je ne suis pas un prince. Pas cette nuit.

Ce fut plus fort qu'elle.

— Ne m'oublie pas, le supplia-t-elle.

Comme il ne répondait pas, son cœur se serra.

— Sais-tu ce que Roméo dit à sa fiancée, étendue dans sa tombe ? reprit-il enfin.

— J'ai oublié.

— Il lui promet de rester éternellement à elle. « Plus jamais de ce palais de la nuit obscure je ne repartirai... » J'ai le palais, Kate. Et pourtant, je ne peux pas t'avoir.

— N'est-ce pas là qu'il se donne la mort ?

— Si.

— Décidément, tes goûts littéraires sont assez désespérés.

— Je suppose qu'il y a des points communs entre Didon et Juliette, admit Gabriel.

— Elles sont aussi sottes l'une que l'autre, railla Kate. Je t'adore, mais je n'ai pas l'intention de me jeter sur un bûcher funéraire dans un proche avenir.

Un rire silencieux monta de la poitrine de son amant.

— Moi aussi, chuchota-t-il, ses lèvres dans ses cheveux. Je t'adore.

Kate se levait à l'aube depuis trop longtemps pour ignorer que le jour serait bientôt là. Il était temps de s'en aller.

— Gabriel... commença-t-elle.

— Non.

— Il le faut, dit-elle en se dégageant de son étreinte.

Elle se leva en frissonnant dans la fraîcheur matinale. Aussitôt, il la rejoignit. Il semblait si désespéré qu'elle en eut le cœur serré.

Pourtant, elle ne prononça pas un mot. Aucune parole n'aurait rien changé.

Deux minutes plus tard, habillée et drapée de dentelle noire, elle était dans les bras de Gabriel.

— Tu ne promènes pas ta tante comme cela dans les couloirs du château ! protesta-t-elle.

— Si nous croisons quelqu'un, je dirai qu'elle a abusé du cognac.

Enfin, ils parvinrent devant sa porte. Gabriel la déposa avec douceur sur le seuil.

— Je t'aime, chuchota Kate une dernière fois.

Puis, prenant tous les risques, elle souleva son voile pour plonger son regard dans le sien.

— Je...

Les paroles de Gabriel parurent s'étrangler dans sa gorge. Il se pencha pour lui voler un dernier baiser, puis se détourna et s'en alla rapidement.

Kate attendit qu'il ait disparu à l'angle d'un couloir, avant d'entrer dans sa chambre.

Freddie, roulé en boule sur son lit, la salua d'un jappement plaintif. Il y avait des bougies presque entièrement consumées sur le manteau de la cheminée, un livre sur la table de nuit, des chaussons au pied du lit, sa chemise de nuit préparée pour elle.

Dans cette chambre, il y avait sa vie. Ce qui était derrière elle n'était qu'un conte de fées, quelques instants de magie. Elle avait intérêt à s'en souvenir.

Alors, elle prit Freddie dans ses bras et le laissa lécher les larmes salées qui roulaient sur son visage.

Quelques heures plus tard, Rosalie entra dans sa chambre et ouvrit les rideaux.

— Non, gémit Kate. Je n'ai pas envie de me lever.

— J'ai une excellente nouvelle à annoncer à mademoiselle ! clama la femme de chambre.

— Sortez ! s'impatienta Kate, les yeux encore gonflés de larmes. Je vous sonnerai tout à l'heure.

Puis elle se rendormit, un oreiller sur la tête.

Elle émergea de son sommeil en début d'après-midi, se leva sans enthousiasme pour tirer sur le cordon et alla se regarder dans le miroir.

Au premier regard, elle se dit qu'une femme initiée aux jeux de l'amour avait exactement le même visage qu'une vierge. Puis, en s'examinant de plus près, elle s'avisa que son teint était lumineux et ses lèvres gonflées par les baisers.

Rosalie apparut, lui apportant son petit déjeuner sur un plateau, suivie de valets munis de seaux d'eau chaude.

— J'ai une surprise pour mademoiselle ! chantonna-t-elle.

— Après mon bain, bougonna Kate en s'asseyant devant la table où Rosalie avait disposé son repas.

— Mademoiselle doit avoir encore terriblement mal au cœur, compatit la femme de chambre en lui versant du thé. Je suis désolée de ne pas avoir été là hier soir, mais M. Berwick avait besoin de mon aide. Il paraît que je n'ai pas mon pareil pour les compositions florales. La bonne qu'il a envoyée s'est-elle bien occupée de vous ?

— Très bien, répondit Kate, distraite.

Ce n'est qu'une fois lavée, poudrée et habillée que Kate consentit à entendre la « merveilleuse nouvelle » de Rosalie.

— Miss Victoria est ici ! Sa lèvre est guérie. Elle est arrivée hier soir, mais vous étiez malade et personne ne devait vous déranger. On l'a logée dans la chambre voisine.

— Victoria est à Pomeroy Castle ? Avec Mariana ?

— Non, mademoiselle. Elle-Même... je veux dire, *madame* est restée pour préparer le mariage de miss Victoria.

Rosalie se dirigea vers la porte.

— Je vais la chercher. Elle est impatiente de vous voir !

Quelques instants plus tard, Victoria entrait d'un pas hésitant, comme si elle craignait de ne pas être la bienvenue. Kate pria Rosalie de leur apporter encore du thé et invita sa sœur à s'asseoir près d'elle, devant la cheminée.

— Comment va ta lèvre ? lui demanda-t-elle.

— Nettement mieux, depuis que l'abcès a été percé. Mais que j'ai eu froid cette nuit ! J'ai grelotté jusqu'à ce que j'aille chercher César.

— César ! s'écria Kate, qui l'avait complètement oublié.

— Je l'entendais aboyer dans ta chambre, alors je suis venue le chercher. Freddie dormait sur ton lit, je l'ai laissé.

Elle joua avec un pli de sa jupe, les joues empourprées.

— Je n'ai pas dormi ici, avoua Kate, comprenant le sens de son soudain silence.

— Oh, je suis mal placée pour te juger.

— Pourquoi es-tu venue ? s'enquit Kate avec douceur.

— Algie continue de m'écrire. Depuis que nous nous sommes rencontrés, au mois de mars, nous nous envoyons une lettre chaque jour.

— Chaque jour ? répéta Kate, abasourdie.

Victoria hocha la tête.

— Quelquefois, il m'écrit plusieurs pages. Algie est un merveilleux correspondant. Comme je n'ai jamais eu de gouvernante, je suis considérablement moins douée que lui, mais il n'a pas l'air de s'en formaliser.

Jamais Kate n'avait mesuré combien l'éducation de Victoria avait été affectée par la manie de Mariana de congédier le personnel.

— J'aurais dû me battre davantage pour garder la gouvernante, dit-elle.

— Tu as fait ce que tu as pu. Tu as déjà admirablement protégé Cherryderry et Mme Swallow.

Après un silence pensif, Kate reprit :

— Eh bien, que t'a dit Algie ?

— Il m'a appelée à l'aide, répondit Victoria, les yeux toujours baissés. Il m'a dit que tu étais en train de tomber amoureuse du prince Gabriel et que tout cela allait mal finir si je ne venais pas à ta rescousse. Nous savons tout ce que tu as fait pour aider les autres, mais Algie prétend que cette fois, c'est *toi* qui as besoin d'aide.

Kate la regarda… et éclata de rire. Non pas d'un rire de défiance, mais au contraire d'un rire de joie presque incrédule. Après toutes ces années de solitude, elle avait enfin une famille !

Certes, ce n'était pas une famille très traditionnelle. Sa marraine n'était pas un parangon de vertu. Sa sœur était née hors mariage. Algie était parfois d'une naïveté affolante. Et cependant, ils s'inquiétaient pour elle.

— Alors tu n'es pas fâchée ? demanda Victoria, soulagée. J'avais peur que tu ne sois furieuse de me voir arriver, mais Algie a dit...

Kate s'approcha d'elle et la prit dans ses bras.

— Je suis très heureuse que tu sois venue me sauver. Cela dit, je n'ai pas l'intention de m'attarder ici.

— Tant mieux. Je préférerais partir ce soir, après le bal. Algie et moi devons nous marier demain.

— Bien entendu.

— Si nous partons à minuit, nous pouvons arriver à l'aube. Veux-tu venir avec nous ?

— Et voyager toute la nuit ?

— Le prince Gabriel a exigé qu'Algie assiste à son bal de fiançailles, mais lady Dimsdale et maman nous attendent demain matin pour la cérémonie, à Dimsdale Manor.

— Très bien, fit Kate, je viendrai avec vous. T'ai-je dit que j'ai une marraine, lady Wrothe ?

— Oh, Henry ? Il paraît que tu vas aller vivre avec elle ?

Kate hocha la tête.

— Tu sais que tu peux venir chez nous, poursuivit Victoria. Nous serons ravis de t'avoir à la maison.

Elle était sincère, comprit Kate.

— Je suis heureuse que nous soyons sœurs, murmura-t-elle.

Victoria acquiesça d'un hochement de tête, mais ses yeux étaient brillants de larmes.

— À la différence que moi, je suis illégitime, répliqua-t-elle.

— Tu n'es pas responsable des circonstances de ta naissance.

— Oui, mais quand ma mère a épousé ton père, elle t'a pris ton héritage pour me le donner. Ce n'est pas juste. J'ai l'impression d'être un parasite ! s'écria Victoria en fondant en larmes.

— Mais non, pas du tout ! la rassura Kate en lui tendant son mouchoir. Le plus important, c'est la bonté. Tu es pleine de bonté, Victoria. Tu n'es pas une voleuse. Notre père voulait que tu aies cet héritage. Ma mère m'a laissé une dot, tu le sais.

Kate venait de comprendre pourquoi son père avait épousé Mariana. Tout d'un coup, en voyant sa sœur si jolie, si douce, si innocente, elle comprenait pourquoi.

— Il faut que je te montre quelque chose, décida Kate. Laisse-moi juste le temps d'écrire un billet.

Pendant que Victoria essuyait ses larmes, Kate rédigea un mot à l'attention de Gabriel.

Votre Altesse,
Puis-je emmener ma sœur voir la statue de Merry, dans le jardin derrière la chapelle ? Votre oncle pense que vous pourriez avoir la clef de la chapelle et je suis sûre que M. Berwick pourrait nous aider à trouver la porte.
Veuillez agréer, etc.

Miss Katherine Daltry

— Que vas-tu porter, ce soir ? questionna Victoria, une fois que Rosalie fut partie avec la lettre.

— Aucune idée. Je suppose que Rosalie a prévu quelque chose.

— Il faut que tu y réfléchisses, insista sa sœur. Puisque je suis là, tu iras au bal en tant que toi-même. C'est ton entrée officielle dans le monde.

Kate battit des paupières, surprise.

— Je n'avais pas pensé à cela !

— Je serrerai bien mon corset pour paraître plus mince et j'aurai ma perruque et mes chiens.

Puis, après un silence pensif, Victoria ajouta :

— Comme c'est étrange d'imaginer que tu échanges des billets doux avec un prince !

— Tu dis cela parce que j'étais une domestique à Yarrow House ?

— Tu n'as jamais été une domestique ! protesta Victoria. Tu étais... Tu étais...

— Peu importe l'étiquette, fit Kate. Et tu as raison, c'est étrange. Dis-moi plutôt, que dois-je faire ce soir ? Je ne sais pas danser.

— Et Algie n'a pas le temps de t'enseigner quelques pas ! gémit Victoria.

— Algie ?

— C'est un excellent danseur, révéla Victoria avec fierté. Et aussi un très bon professeur. Il est si patient !

— Décidément, vous êtes tous les deux...

Elle fut interrompue par des coups frappés à la porte.

— Le prince Gabriel attend mesdemoiselles dans la chapelle ! s'écria Rosalie.

— Je veux te montrer quelque chose, dit Kate en tendant la main à sa sœur. Cela devrait te plaire.

— Je n'ai jamais salué un prince, marmonna Victoria tout en la suivant le long du couloir. Comme je regrette qu'Algie ne soit pas là !

36

Gabriel était si beau, sa haute silhouette se découpant dans l'encadrement de la porte de la chapelle, que Kate fut saisie d'un léger vertige. Toutefois, s'il y avait une chose que Katherine Daltry ne ferait jamais, c'était bien de perdre la raison à cause d'un homme. Ou de s'évanouir. Ou de se jeter sur un bûcher funéraire.

Aussi garda-t-elle la tête haute avant de saluer le prince d'une sobre courbette, puis de lui présenter sa sœur, comme si de rien n'était.

Et puisqu'il se comportait de la même façon, rien ne justifiait la douleur qui la tenaillait. Le cœur serré, elle suivit Gabriel qui traversait la petite chapelle jusqu'à la sacristie, où les attendait M. Berwick. Une porte peinte en rouge avait récemment été découverte sous une tenture, expliqua ce dernier.

— C'est Son Altesse qui a remarqué le battant depuis le jardin, de l'autre côté, expliqua le majordome.

Sans un mot, Gabriel sortit une longue clef rouillée et l'introduisit dans la serrure. Elle tourna, mais la porte refusa de bouger. D'un puissant coup d'épaule, le prince l'ouvrit.

Après un début de journée brumeux, le soleil s'était levé. Ses rayons traversaient les branches de l'unique chêne du jardin secret.

— Viens, dit Kate en prenant sa sœur par la main. Je vais te présenter quelqu'un.

— Ici ? s'étonna Victoria, avant de pousser un petit cri de dépit et de lâcher sa main. Ma robe s'est accrochée dans un rosier. Attends-moi !

Kate était déjà partie en avant, pressée de mettre quelque distance entre le prince et elle. Elle se posta devant la statue de Merry.

— Oh, la jolie petite fille ! s'écria Victoria, qui l'avait rejointe. Regardez-moi ces adorables fossettes !

— Elle s'appelait Merry. Elle aussi est née hors des liens du mariage.

— Oh.

— Elle était la fille de lady Églantine, mais on ignore qui était son père. En revanche, il y a quelque chose que l'on sait avec certitude.

— Oui ?

— Elle était tendrement aimée. Ce jardin abrite son mémorial.

— Elle est morte ? s'exclama Victoria d'une voix tremblante.

— Elle a vécu au XVIᵉ siècle, expliqua Kate avec patience. Ce que je voulais te montrer, c'est que sa mère l'aimait, qu'elle soit ou non légitime. Notre père t'aimait assez pour épouser Mariana, Victoria. Il était fils de comte mais il s'est marié avec sa maîtresse, qui n'était pas une lady. Il l'a fait pour toi.

— Oh ! s'écria Victoria. Je n'y avais pas pensé... En es-tu certaine ?

— Absolument. Il savait que j'avais une dot et a fait en sorte que tu en aies une, toi aussi.

Kate prit sa sœur par les épaules et la ramena vers la porte rouge, où Gabriel et M. Berwick les attendaient.

— Comme il est beau ! chuchota Victoria à son oreille tandis que, quelques instants plus tard, elles remontaient les marches menant à la chambre de Kate.

— Qui, le prince ? Oui, à condition d'apprécier le genre ténébreux.

— Et as-tu vu comme il te dévorait du regard ?

— Il donne ce soir un bal pour ses fiançailles avec la princesse Tatiana, répondit Kate sans s'émouvoir.

— C'est trop cruel ! gémit Victoria. Je ne supporte pas cela. Veux-tu que nous partions avant le bal, Kate ? Nous pouvons être en route dans une heure.

— Je ne fuirai pas. Nous allons assister à ce bal, et j'ai bien l'intention de danser avec tous les hommes, même si je n'ai jamais appris. Ensuite, nous irons te marier, et pour finir, je partirai pour Londres. Je l'aurai vite oublié.

— Moi, je ne pourrais jamais oublier Algie, répliqua Victoria, songeuse.

— Oui, mais vous êtes fiancés, lui rappela Kate en se composant un ton insouciant. Pour ma part, je connais à peine le prince.

Victoria ne répondit pas, mais elle prit la main de Kate et la serra doucement.

37

Kate laissa Victoria dans sa chambre et se dirigea vers la sienne. Lorsqu'elle poussa la porte, elle vit que Henry l'attendait. Aussitôt, les larmes lui montèrent aux yeux. Sa marraine courut vers elle et la prit dans ses bras.

Kate se mit à pleurer. Henry l'entraîna vers un sofa et s'assit près d'elle en murmurant des paroles de réconfort que la jeune femme entendit à peine. Elle sanglota longtemps, jusqu'à l'épuisement.

Enfin, elle redressa la tête.

— Ne me dites pas d'arrêter de l'aimer, supplia-t-elle d'une voix entrecoupée de sanglots. Je ne pourrais pas cesser de respirer, je ne pourrais pas cesser de l'aimer, je...

Elle s'interrompit dans un hoquet.

— Je ne vous le demanderai pas, promit Henry. En revanche, il faut sécher vos larmes, ou vous allez vous gâter le teint.

S'étant levée pour étendre Kate sur le canapé, elle se rendit au cabinet de toilette et en revint avec une serviette humectée d'eau fraîche.

— Mettez ceci sur vos yeux, ordonna-t-elle.

Prenant la main de Kate, elle poursuivit :

— Je ne vous demanderai pas d'arrêter de l'aimer, parce que je sais que c'est impossible. Quand votre papa est mort, j'ai pleuré pendant une semaine. J'ai pleuré le jour de son mariage. Et j'ai même pleuré quand votre maman est décédée, car je savais qu'il en souffrirait.

Elle marqua une pause, avant d'ajouter :

— Je ne pleure *jamais*.

Kate émit un petit rire sans joie.

— Moi non plus.

La main de sa marraine serra la sienne un peu plus fort.

— Je suis désolée, Kate. Tout ce que je puis vous dire, c'est que la vie vaut d'être vécue, même si l'élu de votre cœur n'est pas à vos côtés. Il y en aura d'autres que lui. Je sais qu'aujourd'hui vous avez du mal à me croire, mais c'est la vérité. Vous allez épouser...

— C'est bien le pire ! l'interrompit Kate. Comment pourrais-je me marier, maintenant que je sais... que je sais...

Elle se tut, incapable de trouver les mots pour décrire le bonheur d'être dans les bras de Gabriel, de rire avec lui, de faire l'amour avec lui.

— Je comprends, dit simplement Henry. Je comprends.

Elle se leva pour changer la compresse.

— Là, reprit-elle en déposant sur ses paupières un linge fraîchement humidifié. Vos yeux ressemblent à des pruneaux au cognac.

— Charmant, gémit Kate.

— L'amour ne donne pas toujours bonne mine, commenta sa marraine, philosophe.

— Eh bien, je déteste l'amour, bougonna Kate.

— Moi pas. Je préfère aimer un homme qui ne peut pas être à moi plutôt que ne pas aimer du tout.

— Il n'y aura personne d'autre pour moi, déclara la jeune femme avec conviction.

— Croyez-vous que je trouvais votre père parfait ? Il en était très loin !

Kate émit un petit rire désabusé.

— C'était un idiot, enchaîna Henry tout en se levant pour arpenter la chambre. Il était persuadé que l'argent compte plus que l'amour, et que nous ne pourrions pas être heureux car il n'avait pas les moyens de m'entretenir.

— Quel âne ! siffla Kate entre ses dents.

— Possible, admit Henry en riant, mais il est vrai que j'apprécie un certain confort.

Elle ôta la compresse pour inspecter les paupières de Kate.

— C'est nettement mieux, approuva-t-elle. Je vais tout de même en remettre une autre.

Elle s'éloigna de nouveau. Haussant la voix pour couvrir le bruit de l'eau, Kate demanda :

— À quoi ressemble-t-elle ?

— Vous parlez de cette petite Russe ?

— Je parle de la fiancée de Gabriel, rectifia Kate.

Henry revint et ôta la compresse pour la remplacer.

— Elle n'est pas vous. Elle ne sera jamais vous.

— Oui, mais...

— Quelle importance ? Votre maman était votre maman. Elle aimait votre père et je m'en réjouissais pour lui, mais je n'essayais pas de les imaginer tous les deux ensemble. Cela ne m'aurait pas fait de bien.

— Je comprends.

— Vous pouvez arrêter de penser à lui, reprit lady Wrothe avec fermeté.

Kate tenta d'imaginer un monde sans Gabriel.

— Et vous allez commencer dès ce soir, précisa sa marraine tout en soulevant la compresse pour inspecter ses yeux. Parfait. Dans une heure ou deux, tout sera rentré dans l'ordre.

— Je ne veux pas aller au bal ce soir. Je n'en aurai pas la force. Tout à l'heure, quand il nous a montré le jardin derrière la chapelle, c'était à peine s'il semblait me connaître. Sa voix...

— Je vous interdis de pleurer ! l'interrompit lady Wrothe.

Kate se mordit les lèvres.

— Vous allez assister à ce bal, poursuivit Henry. Et vous serez plus belle que jamais, parce que c'est moi qui vous habillerai. Vous allez donner à ce prince une dernière occasion de se conduire comme un homme.

— Oh, il l'est ! s'écria Kate tandis que des images brûlantes affluaient à sa mémoire.

— Votre père croyait que comme il était un cadet de famille, il devrait épouser une femme richement dotée. Il le croyait parce qu'on le lui avait répété toute sa vie. Votre prince croit qu'il doit se marier avec la femme que son frère a choisie pour lui.

— Il a un château et une famille à entretenir, riposta Kate. Il n'a pas le choix.

— On a toujours le choix. Et ce soir, nous allons le lui prouver de la façon la plus éclatante qui soit.

Kate se redressa. Elle était apaisée, comme si ses larmes l'avaient lavée de son chagrin.

— Il ne rompra pas ses fiançailles, répondit-elle.

— Alors vous aurez la preuve définitive qu'il n'est qu'un sot. S'il n'a pas le cran de vous revendiquer, il ne vous mérite pas.

— Si seulement vous pouviez le lui dire ! gémit Kate. Tout serait beaucoup plus simple.

— Tout est *très* simple, répliqua Henry en souriant. Vous serez au bal et Tatiana aussi. Il aura le choix devant lui.

— Et s'il ne veut pas de moi ?

— Alors vous quitterez ce château sans un regard en arrière.

Kate hocha la tête, pensive.

— Et maintenant, il est temps de nous habiller, décréta sa marraine en allant tirer sur le cordon.

Quelques instants plus tard, Rosalie entra et salua lady Wrothe d'une courbette.

— Puis-je voir ce que vous avez prévu pour ma filleule, pour ce soir ?

La femme de chambre se dirigea d'un pas rapide vers une grande armoire, dont elle sortit une robe jaune pâle.

— Il y a la perruque et des bijoux assort...

— Non, trancha lady Wrothe. Kate aurait le teint cireux. Qu'avez-vous d'autre ?

Rosalie examina l'armoire.

— Il reste deux autres robes. Celle-ci, en damas de soie, avec sa perruque.

Tout en montrant la robe, elle désigna une perruque d'un vilain brun verdâtre, mais Henry secouait de nouveau la tête.

— Le vert ne va pas avec vos cheveux, expliqua celle-ci à Kate.

Puis, se tournant vers Rosalie, elle ajouta :

— Votre maîtresse ne portera pas de perruque, ce soir.

— Comme Victoria est ici, précisa Kate, j'assisterai au bal en tant que Katherine Daltry.

— Vous pouvez rendre ces perruques à leur propriétaire, déclara Henry d'un ton satisfait. Je ne veux plus jamais les voir.

Rosalie acquiesça et décrocha la dernière robe – une petite merveille de taffetas de soie ivoire ornée de délicats motifs bleu pâle.

— Parfait ! s'écrièrent Kate et Henry d'une même voix.

— Il se fait tard, ajouta lady Wrothe en se levant. Parsons, ma femme de chambre, va faire une crise d'apoplexie. N'oubliez pas, Kate : pas de perruque. Choisissez une coiffure très simple. Je vous enverrai Parsons pour qu'elle vous maquille.

— Me farder ? s'écria Kate, choquée. Je ne sais pas si...

— Parsons est une artiste. Vous ne vous reconnaîtrez pas. Et maintenant, dépêchons. Nous voulons faire une entrée remarquée, et non arriver une fois que tout le monde sera parti se coucher.

Kate hocha de tête et donna une brève accolade à sa marraine.

— Merci, murmura-t-elle.

Après une tasse de thé et un bain, la jeune femme était apaisée, presque sereine. Sa vie allait se jouer ce soir, songea-t-elle en passant la main dans ses longues mèches dorées par le soleil.

— Comment allez-vous me coiffer, Rosalie ?

— Je peux faire un chignon avec des boucles sur le haut de la tête, proposa celle-ci. Ou bien réaliser des rouleaux pour une coiffure plus classique, mais vos cheveux sont si épais que je devrai les lisser au fer.

Kate frémit.

— Un chignon avec des mèches qui retombent sera très bien. Si vous les remontez tous, cela va peser trop lourd.

— Et pour les ornements ? demanda Rosalie en ouvrant un coffret posé sur la coiffeuse. Nous avons un filet argenté, mais il n'est peut-être pas du meilleur goût... Il y a aussi un peigne orné de pierreries, mais elles sont vertes... Il me semblait qu'il y avait également...

— Tant pis, fit Kate. Je me passerai de colifichets.

Rosalie continua pourtant de fouiller dans le coffret.

— Le voilà ! s'écria-t-elle en brandissant d'un geste triomphal un peigne en argent incrusté d'émeraudes.

Au même instant, des coups furent frappés à la porte. Une jeune femme aussi élégante qu'une lady fit son entrée.

— Je suis Parsons, se présenta-t-elle en saluant Kate et Rosalie. Lady Wrothe m'envoie pour vous aider.

— Merci, répondit Kate, toujours assise devant la coiffeuse.

La femme de chambre de lady Wrothe ouvrit une mallette et fourragea parmi des petits pots. Elle commença par étaler de la crème sur tout le visage de Kate. Puis elle ouvrit un pot de fard à lèvres et secoua la tête.

— Trop pâle, murmura-t-elle. Il me faut un rouge profond.

Elle ouvrit un pot, avant de le refermer. Quelques instants plus tard, une vingtaine de petits pots jonchaient la coiffeuse.

— J'ignorais que c'était si compliqué ! gémit Kate, gardant docilement les yeux fermés tandis que Parsons passait un pinceau sur ses paupières.

— J'ai presque fini, mademoiselle. Il ne me reste plus qu'à trouver la bonne couleur pour le rouge à lèvres.

Rosalie, qui finissait le chignon de Kate, désigna un pot qui n'avait pas été ouvert :

— Et celui-ci ?

— C'est du rouge pivoine, expliqua Parsons, avant de l'essayer sur les lèvres de Kate.

— C'est parfait ! s'écria celle-ci, stupéfaite.

C'était la vérité. Une fois sa bouche parée de cette couleur éclatante, son teint trop mat irradiait soudain d'une superbe nuance dorée. Ses joues étaient voilées d'une imperceptible couleur pêche et son regard semblait plus intense et plus mystérieux que jamais.

— Dieu du ciel, Parsons, vous êtes une magicienne !

Celle-ci éclata de rire.

— Mademoiselle est très jolie. Je n'ai pas grand mérite.

Elle rassembla ses petits pots et quitta la pièce.

— Le chignon est terminé, annonça Rosalie en glissant le peigne incrusté d'émeraudes pour la touche finale. Mademoiselle est superbe !

— Il faudrait peut-être quelques bijoux, dit Kate. Avons-nous le coffret de Victoria ?

Rosalie choisit un collier de perles avec un pendentif en émeraudes et l'attacha à son cou.

— Et maintenant, annonça-t-elle avec révérence, les pantoufles de verre.

Sous le regard interloqué de Kate, elle ouvrit religieusement une boîte à chaussures et en sortit une paire de souliers enveloppés dans de la soie.

— Y a-t-il rien de plus beau ? s'extasia la femme de chambre.

Oui, songea Kate. Une tarte au citron. L'amour de Freddie. Le baiser d'un prince.

Rosalie s'agenouilla devant elle.

— Il faut les mettre avec douceur, mademoiselle. Elles ne sont pas en verre, mais elles sont tout de même très fragiles.

Tout en parlant, elle avait glissé au pied de Kate une sublime petite mule à talons hauts. La chaussure avait l'éclat du verre poli et son talon était incrusté de pierreries.

— Elles sont transparentes ! s'écria Kate, impressionnée. De quoi sont-elles faites ?

— Une sorte de taffetas, répondit Rosalie d'un ton évasif. C'est un tissu qui a l'air transparent, un peu comme du verre. On ne peut les porter qu'une soirée. Ensuite, elles ont toujours l'air défraîchies.

Kate se leva et alla se poster devant la psyché pour étudier son reflet. Non sans une certaine satisfaction, elle songea que personne ne la prendrait pour la « Victoria » aux yeux cernés et aux perruques criardes de ces derniers jours. À présent, elle avait la mine radieuse et les lèvres infiniment sensuelles.

Pour la première fois, elle vit sur son visage la beauté héritée de son père, cette beauté qui avait fait la réputation de Victoria. Certes, elle n'était pas aussi pulpeuse que sa sœur, mais elle était… presque plus belle.

Oui, plus belle que sa sœur.

Si Gabriel, après l'avoir vue ainsi, épousait tout de même Tatiana, elle n'aurait plus aucun regret. Elle aurait fait tout ce qui était en son pouvoir.

— Rosalie ? dit-elle en se tournant vers celle-ci. Cette robe était un choix inspiré. Merci.

— On dirait qu'elle a été fabriquée pour mademoiselle. Elle lui fait la taille encore plus fine et les jambes encore plus longues. Les autres dames vont se pâmer de jalousie.

Kate réprima un sourire. À sa connaissance, jamais aucune femme ne l'avait enviée !

Au même instant, on frappa à la porte. Victoria entra, suivie de Dimsdale. Elle portait sa perruque rouge cerise et une délicieuse robe blanche bordée de dentelle du même rouge.

— Lord et lady Wrothe nous attendent dans la grande galerie, annonça Victoria. Ils...

Voyant soudain sa sœur, elle pila net et joignit les mains sur son cœur.

— Oh ! s'exclama-t-elle. Que tu es... Que tu es... Algie, viens donc voir Kate !

Kate fit un pas vers eux en savourant la confiance en soi que donne le sentiment d'être belle.

La réaction de Dimsdale fut aussi satisfaisante que celle de Victoria. Sa mâchoire parut se décrocher, puis il se ressaisit et s'écria :

— On dirait... On dirait... une *Française* !

Apparemment, cela représentait à ses yeux un idéal insurpassable d'élégance et de beauté.

— Vous êtes magnifiques, vous aussi, tous les deux, répondit-elle. Y allons-nous ?

Henry les attendait à l'extrémité de la galerie en compagnie de lord Wrothe, vêtue d'une somptueuse robe de soie prune rebrodée d'arabesques de perles nacrées.

— Ma foi, déclara-t-elle en voyant les deux sœurs venir à sa rencontre, je peux m'estimer heureuse de ne pas avoir fait mes débuts dans le monde en même temps que vous !

— Vous auriez raflé tous les bons partis et ne nous auriez laissé que des cœurs brisés ! répondit Kate d'un ton joyeux.

Puis, s'approchant d'elle, elle lui chuchota à l'oreille :

— Merci.

— De quoi ?

— De tout ce que vous faites pour moi.

— Bah ! Vous n'avez pas besoin de mon aide. Le prince va tomber à la renverse en vous voyant. Je ne voudrais pas manquer le spectacle !

À leur approche, M. Berwick arqua un sourcil intrigué, puis il fit signe aux valets de pied, qui ouvrirent les doubles portes d'un mouvement fluide.

Le majordome précéda le petit groupe en haut de la volée de marches qui descendait vers le salon de réception et annonça d'une voix sonore :

— Lord et lady Wrothe ! Miss Victoria Daltry et miss Katherine Daltry ! Lord Dimsdale !

Il y avait peut-être deux ou trois cents personnes dans la vaste salle. Dans la lueur des lustres de cristal, les pierres précieuses scintillaient et les soieries se paraient de miroitements irisés.

Kate s'avança jusqu'à la première marche et fit une halte pour s'assurer que tous les regards convergeaient vers elle. Puis, avec une lenteur délibérée, elle descendit l'escalier, degré par degré, en prenant bien soin de tenir ses jupes, révélant ses pantoufles de verre… et ses chevilles parfaites.

Au moment où ses pieds touchaient le parquet, la salle fut parcourue d'une rumeur excitée où elle distingua clairement l'écho insistant de son prénom. Elle constata que tous les hommes regardaient dans sa direction.

Elle salua l'assemblée sans chercher du regard si un certain prince l'observait.

C'était un plaisir inédit pour elle, qui toutes ces années était restée à la maison, dans sa vilaine robe de coton reprisé, tandis que Victoria paradait dans les bals de la région, puis partait à Londres faire ses débuts.

Un gentleman s'approcha d'elle et se présenta lui-même, ce qui était la marque d'une certaine audace, avant de plonger dans une profonde révérence, faisant scintiller les boucles de ses souliers comme des diamants.

Ce qu'elles étaient, comprit Kate en regardant plus attentivement ses chaussures.

— Ravie de faire votre connaissance, lord Bantam, lui dit-elle d'une voix suave.

Lord Bantam fut suivi de M. Egan, de M. Toloose, de lord Ogilby, du comte d'Ormskirk, de lord Hathaway, puis d'un certain M. Napkin, sous le regard maternel de lady Wrothe.

Elle fut rejointe par miss Starck qui lui adressa un clin d'œil complice.

— Miss Daltry, quelle joie de faire votre connaissance ! J'adore Victoria !

Bientôt, les deux jeunes femmes devisèrent gaiement avec le cercle de gentlemen qui les entouraient, les couvant de regards brûlants.

— Je danse fort mal, avoua Kate à Ormskirk, que sa marraine avait choisi comme cavalier pour la première danse.

Celui-ci se pencha vers elle d'un air fasciné :

— Préféreriez-vous aller faire quelques pas dehors, miss Daltry ?

Ormskirk avait la mâchoire carrée et les yeux bleu clair. Il donnait l'impression d'être plus à son aise à cheval que dans un salon. Jamais il ne lirait un journal sur les antiquités ioniennes.

En un mot, c'était un homme d'action et non de discours. Kate lui adressa un sourire gracieux qui lui valut un nouveau baisemain.

— J'ai envie de danser, mais je compte sur vous pour me dire ce qu'il faut faire. Je n'ai jamais appris les pas.

— C'est une polonaise, expliqua Ormskirk. Cela consiste essentiellement à marcher lentement, jusqu'à ce que tout le monde s'arrête. Il n'y a rien de plus facile.

De fait, Kate s'en sortit très bien. Et comme elle garda sans cesse les yeux rivés sur son partenaire, elle ne prit pas le risque de croiser le regard de Gabriel.

À la fin de la polonaise, Ormskirk la confia à Bantam avec une réticence manifeste... mais il réapparut un peu plus tard, alors que Kate devait danser avec M. Toloose.

Sur un signe d'Ormskirk, le courtisan disparut.

— Juste Ciel, comte, feriez-vous peur à M. Toloose ? Moi qui rêvais d'admirer son pourpoint de près !

— Toloose a l'air d'un paon, mais c'est un solide gaillard que l'on n'effraie pas comme cela, répondit Ormskirk. Je me suis arrangé avec lui. Et j'ai demandé une valse à l'orchestre, ajoutà-t-il tout en laissant son regard dériver vers son décolleté.

— Une valse ? répéta une voix derrière eux.

Ormskirk pivota vers Henry.

— Une valse, acquiesça simplement le comte, paraissant la défier du regard.

— Ah, fit lady Wrothe d'un air pensif.

Après un silence, elle reprit :

— Ma foi, si ma filleule est d'accord, je n'y vois pas d'objection, mais gardez votre sang-froid. J'ai horreur de ces couples qui s'emballent sur la piste comme des chevaux piqués par un taon.

Ormskirk sourit.

— Je crois que je devrais savoir me tenir.

Puis, se tournant vers Kate, il lui tendit son coude.

— Miss Daltry ?

Kate hésita un instant, puis elle songea que sa réticence s'expliquait tout simplement par la chaleur qui montait de la foule, les fumées des bougies et le parfum entêtant de Henry.

— Il y aura moins de monde sur la piste de danse, lui promit celle-ci. Toutes les débutantes préféreront rester à l'écart pour mieux observer le prince.

Kate se redressa. Il n'était pas question de regarder Gabriel faire virevolter sa fiancée ! Elle adressa un sourire à Ormskirk :

— Je dois vous avertir que je suis totalement inexpérimentée, milord.

Une étincelle s'alluma dans son regard bleu tandis qu'il répondait d'une voix ferme :

— Je me ferai un plaisir de vous initier, milady.

38

Gabriel connaissait son devoir, et il allait l'accomplir comme un homme. Ou plutôt, comme un prince.

Il fit danser Tatiana, puis d'autres dames de la cour, et même la tante Sophonisba, qui le gronda parce qu'il avait froissé l'une des plumes de sa coiffure.

Et enfin, il fit danser lady Wrothe.

Celle-ci lui décocha un sourire aimable avant de déclarer :

— Je suppose que vous avez vu ma filleule, Votre Altesse ?

— Je n'ai pas encore eu ce plaisir ce soir, répliqua-t-il poliment.

— Alors vous êtes bien le seul ! s'exclama-t-elle. Il y a d'autres fiançailles que les vôtres qui se nouent, ce soir...

Gabriel acquiesça d'un hochement de tête respectueux mais il détesta lady Wrothe pour ce commentaire, pour sa façon de désigner Tatiana d'un coup de menton ironique, et surtout pour l'éclat de défi qui brillait au fond de ses yeux.

Il finit la danse en silence, s'inclina devant sa partenaire, se redressa... et c'est alors qu'il la vit.

Kate. Rayonnante de beauté, de sensualité, de puissance. Une véritable princesse.

Elle portait une robe très élégante, et ses cheveux d'or et de feu cascadaient en lourdes boucles dans son dos.

Il vit son regard pétillant de joie, son petit menton fièrement dressé, ses pommettes hautes. Il vit son expression généreuse et son sourire sensuel...

Et soudain, il eut envie de fendre la foule d'admirateurs qui se bousculaient autour d'elle pour abattre son poing sur le menton du bellâtre qui la dévorait du regard.

Hélas ! Tatiana était à son côté, Kate était là-bas... et entre elle et lui, il y avait son devoir. Son maudit devoir. Il pivota sur ses talons, ivre de rage et de frustration, alors que les premiers accords de la danse suivante s'élevaient dans la salle de bal.

Une valse.

Tatiana leva vers lui un regard brillant d'espoir.

— Mon oncle m'a autorisée à danser la valse hier soir, mais en apprenant que vous étiez souffrant, je suis restée à l'écart.

Gabriel s'inclina galamment devant elle. Elle posa sa main légère sur son épaule et ils s'élancèrent. La piste de danse était presque vide. Peut-être les invités n'avaient-ils pas encore appris les pas, peut-être trouvaient-ils cette danse trop audacieuse... ou peut-être préféraient-ils rester sur les côtés pour critiquer ceux qui osaient valser.

Tatiana, aussi légère qu'une plume, virevoltait avec grâce, anticipant chacun de ses pas. C'était un vrai plaisir de la faire danser.

Tandis qu'ils décrivaient sur la piste des cercles parfaits, il croisa les regards admiratifs des invités. Il savait ce qu'ils voyaient. Un prince charmant et une princesse de contes de fées.

— Si je pouvais, soupira Tatiana, je valserais jusqu'à l'aube.

Il la serra un peu plus fort entre ses bras en souriant. Puis la jambe de Tatiana frôla la sienne... lui inspirant un irrépressible dégoût. Avec un détachement glacial, Gabriel se demanda s'il serait seulement capable de l'honorer lors de leur nuit de noces. Quel scandale ce serait ! Un prince impuissant !

— Juste Ciel ! murmura-t-elle, le ramenant à la réalité. J'ai peur que tout le monde ne soit pas aussi délicat que vous, Votre Altesse.

Gabriel suivit son regard… jusqu'à Kate. Ou plutôt jusqu'à son cavalier, lord Ormskirk, qui la faisait tourner bien trop vite et la serrait de trop près. Kate, la tête rejetée en arrière, riait à gorge déployée, sa somptueuse chevelure aux reflets de miel ruisselant sur ses épaules.

Lorsque Tatiana et lui dansaient, ils conservaient une distance correcte entre eux.

Ormskirk, lui, serrait Kate contre son torse sans la moindre pudeur. Une nouvelle bouffée de rage monta en Gabriel.

Enfin, les derniers accords résonnèrent et son supplice prit fin. Du coin de l'œil, il vit que Kate et Ormskirk se séparaient en souriant, comme s'ils étaient liés par un pacte secret.

Alors que Tatiana posait la main sur son coude, Gabriel s'aperçut que les portes de la salle de bal avaient été grandes ouvertes. Il était temps d'aller dans les jardins pour assister au feu d'artifice, qui serait tiré depuis des bateaux sur le lac.

Gabriel dut se faire violence pour ne pas ôter la main de Tatiana de son bras. Frémissant de rage contenue, il l'escorta hors de la salle de bal, le long du grand escalier de marbre blanc, puis dans les jardins.

La nuit était fraîche, mais Wick avait disposé des braseros pour que les invités ne souffrent pas du froid.

— Je n'ai jamais vu de feu d'artifice ! s'écria Tatiana avec un enthousiasme enfantin.

— Je suis ravi de vous offrir cette occasion, répliqua-t-il poliment.

Ses inflexions avaient dû trahir ses sentiments, car Tatiana leva les yeux vers lui, puis l'entraîna d'un geste aussi énergique que maladroit vers un petit groupe d'hommes.

— Oncle Dimitri ! appela-t-elle.

— Te voilà, mon petit chou, fit celui-ci. J'ai admiré votre duo sur la piste de danse.

Gabriel s'inclina devant Dimitri.

— Votre nièce danse à la perfection, dit-il.

— C'est bien mon avis, répondit le prince tandis que Tatiana s'éloignait pour observer les bateaux. Quelle surprise nous avez-vous préparée ?

— Les bateaux vont rejoindre le centre du lac et se fixer les uns aux autres, expliqua Gabriel en surveillant Kate et Ormskirk, qui se tenaient un peu plus loin sur sa gauche. Au signal du majordome, ils commenceront à lancer leurs fusées de façon à créer un effet spectaculaire.

— Espérons, du moins. Ces jeux pyrotechniques ne sont pas une science exacte, n'est-ce pas ?

— En effet, et c'est d'ailleurs pour cela que je vais devoir vous laisser quelques instants, déclara Gabriel en saisissant le premier prétexte. Je vais aller m'assurer que tout est prêt.

Sans attendre la réponse du prince Dimitri, il s'éloigna, se fondit dans l'obscurité et contourna le lac en direction de Kate.

Elle se tenait non loin de l'entrée du labyrinthe, à l'arrière d'un petit groupe, lui tournant le dos. Gabriel s'approcha à pas de loup et posa une main sur sa taille.

Elle se retourna vers lui mais, dans la pénombre, il ne put déchiffrer son expression. Puis, sans retirer sa main, elle murmura quelques mots à Ormskirk et suivit Gabriel.

Celui-ci l'entraîna prestement vers le labyrinthe.

— Prince Gabriel ! murmura Kate avec des inflexions plus amusées que contrariées. Que faites-vous ?

— Viens ! dit-il en essayant de l'entraîner à l'intérieur du dédale végétal.

— Non. Je ne peux pas marcher dans l'herbe. Mes pantoufles de verre…

Aussitôt, Gabriel posa un genou à terre et tendit sa main pour qu'elle y dépose son pied.

— Ma dame…

Elle accepta. L'une après l'autre, il lui ôta délicatement ses mules et les déposa sur un banc installé près de l'entrée du labyrinthe.

— J'ai l'impression d'être une petite fille qui joue sur l'herbe en chaussettes, dit-elle d'une voix vibrante de plaisir.

Se guidant le long des parois végétales avec sa paume, il prit Kate par la main et se dirigea dans le dédale, dont il connaissait le plan par cœur. Si l'on connaissait le tracé, c'était relativement simple.

Kate le suivit. Lorsqu'elle trébuchait, il la retenait contre lui.

— Nous y sommes, dit-il.

Après un dernier tournant, ils parvinrent au centre. La clarté lunaire inondait l'espace d'une lueur argentée et déposait sur les haies et les statues une poussière féerique.

— C'est magique ! s'écria Kate en s'approchant de la fontaine. J'aimerais m'y asseoir, mais j'ai peur de froisser ma robe.

Elle pivota sur ses talons et le regarda, le laissant sans voix. Un soupir étranglé échappa à Gabriel. Il tendit la main vers elle pour lui caresser la joue puis, du bout du doigt, il suivit les contours de ses lèvres… avant d'y déposer un baiser.

— Non ! protesta-t-elle en détournant le visage.

— Kate, la supplia-t-il.

Prononcer son prénom était tout à la fois l'enfer et le paradis. Les syllabes glissaient sur sa langue comme le nectar le plus suave.

— Oh, Gabriel, murmura-t-elle.

— Accorde-moi une dernière fois, implora-t-il. S'il te plaît.

— J'ai peur, Gabriel. Tu vas me briser le cœur.

— Le mien est déjà en miettes.

Là. Il l'avait dit. Une larme plus brillante qu'une perle scintilla dans l'œil de Kate. Alors, il prit ses lèvres avec ferveur… et ils basculèrent dans un autre monde, un pays où il n'était plus prince et où elle n'était plus une dame.

Ils n'étaient plus qu'un homme et une femme, fous de désir l'un pour l'autre.

— Ma robe ! gémit Kate, les yeux étincelants de passion.

Gabriel la plaqua contre l'un des hippocampes de marbre de la fontaine, le dos tourné vers lui. Puis, avec un soin infini, il la dévêtit, ne lui laissant que sa culotte de batiste, si fine qu'il distinguait les rondeurs de ses fesses sous l'étoffe.

Il hésita, comme si le spectacle qui l'attendait était trop beau pour être contemplé par un regard humain… puis il la dénuda totalement.

Dans un gémissement étouffé, elle se cambra pour se plaquer contre lui. Au contact de ses fesses contre son érection, Gabriel fut emporté par un torrent de sensations voluptueuses – les fermes rondeurs de ses seins durcis par le désir dans ses paumes, les halètements qui montaient de sa gorge, ses reins qui se creusaient pour révéler le paradis qu'elle cachait entre ses cuisses…

D'une main fébrile, il enfila un préservatif et entra en elle comme s'ils avaient fait cela cent fois. Comme si leurs corps avaient été conçus pour cet instant magique. Il plongea en elle. Elle répondit en se cambrant, dans un gémissement qui fendit la nuit.

C'était presque plus qu'il ne pouvait en supporter. Serrant les dents, il s'obligea à aller et venir lentement en elle tout en s'enivrant de ses parfums délicats, de sa peau de miel, de ses petits halètements de plaisir, afin de les graver dans son cœur pour l'éternité.

Pendant quelques instants, il n'y eut plus que la danse sauvage qui les unissait au rythme des soupirs de Kate et de ses gémissements d'effort, mais cela ne pouvait durer.

Les coups de reins de Gabriel se firent plus rapides, plus profonds, plus impatients. Puis Kate s'arc-bouta dans un cri de femme comblée et ils furent emportés par une même vague de jouissance, une indicible extase, un néant de béatitude.

Ils demeurèrent immobiles un long moment, jusqu'à ce que Kate tente de se redresser sous lui. Au même instant, un sifflement fendit l'air. Ils eurent tout juste le temps de se retourner pour voir la fusée exploser dans le ciel nocturne et voler en une myriade d'étincelles émeraude qui retombèrent lentement vers le sol.

Il y eut une seconde déflagration, suivie d'une pluie d'étoiles rubis qui moururent peu à peu, dévorées par la nuit.

La gorge nouée par la perfection de l'instant, Gabriel aida Kate à se rhabiller et à rajuster son chignon, laissant ses doigts s'attarder dans l'or de ses cheveux. Puis, la prenant par la main, il la guida hors du labyrinthe.

Alors qu'ils atteignaient le dernier virage avant la sortie, Kate l'attira à elle pour lui voler un dernier baiser. Comme pour lui délivrer un message dont il ne comprenait pas le sens.

Revenus près du banc, il posa un genou à terre devant la jeune femme, tel un chevalier courtois saluant sa dame, pour remettre ses pantoufles de verre à ses pieds.

— Kate, murmura-t-il après s'être redressé.

Il tendit les mains vers elle et lui prit les bras avec fermeté. Au loin, l'orchestre se mit à jouer. Les musiciens s'étaient installés sur les rives du lac et les notes entraînantes d'une valse s'élevèrent dans la nuit. Gabriel posa une main au creux de ses reins.

— Tu m'as dit, protesta Kate dans un murmure, que si on nous voyait valser ensemble, on devinerait que nous sommes amants.

— Ce qu'on verra, c'est que je suis fou de toi. Accorde-moi cette danse. S'il te plaît.

Kate prit la main qu'il lui offrait. Ses lèvres souriaient mais ses yeux brillaient de larmes contenues. Sans un mot, il l'entraîna dans une valse lente, presque mélancolique. Comme elle avait du mal à le suivre, il la serra un peu plus contre son torse afin de l'aider à anticiper ses mouvements.

Kate était une élève très douée. Quelques instants plus tard, ils virevoltaient en parfaite harmonie, telles deux fleurs sous la brise d'été.

Quand la musique prit fin, Gabriel n'avait toujours pas quitté la jeune femme des yeux, ni jeté un regard par-dessus son épaule pour voir si on les avait remarqués. Il s'en moquait éperdument !

Kate esquissa une révérence, lui tendit sa main pour qu'il y dépose un baiser galant, et s'éloigna à travers la vaste pelouse pour rejoindre sa marraine.

Plus tard, au cours de cette soirée qui semblait ne jamais devoir finir, Wick convia les invités à regagner la salle de bal, où des boissons chaudes étaient servies, ainsi que de petites viennoiseries. Tel un automate, Gabriel demeura au côté de Tatiana, l'escortant ici ou là, riant lorsqu'elle riait, souriant lorsqu'elle souriait… et s'interdisant formellement de chercher Kate du regard.

— Votre Altesse ? Votre Altesse ?

Gabriel s'aperçut soudain que Tatiana était en train de lui parler.

— Veuillez m'excuser, marmonna-t-il en se tournant vers elle.

À côté de la cheminée, Ormskirk était près de Kate. Bien trop près d'elle à son goût. Celle-ci semblait occupée à faire ses adieux à lord et lady Wrothe. Non, c'était impossible. Elle ne pouvait pas déjà partir ! Il fallait qu'il la revoie une dernière fois, le lendemain matin !

C'est alors qu'il remarqua que Tatiana le regardait avec une gravité inattendue.

— Auriez-vous la bonté de m'escorter jusqu'à mes appartements ? lui demanda-t-elle.

— Bien entendu, répondit-il.

Tatiana posa sa main sur le coude qu'il lui offrait et se mit en marche, tout en saluant avec grâce les invités qu'ils croisaient.

— Il y a de la tristesse en vous, dit-elle une fois qu'ils furent seuls, non loin de la haute porte cintrée qui donnait sur la cour intérieure.

Gabriel toussa pour éclaircir sa voix.

— Sans doute aurez-vous mal compris…

— Non, l'interrompit-elle avec fermeté. J'ai des yeux pour voir, prince Gabriel. Je vous ai vu valser avec cette très belle femme. Je suppose que vous avez une histoire avec elle ?

Gabriel la fixa sans comprendre.

— Une histoire d'amour, précisa Tatiana. Nous autres, les Slaves, sommes des âmes passionnées. Nous aimons l'amour. Je pense que vous avez une liaison.

À quoi bon nier ? Tatiana ne semblait pas en colère.

— En quelque sorte, admit-il.

Elle hocha la tête avec compassion.

— Vous êtes une personne pleine de bonté, princesse.

Au même instant, Gabriel entendit un sanglot étouffé, suivi d'un froissement de soie, puis d'un claquement de talons. Redressant la tête, il eut tout juste le temps d'entrevoir un éclair de soie ivoire qui disparaissait sous la haute arche.

Dans un juron, il s'élança à la suite de Kate, refusant de songer à ce que Tatiana allait penser. Kate avait traversé la cour intérieure. Déjà, elle passait sous l'arche qui donnait dans la cour extérieure.

Il courut à perdre haleine.

En vain.

Dans la clarté lunaire, le grand espace pavé était vide. Gabriel entendit le roulement d'un attelage sur les graviers de l'allée.

Il était trop tard.

Gabriel se demandait s'il pouvait encore rattraper la calèche lorsque son pied heurta quelque chose. Il se baissa... et reconnut l'une des pantoufles de verre de Kate.

Il la prit dans sa main. Elle scintillait, délicate et irisée, adorablement féminine.

— Je suis perdu, gémit-il en se redressant, avant de serrer la pantoufle de verre contre son cœur.

39

La demeure de lady Wrothe était à l'image de sa propriétaire. Chaleureuse, élégante et un brin désordonnée.

Confortablement installée avec sa marraine dans le
salon, Kate laissa son regard errer vers les tapisseries
de soie ornées à la main d'improbables primevères couleur corail.

— Écoutez, ma chérie... commença Henry.

Kate se leva et se dirigea vers la fenêtre. Elle savait, au
ton de sa marraine, qu'elle n'allait pas aimer ce que
celle-ci s'apprêtait à dire. La croisée donnait sur un
square balayé par le vent d'automne.

— L'hiver approche, dit-elle. Les marronniers sont
tout dorés.

— N'essayez pas de me distraire en me vantant les
charmes de la nature, l'interrompit sa marraine. Et
vous savez que je distingue à peine un marronnier d'un
châtaignier. Kate, cela fait un mois, maintenant. Et
même plus que cela.

— Quarante et un jours, précisa Kate.

— Quarante et un jours à supporter votre mauvaise
humeur. Hier soir, au dîner, n'avez-vous pas dit à lady
Chesterfield que sa fille était aussi adorable qu'un
veau ?

— Si, admit faiblement Kate. Ils sont aussi inexpres-
sifs l'un que l'autre.

— Et n'avez-vous pas déclaré que la sœur de Leo a les cheveux couleur de fumier ?

— Je ne le lui ai pas dit, *à elle*.

— Dieu merci, marmonna Henry.

— Je suis désolée ! s'écria Kate, avant de revenir s'agenouiller auprès de sa marraine. J'ai été odieuse, j'en suis consciente.

— Si au moins vous acceptiez de sortir un peu ! Les soirées au théâtre me manquent.

— J'irai, promit la jeune femme.

— Ce soir, insista sa marraine. Ce soir, vous retournez dans la société, Kate.

— Je n'y suis jamais entrée.

— Raison de plus pour commencer.

Kate se remit péniblement sur ses pieds, comme si le poids des ans et de la tristesse pesait sur elle, et revint se poster à la fenêtre. Les derniers rayons du jour traversaient les marronniers. Malgré l'heure tardive, il y avait du monde dans le square.

— Vous avez fait ce qu'il fallait, lui assura Henry. Vous lui avez offert l'occasion de prouver qu'il était un homme. Il ne l'a pas saisie.

— Il a des responsabilités.

Henry émit un ricanement ironique.

— Vous serez plus heureuse sans lui. Et vous avez été bien inspirée de ne pas lui dire que vous aviez peut-être une dot. Si vous aviez pu prévoir que celle-ci serait aussi élevée ! Vous avez eu assez d'intuition pour comprendre que cela pourrait tout changer, mais que cela aurait été la plus mauvaise raison de vous épouser.

— Je n'ai eu aucune intuition, protesta Kate. J'ai simplement… espéré. Ce qui était parfaitement stupide.

De fait, voilà quarante et un jours qu'elle espérait contre toute attente. Pour la seule raison qu'aucun mariage princier n'avait encore été annoncé.

Il n'avait peut-être pas encore eu lieu, tout simplement. Ou peut-être les fiancés étaient-ils partis le célébrer en Russie ?

— Il ne faut pas escompter qu'un homme se montre à la hauteur de la situation, dit Henry d'un ton las. Cela n'arrive jamais.

Kate laissa son regard errer par la fenêtre. Elle était lasse de pleurer. Lasse de regretter que Gabriel ait été un prince.

Sa marraine passa un bras protecteur autour de ses épaules, l'enveloppant d'un nuage de parfum.

— Vous allez me détester, dit Henry, mais une part de moi est ravie que le prince Gabriel n'ait pas eu le courage de rompre ses fiançailles.

— Pourquoi ?

— Parce que cela m'a permis de passer du temps avec vous, répondit-elle, les yeux brillants de larmes. Vous êtes l'enfant que je n'ai jamais eue, Kate. Vous êtes le plus beau cadeau que Victor pouvait m'offrir.

Kate lui adressa un sourire tremblant et la prit dans ses bras.

— Moi aussi. Le temps passé avec vous me fait oublier les années auprès de Mariana.

— Ma foi, marmonna Henry, je crois que je suis en train de pleurer. Rassurez-vous, je n'ai rien bu. Et je ne pensais pas ce que j'ai dit. J'aurais préféré que le prince Gabriel soit l'homme dont vous rêviez, ma chérie.

— Je sais.

Henry poussa un soupir, puis regarda par la fenêtre.

— Que font ces gens dans le square ? murmura-t-elle d'un ton distrait. On dirait qu'ils allument un feu de joie.

Elle serra une dernière fois les épaules de Kate et la libéra.

— Nous irons au théâtre ce soir et vous pourrez rassurer Ormskirk, qui vous croit souffrante. Ses billets sont de plus en plus alarmés. J'ai peur que vous n'ayez perdu Dante. J'ai appris ce matin que miss Starck avait accepté sa demande.

— Tant mieux, répliqua Kate. Je suis heureuse que lord Hathaway ait gagné le cœur d'Effie.

— Dans ce cas, vous allez pouvoir apaiser les inquiétudes d'Ormskirk sur votre état de santé, insista Henry.

De fait, Kate avait meilleure mine. Ses yeux n'étaient plus cernés et ses joues avaient pris des couleurs.

— Je vais peut-être envoyer un domestique voir ce que font ces hommes, ajouta sa marraine en regardant de nouveau en direction du square. Voyez, ils viennent d'allumer un feu.

Au même instant, on frappa à la porte. Le nouveau majordome de Henry fit son entrée, portant une enveloppe sur un plateau d'argent.

— Un courrier vient d'arriver, madame, dit-il.

— De la part de qui ? s'enquit Henry. Et savez-vous ce qui se passe dans ce square, Cherryderry ?

— Le pli est de la part d'un gentleman dans le square, expliqua celui-ci, mais j'ignore ce que font les autres.

— Pourriez-vous demander à Mme Swallow de nous faire préparer du thé ? le pria Kate.

Le majordome hocha la tête et s'en alla. Quant à Henry, elle se contenta de tapoter l'enveloppe contre son menton d'un air pensif.

— N'allez-vous pas ouvrir ce courrier ? s'étonna Kate.

— Impossible.

— Pourquoi ?

— Parce que ce n'est pas à moi qu'il est destiné, mais à vous.

40

*Je préférerais éviter de me jeter sur un bûcher funéraire.
S'il te plaît, reviens-moi.*

Le pli tomba des mains de Kate. Le cœur battant, elle s'approcha de la vitre et cligna des yeux pour scruter la pénombre.

C'est alors qu'elle aperçut une silhouette masculine qui se découpait contre les hautes flammes. Un homme grand, large d'épaules, qui semblait attendre devant le feu.

Kate s'élança. Elle dévala les marches, traversa l'entrée en trombe, sauta à bas du perron, franchit la rue et pila net à l'entrée du square, la main crispée sur le portillon de fer forgé.

— Gabriel ? appela-t-elle d'une voix blanche.

— Bonjour, répondit-il sans bouger. Es-tu venue me sauver ?

— Que fais-tu ici ? Que signifie ce feu ?

— Tu m'as abandonné, tout comme Énée a abandonné Didon.

Kate posa la question qui lui brûlait les lèvres.

— Es-tu fiancé ? Marié ?

— Non.

Elle poussa le portillon et se rua dans le parc, puis se ressaisit et poursuivit son chemin en marchant avec dignité... avant de franchir en courant les derniers mètres qui la séparaient de Gabriel.

— Dieu, que tu m'as manqué ! gémit celui-ci avant de la serrer dans ses bras et de prendre ses lèvres pour un long baiser.

Les secondes passèrent, peut-être les minutes, les heures...

— Je t'aime, murmura Gabriel lorsqu'il consentit enfin à la libérer.

Encore incrédule, Kate fit courir ses mains sur son large torse, ses cheveux, ses épaules.

— Moi aussi, répliqua-t-elle dans un souffle. Moi aussi.

Gabriel recula alors d'un pas et posa un genou à terre.

— Katherine Daltry, voulez-vous être ma femme ?

Kate était vaguement consciente que des curieux s'étaient massés de l'autre côté de la grille, les yeux rivés sur eux, mais elle n'en avait cure.

— Oui, chuchota-t-elle. Oui !

Alors, d'un mouvement fluide, Gabriel se releva et la prit de nouveau dans ses bras, lui arrachant un rire de pur bonheur. De l'autre côté de la grille, Kate entendit Henry rire à son tour, puis Leo. Enfin, c'est Gabriel qui émit un rugissement de joie presque sauvage.

— J'ai une licence spéciale, expliqua-t-il, tout en sortant le document de sa poche.

— Vous l'épousez demain, décréta Henry, qui venait de les rejoindre.

Ce n'est qu'une fois tout le monde réuni autour de la table dans la salle à manger de lord et lady Wrothe que cette dernière aborda la question matérielle.

— Dites-moi, prince Gabriel, comment comptez-vous subvenir aux besoins de ma filleule, puisque vous ne l'épousez pas pour sa dot ? demanda-t-elle avant de décocher un clin d'œil complice à Kate.

— J'ai reçu une avance pour un livre que j'ai écrit, répondit calmement Gabriel. Cela me donne de quoi entretenir le château pendant un an, même si Kate se prend d'une passion pour les pantoufles de verre. Ensuite, les fermes devraient commencer à rapporter de quoi nous faire vivre correctement.

Kate le regarda, bouche bée.

— Un livre sur l'archéologie ?

— Sur les fouilles de Carthage et la vie quotidienne au temps de Didon et Énée, précisa Gabriel.

— J'ignorais que l'on payait les gens pour écrire des livres, avoua Henry. Je croyais qu'ils le faisaient pour la gloire.

Kate éclata de rire, en essayant d'oublier la main de Gabriel sur sa cuisse.

— Je n'ai pas lu un livre depuis des années, déclara sa marraine, mais je ferai une exception. Je l'achèterai en double exemplaire et j'obligerai toutes mes connaissances à en faire autant.

— Tu es merveilleux ! s'extasia Kate en couvant Gabriel d'un regard brillant d'admiration. Je suis fière de toi !

— Qu'est devenue cette petite Russe ? s'enquit lord Wrothe.

— Je l'ai envoyée se promener dans le labyrinthe en compagnie du sieur Toloose, expliqua Gabriel. Le lendemain, l'oncle Dimitri est venu me présenter ses excuses pour les égarements de sa nièce.

— C'est divinement machiavélique, conclut Henry avant de porter un toast aux amoureux.

À minuit, Kate se félicita que Gabriel n'ait même pas essayé de se faufiler discrètement dans sa chambre. Elle était en train de se dire qu'il était un vrai gentleman lorsqu'elle entendit un bruit à sa fenêtre.

Elle se rua pour soulever la vitre à guillotine.

— Tout de même ! marmonna Gabriel en passant une jambe par-dessus le rebord. J'ai failli tomber dans le jardin.

— Chut ! le gronda Kate. On pourrait nous entendre.

Sans l'écouter, il entra dans la chambre et entreprit de dénouer sa cravate.

— Serais-tu en train d'enlever ta veste ? demanda-t-elle, soudain intimidée.

— J'enlève tout. Et tu serais bien inspirée d'en faire autant, ou je m'en charge moi-même.

De fait, il était déjà en caleçon et tendait la main vers le lien qui retenait la robe de chambre de la jeune femme.

Henry avait fait venir les meilleures modistes de Londres pour lui commander une garde-robe. Sa robe de chambre, une petite merveille de dentelle et de soie d'une finesse arachnéenne, glissa dans un froissement délicat quand Gabriel tira sur le lien.

Le regard brillant de passion, il saisit Kate dans ses bras et l'emporta vers le lit, où il l'étendit avec précaution.

— Il y a quelque chose que je n'ai pas eu le temps de faire, la dernière fois, murmura-t-il tendrement à son oreille.

— Quoi donc ? fit Kate d'une voix étranglée.

— Ceci.

Il laissa sa main courir entre ses cuisses, avant de se glisser entre les replis secrets de sa féminité.

— Que fais-tu ? demanda Kate.

Au même instant, les lèvres de Gabriel suivirent le même chemin que ses doigts. Kate avait la réponse à sa question.

Elle se cambra, puis laissa échapper un long gémissement de plaisir.

Ce n'est que plusieurs heures plus tard qu'elle se souvint qu'elle avait oublié un détail. Elle était étendue sur lui, ses cheveux épars sur son large torse, tandis qu'il lui caressait la tête d'une main distraite.

— J'ai quelque chose à te dire, murmura-t-elle.

Levant le visage pour voir son expression, elle ajouta :

— J'ai une dot.

— Très bien, répondit-il d'un ton indifférent. Wick et moi avons tout organisé au mieux, mais un peu d'aide sera la bienvenue. Sais-tu que tout le monde au château voulait que je t'épouse, plutôt que Tatiana ?

— Non, répliqua-t-elle, surprise.

— L'oncle Ferdinand a proposé de vendre sa collection d'armes anciennes. Sophonisba a promis de renoncer au cognac, mais je dois préciser qu'elle est revenue sur sa parole.

Kate éclata de rire.

— Quant à Wick, il a dit qu'il pouvait aller louer ses services ailleurs.

Le sourire de Kate se figea.

— Oh, Gabriel ! Je n'ai jamais rien entendu d'aussi généreux !

— Il l'a fait pour nous, assura-t-il en la serrant contre lui.

— Tous ces sacrifices sont maintenant inutiles, reprit Kate, puisque j'ai...

Hélas, Gabriel ne l'écoutait déjà plus. La tenant fermement par la taille, il la souleva pour la placer à califourchon sur lui, avant d'entrer en elle d'un souple coup de reins.

Elle étouffa un gémissement de plaisir.

— Tu disais ? demanda-t-il, un sourire espiègle aux lèvres.

Kate le regarda, puis elle imprima à son bassin une douce ondulation. Aussitôt, le regard de son amant se voila.

— Oh ! gémit-il en fermant les paupières.

Elle recommença, tout en chuchotant :

— Je suis l'une des plus riches héritières de Londres.

D'un puissant coup de reins, il la souleva, la plaqua sur le lit et la prit de nouveau, allant et venant en elle de plus en plus rapidement, jusqu'à ce qu'ils basculent une fois encore dans le plaisir.

Ils restèrent étendus de longues minutes, épuisés et comblés, puis Gabriel demanda :

— Tu as bien dit ce que je crois que tu as dit ?

41

Quatre ans plus tard

C'était la cinquième année de fouilles sur le site de Carthage. Même si Biggitstiff annonçait chaque semaine qu'il était sur le point de faire une découverte majeure démontrant qu'il s'agissait bien de la légendaire cité de Didon, aucune preuve solide n'était encore venue étayer sa théorie.

Pourtant, le vieux professeur ne renonçait pas. L'échec ne faisait que renforcer sa résolution.

— À croire qu'il attend de trouver un signe du Ciel ! grommela Gabriel en s'étendant, les mains croisées derrière la tête. Comme par exemple une inscription indiquant : « Ici dormit Didon. »

Kate marmonna un petit « hum » d'encouragement. En ce début d'après-midi chaud et lourd, elle était déjà en train de s'assoupir.

Les fouilles avaient révélé de passionnantes informations sur la vie des anciens Carthaginois telles que leurs habitudes d'hygiène corporelle, leurs rites funéraires ou leurs cadeaux de fiançailles.

Kate et Gabriel n'étaient présents sur le chantier que quatre ou cinq mois par an, en hiver, mais les méthodes d'investigation mises au point par Gabriel semblaient donner plus de résultats que celles de Biggitstiff. Malgré les réticences du professeur, et le succès du livre de

Gabriel aidant, les techniques de fouille de celui-ci prévalaient à présent. Désormais, non seulement le chantier progressait avec lenteur et méthode, mais la plus grande attention était apportée aux moindres détails.

C'était le moment le plus chaud de la journée, celui où toute personne saine de corps et d'esprit restait à l'ombre pour siroter une boisson en s'éventant.

Manifestement, tout le monde à Carthage n'avait pas adopté cette sage habitude, si Kate en jugeait au bruit de pas du côté de la pile de tessons récemment exhumés, qui attendait au soleil d'être triée.

— Bon sang, marmonna Gabriel, il y est de nouveau ! Il aura encore échappé à la surveillance de la gouvernante.

— Fais quelque chose, dit Kate. Je ne peux plus bouger.

— Je m'en occupe, répondit-il avant de déposer un baiser au creux de son cou. Toi, reste allongée et fais-nous un beau bébé.

— Ma petite Merry est en train de barboter, murmura-t-elle en caressant son ventre rond d'un geste tendre.

Au même instant, une minuscule silhouette entra sous la tente, agitant un éclat de céramique.

— J'ai trouvé quelque chose de fantastique, papa ! Regardez !

Le tout jeune prince Jonas – à qui l'on avait donné le prénom de son oncle, un certain Jonas Berwick – se rua vers son père, un petit chien sur les talons, et déposa le tesson dans sa paume.

— Vous voyez ? C'est un oiseau ! J'ai trouvé un oiseau !

De son doigt potelé, il suivit une petite spirale qui suggérait une aile, une sorte de virgule qui semblait esquisser un œil de profil, puis une seconde spirale qui, avec de l'imagination, pouvait représenter un bec.

— C'est incroyable, murmura Gabriel.

Quelque chose dans sa voix alerta Kate, qui se redressa, intriguée.

Sans un mot, il lui tendit le tesson. Cependant, comme Gabriel, le regard de Kate ne vit pas un oiseau mais des lettres grecques.

Elle avait passé les dernières années à apprendre les langues anciennes et à dévorer les livres auxquels elle n'avait pas eu accès dans sa jeunesse, mais sa connaissance de l'alphabet hellénique était encore fragile. Elle déchiffra l'inscription en fronçant les sourcils.

— Delta... Iota... Delta... Juste Ciel ! s'écria-t-elle. DID... *Didon ?*

Gabriel éclata de rire.

— Pourquoi riez-vous, papa ? demanda Jonas en sautillant sur un pied.

— Tu es exactement comme Biggitstiff ! s'esclaffa Gabriel en regardant Kate.

— J'ai bien lu *did*, protesta-t-elle en s'étendant de nouveau, avant de porter le tesson devant ses yeux pour l'examiner plus attentivement.

— Tu as lu les premières lettres de *didascalos*, rectifia-t-il. Ce qui signifie élève, ou disciple. Ce qui est tout à fait intéressant, puisque nous nous posions la question de savoir s'il y avait eu une école sur ces lieux.

— C'est un *oiseau*, insista Jonas en reprenant le tesson.

— Eh bien, remets l'oiseau où tu l'as trouvé et retourne auprès de Nanny, rétorqua Gabriel en dirigeant son fils vers la sortie. Maman a besoin de repos. Et emmène Freddie.

Mis à part son incapacité à se tenir à l'écart d'une pile de tessons lorsqu'il en voyait une, Jonas était un enfant doté d'un naturel aimable et paisible. Il repartit donc en trottinant, laissant derrière lui un prince amoureux et une princesse somnolente.

Épilogue

Dans le monde extraordinairement varié des Cendrillons, le prince finit toujours par trouver sa belle et par l'emmener dans son château. Parfois, les méchantes belles-sœurs sont bannies, parfois elles sont engagées comme bonnes au château et, à l'occasion, elles sont transformées en fées de la maison. La belle-mère cruelle disparaît à tout jamais, les citrouilles pourrissent dans le jardin et les rats s'égaillent dans la nature.

Cette version de *Cendrillon* ne se termine pas exactement comme les autres. Certes, le prince finit par trouver sa belle et par l'emmener dans son château, sauf au cours de ces quelques mois où ils s'enfuient vers des climats plus chauds et moins pluvieux. La méchante belle-sœur, qui n'était pas si méchante que cela, s'installe dans une belle propriété en compagnie de son estimable époux pour y élever leurs huit enfants. La progéniture de lord Dimsdale ne brille pas par son intelligence, mais elle est d'une grande beauté et toujours de bonne humeur. Plus important encore, les jeunes Dimsdale héritent de la bonhomie paternelle et de la bienveillance maternelle.

En revanche, leur grand-mère – la cruelle belle-mère – n'a aucune influence sur eux, sans doute parce qu'ils la voient rarement. Mariana a vendu la propriété à Gabriel, qui en a fait cadeau à Berwick, puis elle s'est installée à Londres où elle a épousé un riche banquier. En peu de temps, elle a acheté trois fois plus de robes qu'elle n'en possédait déjà. Elle est morte subitement d'une maladie des poumons, laissant son banquier sur la paille et moins inconsolable qu'il ne l'aurait cru.

Kate et Gabriel se sont établis dans le château, entourés des oncles et tantes, de leurs enfants – ils en ont eu trois – et de leur ménagerie. Freddie a vécu jusqu'à un âge honorable, accompagnant la famille chaque année sur les chantiers de fouilles. L'éléphante a aussi connu une belle longévité, contrairement au lion, qui a rendu l'âme après avoir dévoré une paire de chaussures.

Et maintenant, je vais emprunter la formule de l'un des meilleurs auteurs de contes et légendes, Rudyard Kipling, et vous dire, bien-aimés lecteurs, que *chaque histoire a une fin*. Je vous quitte sur ce dernier point, mais non le moindre : ils vécurent heureux.

Même le chien mangeur de pickles.

Note historique

Un conte de fées se déroule dans un temps hors du temps, entre hier et aujourd'hui. Pour cette raison, j'ai pris plus de libertés ici que dans mes précédents romans. Celui-ci n'est pas un roman historique. Il y a de nombreuses façons pour un prince de trouver une épouse, mais je doute qu'aucun d'entre eux ait jamais hérité d'un château et rencontré une fiancée anglaise dans de telles circonstances. Si je devais suggérer une date, toutefois, ce serait probablement autour de 1813, sous la Régence.

Ma plus grande dette littéraire est évidemment envers la *Cendrillon* de Charles Perrault. Les spécialistes considèrent en général que Perrault a confondu le mot « vair » – une sorte de fourrure – avec « verre ». J'ai imaginé des pantoufles translucides, faites de taffetas durci. Une autre erreur littéraire fort répandue est que *La puttana errante* fut faussement attribué à l'Arétin pendant des années, publié en Angleterre sous son nom. En réalité, l'ouvrage fut écrit par l'un de ses étudiants, Lorenzo Veniero. Outre ces messieurs, j'ai une dette envers *The Enchanted Castle* d'Edith Nesbit. Même si je ne dispose pas d'un anneau magique pour transformer mes personnages en marbre vivant, j'ai essayé de donner à Pomeroy Castle la délicieuse joie qui règne au château de Nesbit.

Découvrez les prochaines nouveautés
des différentes collections J'ai lu pour elle

Le 2 janvier

Inédit   *Les fantômes de Maiden Lane - 4 -*
L'homme de l'ombre ⌘   **Elizabeth Hoyt**
Directeur d'un orphelinat le jour, Winter Makepeace devient,
chaque nuit, le Fantôme de St. Giles. Un soir, blessé, il est
secouru par Isabel Beckinhall, qui lui offre un baiser passionné
sans même connaître son identité. S'engage alors entre eux
une liaison voluptueuse et dangereuse... Car la mort rôde
autour du justicier de Maiden Lane.

Inédit   *Beauté fatale* ⌘   **Sherry Thomas**
La baronne de Seidlitz-Hardenberg est d'une beauté à couper le
souffle. Il a suffi d'un regard pour que le jeune duc de Lexington
tombe sous le charme. À tel point qu'il la demande bientôt en
mariage ! Or elle disparaît sans laisser la moindre trace.
Déterminé à connaître la vérité, le duc se lance à la poursuite de
l'intrigante beauté...

La ronde des saisons - 1 -Secrets d'une nuit d'été
⌘   **Lisa Kleypas**
Dénicher la perle rare dans la haute société est loin d'être facile,
Annabelle Peyton le sait. Et ce n'est pas ce malotru de Simon
Hunt qui aura ses chances auprès d'elle. Lui qui a osé prétendre
qu'elle serait sa maîtresse ! Enrichi dans l'industrie, ce fils de
boucher n'est pas un bon parti. Même s'il embrasse
divinement bien...

Le 16 janvier

Inédit *Abandonnées au pied de l'autel - 1 - Le mariage de la saison* ᙁ **Laura Lee Guhrke**
Si Beatrix aimait tendrement son fiancé William, la folle passion de ce dernier pour l'Égypte était plus qu'envahissante. À tel point qu'elle lui avait demandé de choisir : les pyramides ou elle ! Et s'était vue abandonnée juste avant la cérémonie. Six ans plus tard, William est de retour. Seulement voilà, Beatrix se marie dans quelques semaines.

Inédit *Les trois grâces - 1 - Par la grâce de de Sa Majesté* ᙁ **Jennifer Blake**
1486, Angleterre. Au plus grand désespoir de lady Isabel Milton, sa main a été offerte à sir Braesford. Bientôt, ce dernier réclamera ses droits d'époux, or Isabel redoute ce qu'il en adviendra. Car, en dépit de sa jeunesse et de sa bravoure, Braesford ne pourra lutter contre la malédiction qui pèse sur sa fiancée...

Captifs du désir ᙁ **Johanna Lindsey**
Quelle humiliation pour Warrick de Chaville, le Dragon noir ! Capturé, il s'est réveillé enchaîné sur un lit, obligé d'endurer les assauts charnels d'une beauté blonde... Rowena n'a bien sûr pas ourdi elle-même ce plan diabolique, elle obéit au cruel Gilbert d'Ambray. Or Warrick, qui ignore cela, n'a qu'une obsession : se venger de Rowena.

Romantic Suspense

Inédit — ***BLACKS OPS - 1 - Impitoyable***
∝ **Cindy Gerard**

Seules deux choses pouvaient amener la journaliste Jenna McMillan à revenir à Buenos Aires si peu de temps après son enlèvement : l'interview exceptionnelle d'un mystérieux multimillionnaire et le souvenir de Gabriel Jones, l'homme sombre et dangereux l'ayant sauvée.
Un bombardement au Congrès National les réunit, mais très vite, la joie laisse place au doute.
Et si cette rencontre surprise n'était pas le fruit du hasard mais l'œuvre d'un ennemi commun ?

Inédit — ***Silence mortel*** ∝ **Allison Brennan**

Étouffée par un sac poubelle, les lèvres collées à la glue : autant dire que les dernières heures d'Angie Vance, 18 ans, ont été un calvaire. Le meurtre semble être personnel, c'est pourquoi la détective Carine Kincaid concentre tous ses efforts sur l'ex-compagnon de la victime. Malheureusement, sans preuve matérielle, impossible de boucler l'affaire, surtout quand le Shérif Nick Thomas – frère du suspect – mène une enquête parallèle.
Mais les certitudes de chacun vont être ébranlées lorsqu'une amie de la victime disparaît à son tour. Carine et Nick décident alors d'unir leurs efforts...

Le 16 janvier

CRÉPUSCULE

`Inédit`   *Le royaume des Carpates - 3 - Désirs dorés*

ର **Christine Feehan**

Entièrement dévouée à son jeune frère, Alexandria Houton donnerait tout pour le protéger des créatures qui rodent à San Francisco. Un jour, alors qu'ils sont attaqués par un vampire, un inconnu surgit de l'obscurité : Aidan Savage, un Carpatien. Qui est-il, ange ou démon ?

Chasseuses d'aliens - 3 - Mortelle étreinte

ର **Gena Showalter**

Mi-humaine, mi-robot, Mishka Le'Ace a été conçue pour tuer, dans un monde envahi par d'ignobles créatures. Sa dernière mission ? Secourir un agent de l'A.I.R., les forces spéciales anti-aliens, menacé de mort. Au premier regard lancé à Jaxon Tremain, Mishka comprend que l'attraction est réciproque...

Et toujours la reine du roman sentimental :

Barbara Cartland

« Les romans de Barbara Cartland nous transportent dans un monde passé, mais si proche de nous en ce qui concerne les sentiments.
L'amour y est un protagoniste à part entière : un amour parfois contrarié, qui souvent arrive de façon imprévue.
Grâce à son style, Barbara Cartland nous apprend que les rêves peuvent toujours se réaliser et qu'il ne faut jamais désespérer. »
Angela Fracchiolla, lectrice, Italie

Le 2 janvier
Le plus ridicule des paris

10163

Composition
FACOMPO

Achevé d'imprimer en Italie
par GRAFICA VENETA
Le 5 novembre 2012.

Dépôt légal : novembre 2012.
EAN 9782290058091
L21EPSN000959N001

ÉDITIONS J'AI LU
87, quai Panhard-et-Levassor, 75013 Paris

Diffusion France et étranger : Flammarion